# ROGUE RIVER
Origine

Tome 1

*Du même auteur :*

**Rogue River Evolution – Tome 2** (broché) – 2018 (autoédité)

**Itinéraire d'une mort annoncée** (Ebook, broché et audiobook) – 2017 chez Hugo Thriller (Coup de cœur RTL - prix du thriller VSD 2017)

**Etat Second** (Ebook et broché) – 2020 (autoédité)

**Dôme C** (Ebook et broché) – 2020 chez Nombre7

*À ma femme pour son soutien aussi indéfectible que son Amour,*
*À mes filles pour croire en moi,*

# Préambule

Depuis la nuit des temps, depuis que l'homme maîtrise le langage et la pratique de l'art, les légendes accompagnent sa culture. À toute époque, aux quatre coins du monde, dans chaque civilisation, l'homme s'est bercé de récits qui ont façonné son mode de vie et ses croyances. Certaines de ces histoires ont traversé les siècles pour parvenir jusqu'à notre ère.

Ne vous êtes-vous jamais posé de questions au sujet de certaines d'entre elles ? Croyez-vous vraiment que l'imagination de l'homme a pu créer tous ces mythes ? Ne pensez-vous pas que toute légende possède sa part de vérité ? N'avez-vous jamais remarqué à quel point la réalité dépasse parfois la fiction ?

Dans le récit qui va vous être conté, tous les lieux cités existent réellement. De même, toutes les organisations et institutions évoquées sont vraies et les références scientifiques authentiques. Seuls les personnages et les situations auxquelles ils seront confrontés sont fictifs. Quant à la probabilité que des faits similaires puissent un jour avoir lieu, à vous d'y répondre…

# 1

*Oregon – Illinois River, octobre 1998*

L'étendue d'eau scintillait sous les rayons rasant du soleil d'automne. Parés de leurs couleurs chatoyantes, les arbres environnants perdaient une à une leurs feuilles mourantes qui, en virevoltant lentement, tiraient leur révérence dans une dernière parade. Telle une chorégraphie, leur chute gracieuse emplissait l'orée des bois d'une féérie de confettis multicolores, bercés avec douceur par une brise rafraîchissante.

Le regard fixe, le vieil homme se tenait immobile. Les mouvements lents et réguliers de sa respiration étaient les seuls signes vitaux perceptibles avec le clignement régulier de ses yeux. Il fixait le bout de sa ligne, hypnotisé par les pâles rayons du soleil qui se reflétaient à la surface du lac. Il attendait le moindre mouvement lui indiquant qu'une prise avait succombé à l'appât. Il aimait ces moments de calme, en harmonie avec la nature comme l'étaient ses ancêtres. Pas âme qui vive, aucune pollution sonore de la vie moderne... seuls quelques chants d'oiseaux au loin, et le bruissement du vent dans les feuillages agonisants.

Soudain, un hurlement déchira la paisible atmosphère, suivi d'un deuxième, plus long... un hurlement rauque et profond. Le vieil homme leva les yeux en direction de la berge opposée d'où semblait venir le son. L'espace d'un instant, le silence total s'imposa. La brise était tombée, les oiseaux s'étaient tus. Plus rien ne bougeait et plus aucun bruit ne filtrait de la forêt. Puis un autre cri, encore plus puissant et plus proche, glaça les veines du pêcheur. Par réflexe physiologique, l'adrénaline se déversa dans son sang et se diffusa dans les moindres recoins de ses muscles qui se contractèrent immédiatement. Le pêcheur connaissait parfaitement la forêt… sa forêt. Il maîtrisait ses dangers et savait profiter de ses dons. Il la respectait. Il y avait grandi et y vivait depuis plus de soixante ans, depuis son premier jour sur terre. Mais il n'avait jamais rien entendu de semblable.

Il se leva doucement, s'approcha un peu plus de la rive et porta la main droite en visière comme pour y voir plus loin. Le vieil indien plissa ses yeux noirs pour percer les feuillages dépouillés des sous-bois, de l'autre côté du lac. La seconde suivante, son teint cuivré devint livide. Sa mâchoire, jusqu'alors crispée, retomba en laissant s'entrouvrir sa bouche. Dans son regard se mêlaient la stupéfaction et la peur.

Ils se fixèrent dans les yeux pendant quelques secondes qui parurent durer une éternité.

# 2

*Oregon – Portland, de nos jours 17 juillet – 9 h 7*

Le climatiseur ronronne péniblement en cherchant un second souffle. Par condensation, des microgouttelettes se forment sur le rebord inférieur et, tout en s'agglomérant les unes aux autres, s'écoulent lentement sur la paroi lisse en plastique. Puis, les gouttelettes grossissent jusqu'à se suspendre dangereusement sous l'effet de leur poids. Enfin, elles lâchent prise et chutent dans une bassine posée sur le parquet en émettant des clapotis plus ou moins aigus et réguliers.

La chambre mansardée est sombre. Les volets sont à demi baissés pour protéger la pièce des rayons brûlants du soleil d'été. À l'extérieur, la température est caniculaire. À l'intérieur, Emmy s'affaire autour de sa valise, posée à même le lit sur lequel elle a dispersé shorts, pantalons, t-shirts et sous-vêtements.

Emmy Thomson, vingt et un ans, est étudiante en master de biodiversité à l'université de Portland où elle habite seule dans ce petit appartement cosy des bons quartiers. Loin du tumulte du campus, elle profite de ses aises financières pour s'offrir ce cocon douillet que ses amies de la cité universitaire jalousent. Ce n'est pas à la portée de toutes les bourses, mais grâce à la fortune de son père, Edward Thompson, la jeune étudiante poursuit ses études sans soucis matériels.

Une sonnerie stridente et régulière retentit. Emmy cherche du regard son smartphone. Mais devant l'étalage de vêtements sur le lit défait, elle se met à retourner l'enchevêtrement de tenues avec des gestes d'énervement. Enfin, elle se saisit de l'appareil dernier cri et décroche :

— Allo ?

— *Emmy ? C'est Ana. Où en es-tu ? Toujours OK pour dans une heure ?*

— Oui, pas de soucis ! Je rassemble mes dernières affaires, je fais le tour de l'appartement et je passe te récupérer chez toi.

— *OK, ça marche ! Ciao ma belle !*

— Ciao !

La jeune femme longiligne redouble d'efforts. Le climatiseur ronronne toujours poussivement. Sous l'effet de l'empressement et de la chaleur, les cheveux noirs de sa frange collent sur son front en sueur. Sa longue chevelure, maintenue par un chignon, lui semble bouillante tant la température est insoutenable. Depuis le début du mois de juillet, une canicule s'abat sur toute la façade nord-ouest des États-Unis : pas une once de brise, pas une goutte de pluie, pas un nuage à l'horizon. Un anticyclone puissant reste bloqué au-dessus du pays depuis plus de deux semaines, tel un couvercle bien vissé sur une cocotte-minute.

Exténuée, Emmy appuie fortement sur sa valise dans un long soupir, luttant pour faire coulisser la fermeture récalcitrante. Bientôt, elle se tient près de la porte d'entrée avec son bagage plein comme un œuf et son sac à dos de randonnée. Même après avoir fait trois fois le tour de toutes les pièces, elle jette un dernier coup d'œil pour s'assurer de ne rien avoir oublié. Puis, par réflexe, elle pose la main sur la poche arrière droite de son jean stretch. Son smartphone s'y trouve, compressé dans quelques centimètres carrés de toile élastique. Elle pose sa main droite sur la poignée de la porte d'entrée, prête à quitter les lieux.

# 3

*Oregon – Willow Lake, mars 2005*

La pluie s'abattait sans discontinuer depuis quatre heures. Les odeurs d'humus et de terre emplissaient l'air chargé d'humidité. Les nuages étaient si denses que le ciel arborait une teinte uniforme gris foncé. Rien ne laissait présager une accalmie prochaine.

Épuisés, les trois amis se motivaient. Selon leur carte, encore deux kilomètres à travers la forêt les séparaient de leur objectif. Ils pourraient ensuite dresser leur camp pour la nuit. Ce premier week-end de printemps était pour eux une occasion de passer un bon moment entre garçons. Au programme : pêche, chasse à l'arc et repos. Partis le matin de Medford, ils avaient laissé leur véhicule le long de la route 140 pour rejoindre Willow Lake à pied. Selon leur estimation, au rythme actuel et en bravant la pluie battante, ils y seraient en une heure. Même avec leurs chaussures de randonnée détrempées et alourdies par la boue collante, ils atteindraient le lac bien avant la tombée de la nuit.

Une heure et dix minutes plus tard, Willow Lake s'offrait à eux. La pluie avait enfin cessé et seules quelques brumes flottaient à la surface de l'étendue d'eau. Juste au-dessus de leurs têtes, de grosses gouttes tombaient avec parcimonie depuis les feuillages. Alors qu'ils cherchaient un endroit où installer leurs tentes, l'un des trois amis interpella ses comparses :

— Eh ! Venez voir ! On dirait bien qu'il y a du gros gibier dans le coin !

En approchant, ils pouvaient observer distinctement des empreintes laissées dans la terre humide. Un long silence s'installa, ponctué par quelques échanges de regards incrédules et interrogateurs, voire un peu inquiets…

— Alors ? Qu'en dites-vous ?

Avec une moue dubitative, les autres ne répondirent qu'en mimant un signe d'ignorance. En effet, ils n'avaient jamais rien vu de tel. Les empreintes mesuraient près de quarante centimètres de long et vingt de large. Les marques profondes laissées dans le sol par chacune d'entre elles étaient impressionnantes. Mais le plus remarquable était la forme des cinq orteils, clairement visibles.

Alors que les trois amis contemplaient ces étranges traces, un craquement de branche se fit entendre à quelques mètres derrière eux.

Trois cris d'horreur retentirent successivement à travers l'immense forêt humide.

# 4

*Portland, 17 juillet – 9 h 58*

La voiture de sport arrive à vive allure pour se garer dans un léger crissement de pneus. Elle s'immobilise au bord d'un trottoir longeant un bâtiment des années soixante-dix dont la façade a été récemment repeinte. Le moteur vrombit au ralenti dans un sourd grondement laissant deviner la puissance des 412 chevaux du moteur V8 5,0 litres, aussi voraces que puissants.

Protégée derrière les vitres teintées reflétant les chauds rayons matinaux du soleil d'été, Emmy coupe le contact. Le dernier cadeau d'anniversaire de son père est un peu extravagant.

Au début, elle n'était pas conquise par ce bolide rouge vif à la large calandre et arborant un cheval étincelant en pleine course. Mais maintenant, elle affectionne tout de même de pouvoir faire pâlir d'envie les footballeurs américains en herbe de son bahut qui se prennent déjà pour des stars du ballon ovale sur les terrains du campus.

Prestement, elle bondit hors de la voiture, son smartphone à l'oreille.

— Allo, Ana ! Je suis devant chez toi. Tu veux de l'aide pour les bagages ?

*— Non, ils sont déjà dans l'entrée. Je descends dans deux minutes !*

— OK, à toute de suite.

En attendant, la jeune fille s'adosse au mur, à la recherche d'un peu d'ombre. Lunettes de soleil vissées sur le nez, elle refait son chignon affaissé en dégageant complètement sa nuque.

Élancée, plutôt jolie, Emmy est vêtue de manière simple et légère : un débardeur jaune pastel, un blue-jean stretch, une ceinture de grande marque et des escarpins blancs en toile. Sans maquillage ni bijoux, Emmy n'arbore qu'une montre imposante au poignet. À quoi bon s'apprêter pour la destination qui attend les deux amies au bout des quatre heures trente de route !

Dans un grincement perçant, la lourde porte de l'édifice s'ouvre. À peine sortie de chez elle, Ana se jette dans les bras de son amie qu'elle n'a pas vue… depuis la veille !

La petite brune rondelette débite déjà mille anecdotes en racontant sa matinée et la préparation de ses bagages comme s'il s'agissait d'une expérience unique et exaltante. Les mots naissent dans son esprit pétillant, se bousculent dans sa gorge, s'entrechoquent dans sa bouche et se déversent à la vitesse d'un pistolet mitrailleur ! Pleine de vie et d'énergie, Ana attrape ses valises d'un geste vif sans faire de pause dans son monologue sans fin. Sans l'interrompre, Emmy aide son amie à charger les affaires dans sa Ford Mustang.

Une minute plus tard, le bolide s'élance en soulevant une poussière qui forme aussitôt un nuage éphémère suspendu dans l'air chaud et vaporeux de la chaussée.

Dans une ambiance de musique pop ponctuée d'éclats de rire, les deux jeunes filles se sentent libres, sentiment exacerbé par la puissance du véhicule les plaquant au fond de leurs sièges baquets au moindre effleurement de la pédale d'accélération.

# 5

*Oregon – Howard Prairie Lake, janvier 2011*

Le 4x4 accélérait lentement à la sortie d'une légère courbe sur la Dead Indian Memorial Road enneigée. La température inférieure à zéro rendait glissante la chaussée qui gelait. La couche blanche tassée par les rares véhicules passés précédemment compliquait la conduite, surtout dans les virages.

Le conducteur, bonnet vissé sur la tête, au ras des sourcils épais, était autant concentré que tendu. Ses mains serraient fortement le volant. Les doigts crispés et les avant-bras raidis ne faisaient plus qu'un avec le véhicule.

À l'arrière, une fillette d'une dizaine d'années dormait paisiblement. La bouche à demi-ouverte, sa lèvre inférieure retombait légèrement et vibrait lentement au rythme d'un doux ronflement. Elle était totalement détendue. Sa mère, installée sur le siège avant passager, regardait défiler par la vitre les arbres dont les branches chargées de neige fraîche se courbaient avec grâce.

Alors que les flocons virevoltaient paisiblement depuis quelque temps, les chutes commençaient désormais à s'intensifier au fur et à mesure qu'ils s'approchaient d'Ashland où ils devaient passer quelques jours chez tante Marry.

Tel un métronome, les essuie-glaces parcouraient de gauche à droite le large pare-brise en laissant échapper par frottement quelques grincements de caoutchouc. Le doux ronflement de la jeune passagère à l'arrière, le défilé continu des arbres enneigés, le ronronnement régulier du moteur, le ballet continu des essuie-glaces et le souffle tiède de la ventilation rendaient presque hypnotique et rassurante l'ambiance à l'intérieur de l'imposant véhicule.

Ils roulaient depuis plus de trois heures maintenant et pas une parole ne filtrait. Chacun était dans ses pensées ou ses rêves. Le conducteur détendait de plus en plus ses bras. Il relâchait également la pression de ses doigts, d'abord de manière imperceptible pour finalement ne laisser que le poids de ses mains maintenir le contact avec le volant. Ses paupières clignaient fréquemment et lui semblaient de plus en plus lourdes. Son regard restait fixé au loin pour mieux percer le rideau de flocons se densifiant.

Mais soudain, il sursauta ! En une fraction de seconde, son cerveau le tira de sa torpeur.

Son œil gauche avait perçu un mouvement dans le champ de vision temporal. C'était une forme sombre et imposante se déplaçant rapidement. Imprégnée de cette vision furtive, la rétine envoya l'information au nerf optique qui arriva au lobe occipital pour être analysée par le cortex visuel en quelques millièmes de seconde.

L'instant d'après, le conducteur donnait un coup de volant pour éviter l'obstacle qui surgissait déjà au milieu de la route. Énorme, massif, poussant un grondement terrifiant… la dernière vision qu'il eut le paralysa de peur.

Les secours, alertés par un chasseur, s'affairaient autour du 4x4 retourné sur le bas-côté de la route. Le moteur était encore tiède. Les portières avant et arrière avaient été arrachées. Elles gisaient aux pieds des arbres les plus proches, à quelques mètres de là. Il n'y avait aucune trace visible autour du véhicule ni aucun indice permettant de comprendre ce qui s'était produit.

La neige qui tombait, dense et collante, recouvrait déjà la scène de l'accident... aucun signe des occupants.

Tante Marry, concentrée, s'activait en cuisine. Elle sursauta, surprise par la sonnerie du téléphone. Elle décrocha et écouta sans un mot avant de blêmir et de se laisser tomber à genoux en sanglots.

Ses invités n'arriveraient jamais chez elle. Ils ne rentreraient jamais chez eux. Personne ne les reverrait.

# 6

*Oregon – Merlin, de nos jours, 17 juillet – 14 h 46*

Après un peu plus de quatre heures et demie de trajet, le bolide emprunte la sortie 61 de la route nationale 5 en direction de Merlin, une paisible bourgade située à dix kilomètres au nord-ouest de la ville de Grants Pass, dans le comté de Joséphine.

La Ford Mustang s'immobilise sur le parking désert d'un motel proche du centre-ville. Les deux copines se dirigent vers la réception où un vieux bonhomme dégarni lit les nouvelles locales en mâchonnant lentement son chewing-gum. À l'arrivée des jeunes filles, il daigne à peine lever un œil et reste avachi dans son fauteuil sans leur adresser le moindre signe.

— B'jour Mesd'moiselles… dit-il finalement d'une voix éraillée.

— Bonjour, Monsieur. Nous avons une réservation au nom d'Emmy Thompson…

Une fois en possession de leur clé, les deux étudiantes traînent péniblement leurs valises jusqu'à la chambre numéro 18. Les lieux sont propres. La chambre, avec vue sur le parking, accueille deux lits individuels séparés par une table de chevet simpliste sur laquelle trône une lampe rehaussée d'un abat-jour un peu vieillot. La tapisserie de couleur sombre a également l'air d'avoir vécu, mais reste tout de même en bon état général. La pièce dispose également d'une modeste salle de bain indépendante, séparée par une porte décorée de moulures classiques. Elle est équipée d'un lavabo surplombé d'un miroir, d'une douche et d'un sèche-serviette électrique. Les toilettes sont quant à elles indépendantes et situées à l'entrée de la chambre.

Emmy se laisse tomber lourdement sur l'épais matelas à ressorts qui la fait rebondir par ondulations trois ou quatre fois en amortissant sa chute. Elle peut enfin se détendre après les quatre cent douze kilomètres parcourus, ponctués d'une seule pause de vingt minutes pour faire le ravitaillement en essence et grignoter un sandwich. Déjà, Ana cherche la carte détaillée de la région dans l'une des poches avant de son gros sac à dos.

Les deux amies en master de biodiversité avaient décidé de mettre à profit leurs vacances estivales pour préparer leur prochain sujet de soutenance. Cette épreuve devait clore leur dernière année d'études de deuxième cycle à venir. Elles avaient choisi de se rendre dans le parc national de Rogue river pour ses forêts protégées et sauvages, riches en faune et en flore.

Avec ses 6973 kilomètres carrés, le domaine fédéral abritait en effet de nombreuses variétés végétales, de la simple fougère commune au sapin de Douglas en passant par le *pinus ponderosa*. Ce dernier, appelé aussi pin jaune ou pin à bois lourd, pouvait mesurer plus de soixante-dix mètres de haut et trois mètres de diamètre pour les plus grands spécimens.

Peuplée d'une cinquantaine d'espèces de mammifères, la forêt de Rogue river accueillait également plus de cent cinquante espèces d'oiseaux dont certaines très rares. Huit espèces de batraciens en zones humides et quatre espèces de reptiles complétaient la faune de cet immense parc forestier décomposé en sept réserves et administré par l'US Forest Service.

Mais le Graal recherché, le but de leur venue, *Psathyrella aquatica*, était une espèce rare de champignon basidiomycète non comestible. C'était le premier champignon connu dont les lames de l'hyménium du sporophore se développaient sous l'eau ! Découvert récemment, en 2005, par un professeur de biologie de l'Université du Sud-Oregon, ce champignon était unique. Au fil de son évolution, cette espèce avait développé des adaptations singulières permettant de diffuser ses spores, même en condition d'immersion parfois totale, durant tout son cycle de croissance.

Même si les scientifiques identifiaient quotidiennement de nouvelles espèces à travers le monde, cette découverte restait à ce jour exceptionnelle sous ces latitudes. Car la grande majorité des détections se faisaient principalement dans les forêts tropicales, écosystèmes les plus riches. En ne recouvrant que dix pour cent de la surface émergée du globe, ces dernières contenaient plus de quatre-vingt-dix pour cent des espèces vivantes de la planète. Et les jeunes filles savaient qu'il existait encore plusieurs millions d'espèces non répertoriées, mais qu'il s'agissait, pour la plupart d'entre elles, d'invertébrés.

Après quelques minutes passées à fouiller dans ses affaires, Ana rejoint son amie sur le lit pour mieux étaler la carte détaillée du comté de Joséphine, situé au cœur du domaine forestier. Elles avaient déjà étudié leur itinéraire ainsi que leur zone de recherche. Elles partiraient dès le lendemain matin pour Grants Pass, le chef-lieu du comté, pour emprunter Redwood Highway en direction de Wilderville située à vingt-quatre kilomètres plus à l'ouest. De là, elles continueraient sur une quinzaine de kilomètres de plus avant d'abandonner leur véhicule dans le lieu-dit de Wonder. Elles pourraient ainsi accéder directement à pied au premier sentier de la petite vallée avant d'atteindre les pentes plus escarpées de la forêt.

Excitée, Ana repart dans ses palabres interminables s'imaginant déjà, dans les moindres détails, le déroulé de leur quête du *P. aquatica.* Emmy, qui ne l'écoute plus, se saisit de son téléphone et pianote avec agilité sur le clavier de l'écran tactile.

# 7

*Oregon – Portland, 17 juillet – 14 h 23*

Un épais dossier en main, Edward Thompson est confortablement installé dans son siège, derrière son immense bureau. Il semble lire avec distance les informations qu'il tient sous les yeux. Un téléphone posé sur le sous-main en cuir noir se met à vibrer, puis émet un bip court et métallique indiquant la réception d'un message. Il se saisit de l'objet après avoir reposé négligemment la liasse de papier agrafé sur l'écritoire. Aussitôt, il pivote son large fauteuil à cent quatre-vingts degrés pour faire face à une immense baie vitrée. L'immeuble moderne est situé en plein cœur de Downtown Portland, à l'angle de Madison Street et de la quatrième rue. Depuis le dix-septième étage, Edward Thompson profite d'une vue directe sur Hawthorn bridge, petit pont surplombant Willamette River et sa marina. Le patron d'A.N.S. (Advanced Network System)[1] ouvre le message d'Emmy :

> *« Salut Papa ! Nous sommes bien arrivées à Merlin… toujours sous la canicule ! Tout va bien. Ne t'inquiète pas, je te donne des news demain. Bisous ! »*

L'entrepreneur esquisse un léger sourire. Il est rassuré.

Âgé de tout juste cinquante ans, Edward Thompson, homme svelte et élégant, est veuf depuis douze ans. La perte de sa femme avait été pour lui une étape douloureuse et il s'était rapidement senti désemparé en devant s'occuper seul d'Emmy. Durant les premiers mois suivant le décès de son épouse, il avait d'ailleurs failli à son

---

[1] Système de réseau perfectionné

devoir de père sombrant peu à peu dans la dépression et ses pièges. Matthew, son frère cadet, avait été d'un grand secours en veillant sur Emmy et en le soutenant au quotidien. Edward Thompson avait peu à peu repris le dessus, mais ne s'était jamais réinvesti dans une relation amoureuse. Il s'était réfugié dans le travail, en y consacrant toute son énergie, quelques fois aux dépens d'Emmy qui conservait une relation beaucoup plus profonde avec son oncle. Il se sentait à la fois honteux d'avoir été si peu présent pour s'occuper de sa fille et faible d'avoir perdu pied au moment où elle avait besoin de lui. Avec le temps, il avait bien tenté de se racheter, mais une fois de plus, avec maladresse en comblant Emmy de cadeaux. Son amertume, mêlée parfois de colère, l'avait conduit à exceller davantage dans ses affaires, devenues son défouloir. Incisif, infatigable et intransigeant, il s'était métamorphosé en tueur professionnel, faisant de sa société une référence dans son domaine.

Spécialisée dans les réseaux informatiques et particulièrement les réseaux WAN (Wide Area Network)[2], sa société développe des solutions permettant la connexion sécurisée entre plusieurs sites informatisés ou entre des ordinateurs individuels, répartis aux quatre coins du monde. Il a pour clients de grandes firmes industrielles, mais également des sociétés privées militaires américaines et sa réussite lui permet de jouir d'un large panel de connaissances, dont certaines personnes très influentes. Mais malgré cette notoriété, intérieurement, Edward Thompson éprouve toujours un sentiment d'inachevé. Un vide laissé par son unique amour perdu et l'admiration d'une fille pour un père jamais conquise.

Après avoir relu pensivement le message d'Emmy, il répond en lui rappelant de ne pas commettre d'imprudences. Comme à son habitude, il termine le SMS par quelques émoticônes affectueuses puis retourne à ses préoccupations professionnelles. L'instant d'après, il reprend l'étude de son dossier. Sur la page de garde frappée

---

[2] Réseau étendu

du logo bleu nuit d'A.N.S, est inscrite la mention « Dossier Confidentiel ». Edward Thompson porte ponctuellement quelques annotations sur les feuillets intérieurs composés de textes, de schémas et de quelques plans détaillés.

Trois quarts d'heure plus tard, l'homme se lève de son fauteuil tout en resserrant le nœud de sa cravate noire à fines rayures blanches. Puis, machinalement, il passe la paume des mains le long de sa veste de costume de grande marque, comme pour la lisser. Après avoir jeté furtivement un œil à sa montre haut de gamme, il se saisit prestement de la fameuse chemise confidentielle et sort de son bureau d'un pas alerte.

Quelques dizaines de mètres plus loin, Edward Thompson se tient face à une porte en verre dépoli derrière laquelle quelques conversations à peine audibles se font entendre. Il pousse la poignée de la porte. La salle de réunion est occupée par une dizaine de personnes installées autour d'une grande table ovale en merisier. À son entrée, le silence s'impose immédiatement.

# 8

*Oregon – Merlin, 18 juillet – 7 h 30*

Le silence, le calme absolu… Puis tout à coup, un bip strident retentit, doublé d'un son grave et vibrant. Le téléphone sursaute par intermittence sur la table de chevet alors qu'une main maladroite sort de l'édredon et cherche à tâtons le maudit appareil.

Ana s'agite dans le lit avant de tourner le dos à ce bruit désagréable. Pour y mettre un terme, Emmy appuie nonchalamment sur l'écran du smartphone. Le silence revient.

Les yeux mi-clos, elle tourne la tête vers les rideaux pour vérifier qu'il n'y a pas d'erreur sur l'horaire. Les rayons du soleil, déjà levé depuis près de deux heures, filtrent à travers les deux pans de tentures. Pas de doute, il faut se réveiller.

Encore vaseuse, Emmy rassemble ses esprits pour se resituer. L'espace d'un instant, les lieux inhabituels l'avaient désorientée. La nationale 5, la bourgade de Merlin, l'hôtel, Rogue river… *Psathyrella aquatica.* Ses millions de connexions cérébrales reprennent du service et le retour à la réalité s'opère avec douceur comme à l'atterrissage d'un Boeing 747 après un long vol de nuit. Maintenant assise sur le lit, son sang circule de nouveau à son débit nominal. L'oxygène afflue dans tous ses muscles reposés, augmentant la fréquence cardiaque. Le tonus musculaire nécessaire pour mouvoir son corps est rétabli. Ana, de son côté, s'est remise à ronfler.

La tête relevée face au pommeau de douche, Emmy profite de son moment de prédilection. Les jets d'eau chaude s'écoulent le long du corps mince et athlétique. Les gouttelettes projetées s'agglomèrent et forment des filets d'eau qui prennent de la vitesse en s'élançant des épaules vers le creux des reins, avant de rebondir sur les fesses charnues. Vingt minutes plus tard, elle ressort de la salle de bain, vêtue d'un pantalon en lin marron et d'un t-shirt en coton beige. Ses longs cheveux noirs arrangés en chignon sont encore légèrement humides. La chaîne d'information annonce la météo dans l'état d'Oregon : Soleil et chaleur caniculaire… comme depuis bientôt trois semaines, mais à la différence près que des orages pourraient éclater ces prochains jours. Ana continue de ronfler.

Une petite tape… Pas de réaction. Un bon secouage… enfin, Ana ouvre un œil qu'elle plisse pour protéger sa rétine du stimulus trop agressif provoqué par la luminosité de la chambre. La pièce entière est éclairée par le soleil ardent qui filtre à travers la fenêtre libérée de ses lourds rideaux.

Une heure plus tard, les deux amies longent les autres chambres du bâtiment de plain-pied pour rejoindre la salle du petit déjeuner. La pièce est attenante à la réception où le vieux bonhomme lit toujours les nouvelles du jour.

Après s'être restaurées, elles se dirigent vers la porte 18 pour en ressortir quelques minutes plus tard, chargées de leurs bagages. Direction la Ford Mustang qui surchauffe déjà au soleil et semble enveloppée de volutes d'air s'échappant par ondulation de la carrosserie.

Un quart de tour : les voyants s'allument. Un quart de tour supplémentaire : Le démarreur toussote. Une pression sur la pédale d'accélération : le V8 vrombit. Débrayage, première vitesse, crissements de pneus et envolée de poussière : le bolide bondit hors du parking en direction de Grants Pass. Fini le répit : Ana jacasse déjà.

L'estomac rempli et les idées bien en place, la jeune femme potelée étale avec enthousiasme ses théories sur les probabilités de rencontrer le champignon rarissime. Elle détaille aussi les magnifiques photos qu'elle pourra prendre sous tous les angles avec son numérique dernier cri. Équipé d'un zoom surpuissant et d'une fonction de prise de vue macroscopique, l'appareil posé sur ses genoux est déjà trituré dans tous les sens.

Une quinzaine de kilomètres plus loin, la voiture vire à droite en sortant de Grants Pass et emprunte Redwood Highway en direction de Wilderville. Emmy accélère quand une sirène retentit. Elle jette un œil dans le rétroviseur intérieur avant de ralentir pour se ranger sur le bas-côté de la route. Elle coupe le contact.

Le 4x4 de la police du comté se gare derrière la Mustang rouge. Francky Morgan en descend tout en réajustant son pantalon par la ceinture.

Chapeau enfoncé sur la tête et insigne rutilant broché sur le revers de la poche avant de sa chemisette, le shérif avance d'un pas lourd. Il s'arrête à hauteur de la vitre déjà baissée de la conductrice.

Emmy sourit timidement presque honteuse comme une fillette qui s'apprête à se faire gronder.

— Bonjour Mademoiselle !

— Bonjour shérif…

— Vous roulez un peu vite. Vous n'êtes toujours pas sortie de la ville. Où allez-vous ?

Caché derrière ses lunettes de soleil, Emmy ne distingue pas le regard du colosse en uniforme.

— À Wonder…

Après avoir demandé les papiers du véhicule, le shérif en fait le tour soigneusement comme s'il cherchait quelque chose de précis. Du haut de ses deux mètres et presque cent vingt kilos, l'imposant homme de loi impressionne les deux jeunes filles qui échangent un regard inquiet. Finalement, après avoir inspecté la voiture impeccable, il tend les papiers qu'il tient fermement dans sa grosse main aux doigts épais et musculeux.

— Levez le pied et soyez prudentes. Bonne journée, ajoute-t-il d'une voix neutre et sans aucune expression sur le visage.

Tout en glissant machinalement la carte grise et l'assurance de sa Mustang dans l'accoudoir central, Emmy observe s'éloigner lentement le shérif dans le rétroviseur extérieur. Sa large carrure est tout aussi impressionnante que son cou trapu, traversé de part et d'autre par d'énormes veines carotides dilatées.

Le 4x4 Ford Expédition redémarre lentement et dépasse la sportive rouge dans laquelle les deux jeunes filles poussent un soupir de soulagement. Le bolide rouge reprend la route à son tour.

Quarante minutes plus tard, elles arrivent à Wonder, minuscule lieu-dit en bordure de Redwood Highway, et chargent sur leurs épaules les lourds sacs à dos de randonnée. Munies chacune de leur tente, de duvets soigneusement enroulés et de gourdes en bandoulières, Emmy et Ana transpirent déjà sous la chaleur étouffante.

Elles se mettent en marche en empruntant la route étroite et sinueuse qui s'enfonce en pente légère vers la forêt. Pendant qu'Ana revient une fois de plus sur ce shérif taillé comme un pilier de rugby All Black, Emmy s'affaire à pianoter sur les boutons latéraux de sa montre au design avant-gardiste. Un léger bip suivi d'un déclic mécanique libère le cadran frappé du logo A.N.S qui s'ouvre avec grâce. Un tout petit objet ovale blanc et satiné s'élève verticalement dans les airs avant de stopper son ascension pour se stabiliser en vol stationnaire, à trois mètres au-dessus de sa tête.

Après avoir connecté la montre high-tech à son smartphone, Emmy lance une application dans laquelle elle presse une icône en forme de caméra.

Un autre bip se fait entendre et l'écran affiche une image. On y distingue clairement les deux jeunes adultes vues d'en haut. Le minidrone est fonctionnel. Sous l'image, un bandeau d'information dévoile plusieurs indications telles que la température, la latitude et la longitude, l'altitude, la date, l'heure et la durée d'enregistrement.

Emmy passe en arrière-plan l'application et se met à composer un message pendant que sa camarade continue à disserter sur l'indulgence du shérif de Grants Pass.

# 9

*Portland, 18 juillet – 10 h 22*

Accoudé sur le rebord de la table et les index posés sur les lèvres, Edward Tompson écoute attentivement les propos de son responsable du département commercial, sans intervenir.

Bip-bip. Un message de sa fille. Elle lui indique que tout va bien et que son dernier bijou technologique fonctionne à merveille ! L'air satisfait, il range l'appareil dans la poche intérieure de sa veste de costume avant d'interrompre les débats que suscitent les propos de son collaborateur.

L'objet de la réunion du jour porte sur la stratégie de lancement du futur produit phare du département d'électronique grand public de sa société.

Après deux ans d'investissement dans la recherche et le développement, le patron d'A.N.S espère conquérir le marché des objets connectés, en constant développement ces dernières années. Son idée est de rassembler les tendances actuelles du secteur dans un seul appareil. Plus précisément, son projet est de concevoir un drone miniature doté d'une intelligence artificielle et capable de suivre son détenteur tel un animal de compagnie, tout en restant connecté à un smartphone ou une tablette numérique. Il est persuadé que ce genre de gadget rencontrera un succès planétaire au même titre que les appareils photo numériques, les smartphones, les caméras sportives nomades ou le GPS. D'ailleurs, l'idée n'est pas de supplanter ces derniers ni de les concurrencer, mais plutôt de combiner leurs fonctionnalités. En miniaturisant les dernières technologies pour les associer, le grand public pourra ainsi profiter d'un objet multifonctions capable de se contrôler de manière autonome et de s'interfacer avec les réseaux sociaux existants.

Grâce à son minirobot caméraman volant, Edward Thompson espère conquérir un marché potentiel de plusieurs dizaines de millions de consommateurs.

— Je veux que vous sachiez que j'ai déjà lancé le test d'un prototype. Il est actuellement à l'essai à quelques centaines de kilomètres d'ici. Nous commencerons donc la commercialisation du minidrone avant la fin de cette année.

Cette fois, les discussions reprennent concernant les prix de vente qui restent à fixer. L'industriel les veut attractifs en entrée de gamme : moins d'une centaine de dollars pour le modèle possédant les fonctions basiques et sans dépasser les trois cents dollars pour le modèle haut de gamme, qui sera doté des fonctions de géolocalisation, de vidéosurveillance et de nouvelles batteries à nanofils de silicium, plus légères, plus performantes, plus durables et d'une très grande densité énergétique.

Pour conclure la séance de travail, le patron d'A.N.S allume le vidéoprojecteur fixé au plafond qui projette instantanément une image bleue sur le grand écran déployé au fond de la salle.

Après avoir exercé une pression sur la touche d'une petite télécommande, les stores électriques se déploient et occultent les grandes baies vitrées de la pièce qui plonge dans l'obscurité. Une autre pression sur l'écran de son smartphone et celui-ci se connecte au projecteur par le biais du réseau sans fil crypté d'A.N.S.

Dans la seconde qui suit apparaît l'image de deux jeunes filles en tenue de randonnée qui, courbant un peu l'échine, arpentent un sentier bordé de grands pins et dont la pente semble de plus en plus raide. L'une d'elles les salue de la main avec un sourire amusé.En haut à droite de l'écran s'affiche l'indicateur d'intensité du réseau constitué de cinq barres de taille croissante.

La zone dans laquelle les deux protagonistes de la scène se situent n'est pas couverte de manière optimale et la puissance fluctue entre la deuxième et la troisième barre.

Le minidrone peine à accrocher le réseau GSM, transmettant une image parfois saccadée, mais la démonstration est tout de même saluée par les applaudissements enthousiastes de tous les collaborateurs.

# 10

*Forêt de Rogue River, 18 juillet – 11 h 3*

Ana est silencieuse.

Elle se concentre sur sa respiration, la bouche ouverte pour mieux aspirer l'air nécessaire à l'oxygénation de son corps.

En cette fin de matinée, le soleil est pratiquement au zénith et surchauffe l'atmosphère malgré l'épaisse couverture végétale qui borde l'étroit sentier rocailleux.

En tête du binôme, Emmy consulte l'application de son drone lui indiquant qu'elles ont parcouru 2,8 kilomètres en quarante-cinq minutes. Elle fouille dans l'une des poches latérales de son sac à dos pour en sortir un étui. Elle en extrait une paire de lunettes qu'elle ajuste immédiatement avant d'appuyer sur un minuscule bouton situé sur la partie haute d'une des branches.

Une diode verte se met à clignoter puis se fige. De nouveau, elle retourne à son téléphone et active une fonction depuis l'application dédiée au minidrone qui continue de la suivre à quelques mètres au-dessus de sa tête. Instantanément, les lunettes d'un design moderne affichent une image sur la face intérieure du verre gauche. Emmy teste l'option réalité augmentée du bijou technologique développé par A.N.S, conformément à la demande de son père.

Les informations transmises par le drone, qu'elle reçoit sur son smartphone, s'affichent également en dessous de l'image projetée, exactement comme les informations qui défilent en bas des chaînes d'actualités.

Elle se met alors à déplacer la tête de gauche à droite, puis de haut en bas. Tout en continuant à marcher, elle peut maintenant observer son environnement vu d'en haut et piloter l'orientation de la caméra embarquée du minuscule objet volant.

— Monter de trois mètres, dit-elle sur un ton neutre et en articulant distinctement.

— Avancer de dix mètres.

— Retour.

Surprise, Ana accélère le pas pour revenir à hauteur de son amie et la regarde avec étonnement avant de l'interpeller :

— Tu parles toute seule maintenant ma belle ?

— Mais non ! Je m'amuse seulement à tester la commande vocale du joujou de mon père ! Il veut que j'essaye toutes les fonctionnalités de son prototype et je dois avouer que c'est bluffant ! Tiens, essaye !

Ana s'empare de la paire de lunettes qu'elle cale en haut de son nez légèrement retroussé. Elle se réjouit immédiatement de pouvoir s'observer en vue aérienne. Elle est aussi conquise d'explorer son environnement vu du ciel et de pouvoir donner des ordres à une mini caméra mobile.

À quelques kilomètres de là, un jeune cerf se délecte de pousses d'herbe fraîches qui profitent de la luminosité d'une petite clairière pour proliférer.

Soudain, l'herbivore redresse son cou musclé. Ses oreilles se dressent et pivotent à la recherche de l'origine du bruit suspect qu'il vient de percevoir. Il tourne la tête légèrement vers la gauche, fixant de ses yeux ronds les buissons tout proches. L'instant d'après, il détale dans la direction opposée.

Après avoir parcouru environ quatre cents mètres, il s'arrête net. Ses oreilles frémissent avant de se dresser à nouveau. Cette fois, il jette un bref regard vers la droite avant de se remettre en mouvement au pas de course en bifurquant vers la gauche. La scène se répète sur trois cents mètres. Puis deux cents mètres, cent cinquante mètres, cent mètres… cinquante.

Subitement, le cervidé essoufflé stoppe sa course après avoir parcouru un peu plus d'un kilomètre en zigzaguant. Devant lui, un ravin abrupt surplombe une rivière étroite qui s'écoule frénétiquement. À gauche, une paroi rocheuse haute de cinq mètres. Derrière lui, la menace. À sa droite… une fois de plus un bruit douteux.

Il se retourne pour faire face au danger, les pattes arrière à quelques centimètres du précipice.

Il est pris au piège.

Ses naseaux se dilatent au rythme de ses expirations profondes. Les muscles bandés, le jeune cerf a le regard hagard et semble se demander ce qu'il fait à cet endroit.

Un craquement tout proche le sort de son hébétude. Pris de tremblements à la vue de son persécuteur, il effectue un léger mouvement de recul provoquant l'éboulement de quelques pierres. La mort… C'est la seule issue ! La frayeur de l'animal est tellement intense qu'elle inhibe tous ses sens et finit par prendre le dessus sur son instinct de survie. L'ultime mouvement de repli le précipite dans le vide. Son dernier bramement transperce la forêt.

Il est presque midi et Emmy commence à avoir faim. Cependant, les deux amies décident d'avancer une demi-heure de plus avant de faire une pause pour manger un morceau.

Deux kilomètres plus loin, elles posent leurs lourds fardeaux près d'un vieil arbre au pied duquel une épaisse couche moelleuse de lichen les accueille.

Une fois repues, elles jettent un coup d'œil rapide à leur carte. Elles doivent décider vers quel cours d'eau se diriger pour commencer les investigations et tenter de trouver le rarissime champignon.

Après plusieurs heures de recherches infructueuses, les deux jeunes femmes décident finalement de trouver un endroit propice pour passer leur première nuit dans les bois.

Alors qu'elles quittent un étroit sentier pour traverser l'épaisse végétation, elles découvrent une petite clairière tapissée d'une herbe dense et accueillante.

C'est ici qu'elles planteront leurs tentes.

# 11

*Portland, 18 juillet – 19 h 20*

Edward Thompson classe le dernier dossier dans le coffre-fort au pied de son bureau.

Il relève ensuite l'écran de son ordinateur portable et tape rapidement un mot de passe pour sortir du mode veille. Il se connecte à sa boîte de messagerie électronique et ouvre le dernier message envoyé par sa fille.

Comme prévu, elle lui a fait un bilan concis de sa première journée passée en compagnie de son nouvel objet high-tech. Il clique sur le fichier en pièce jointe et commence à consulter les informations, passant en revue des graphiques, des tableaux et des statistiques. Il peut ainsi analyser l'ensemble des données de son prototype, du tracé GPS aux paramètres de vol, sans oublier les anomalies comme les pertes de réseaux ou les déconnexions intempestives.

Pendant ce temps, sur Redwood Highway, le shérif de Grants Pass roule en direction de Wonder.

Arrivé sur place, il emprunte un sentier étriqué qui s'enfonce dans la forêt. En ce début de soirée, le soleil perd de son intensité et la chaleur, jusqu'alors suffocante, redevient un peu plus supportable. Il remarque la Mustang rouge qu'il a contrôlée le matin même, stationnée un peu plus loin.

Après avoir parcouru plusieurs centaines de mètres, il stoppe son 4x4, le sentier devenant trop étroit. Il extrait sa lourde carcasse du véhicule et se dirige vers le coffre dans lequel repose une grosse caisse en bois. De ses deux bras musclés, il tire la cargaison vers lui. Le chargement semble lourd, mais l'homme aux mensurations hors normes s'en saisit lestement et se dirige vers l'orée du bois. Après avoir arpenté une centaine de mètres, il la dépose au pied d'un pin majestueux.

Le shérif couvre soigneusement la mystérieuse caisse avec quelques feuilles et branches mortes pour la dissimuler. Puis, il retourne à sa voiture de patrouille et fait demi-tour en direction de la ville.

Au même moment, dans son rituel quotidien, le quinquagénaire replie l'écran de l'ordinateur, se lève, coupe la climatisation et éteint la lumière de son bureau.

Il est maintenant presque vingt heures. Il envoie un dernier SMS à Emmy pour lui souhaiter une bonne soirée. Il parcourt le long couloir jusqu'à l'ascenseur et appose une main sur la surface d'un écran noir incrusté dans le mur et situé à proximité des portes.

Un faisceau de lumière bleu la balaye de haut en bas puis une courte sonnerie retentit, confirmant le déverrouillage par l'activation d'un voyant vert. Les portes s'ouvrent.

Arrivé au rez-de-chaussée, il se dirige vers le poste de garde où est assis un homme qui surveille la dizaine d'écrans de contrôle disposés en arc de cercle sur son large pupitre. Le vigile, la quarantaine, le crâne rasé et le visage carré, esquisse un sourire de politesse avant de saluer son patron d'un signe de tête.

# 12

*Forêt de Rogue River, 18 juillet – 22 h 35*

Les tentes sont montées. Les deux étudiantes allongées dans l'herbe contemplent le ciel qui vire du jaune pâle à l'orange sous les dernières lueurs du soleil couchant.

L'air tiède et l'absence de vent rendent l'atmosphère propice à la détente après cette première journée harassante.

Emmy exerce une pression sur la tranche du cadran de sa montre. Le minidrone amorce sa descente lentement en direction de sa propriétaire qui lui tend le bras. Il se stabilise à quelques centimètres au-dessus de son poignet avant de venir se loger dans l'engravure de la montre. Le cadran se referme.

La nuit tombée, Emmy et Ana se couchent chacune dans leur tente. Exténuées, elles ne tardent pas à s'endormir pendant que la vie nocturne s'éveille autour du campement. Insectes, batraciens et volatiles de la nuit profitent maintenant de leur moment de prédilection pour se nourrir et se reproduire.

À une douzaine de kilomètres de là, près de Wonder, une ombre massive parcourt les bois à quelques encablures des premières habitations du lieu-dit isolé.

Arrivée au pied de l'immense pin, elle se saisit avec aisance de la grosse caisse. Puis, se fendant un passage au travers des feuillages denses, elle disparaît rapidement dans la pénombre, en direction du nord.

Dans le petit bivouac, Ana ronfle comme d'habitude. Il est maintenant quatre heures du matin et les deux jeunes femmes ne perçoivent pas les bruits de pas qui s'approchent.

Une fermeture éclair remonte doucement.

Comme si le danger tout proche s'était immiscé dans l'esprit d'Ana, celle-ci, profondément endormie quelques minutes auparavant, refait surface. Alors qu'elle entrouvre à peine les yeux, une ombre imposante se jette sur elle.

Plaquée au sol, la bouche maintenue fermée par une pression intense, elle écarquille les yeux qui semblent sortir de leurs orbites. Tétanisée et prise de panique, Ana tente de crier. Mais seul un son nasal étouffé parvient à filtrer. Elle peut entendre les battements de son cœur résonner jusque dans ses tempes. Son rythme cardiaque est maintenant insoutenable. Prise de vertiges et incapable de se mouvoir, elle étouffe sous la pression de la puissante masse musculaire qui la serre contre elle.

Terrorisée, elle pousse un autre son aigu.

Le petit filet d'air sifflant parvient difficilement à se frayer un chemin à travers le nez comprimé. Dans la tente adjacente, Emmy, troublée, se retourne sur le flanc droit. Les bruits de lutte à quelques mètres de sa tente finissent par sortir la jeune fille de son sommeil. Somnolente, elle cherche à rassembler ses esprits quand soudain, un son de toile que l'on déchire se fait entendre, suivi d'un gémissement ! Elle se relève brusquement.

Assise sous la fine paroi en tissu qui la sépare de ce qui se produit à l'extérieur, tous ses sens se mettent en éveil. Elle croit entendre un autre gémissement, suivi de pas lourds.

Angoissée, Emmy bondit hors de sa tente. Il fait nuit, et à la faible lueur de la lune, elle perçoit difficilement une masse sombre et inquiétante s'éloigner de la clairière.

Elle porte quelque chose sur l'épaule.

Ou plutôt quelqu'un… Ana ! *« Mon dieu, c'est Ana »* ! La fragile habitation de son amie gît sur le sol, en lambeaux. Pas le temps de réfléchir.

Le choc passé, Emmy se jette dans sa tente, enfile son pantalon, y glisse son téléphone portable, sa paire de lunettes high-tech et se saisit d'une lampe torche. Elle est prise de tremblements et ne cesse de penser à son amie.

Tapie dans les sous-bois bordant la clairière, une autre ombre inquiétante l'observe.

« Vite, il faut que je fasse vite ».

Une fois dehors, elle se met à courir. Le faisceau blanc de la torche électrique balaye le sol par à-coups, au rythme des bonds de la jeune fille affolée. Emmy court sans se poser de question. Elle enjambe les pierres, évite les branches les plus basses, trébuche, se rattrape, glisse, tombe, se relève.

Essoufflée, elle s'arrête en sanglots, les mains sur les genoux.

« Réfléchir, il faut que je réfléchisse ».

Immédiatement, elle s'empare de son téléphone, pianote sur l'écran tactile et le porte à l'oreille. Bip… messagerie vocale.

— Papa ! C'est horrible. Papa, vite, c'est Ana… elle a… ils l'ont... quelque chose… quelqu'un l'a kidnappée !

La jeune fille terrorisée arrive à peine à prononcer une phrase clairement. Elle raccroche, manipule sa montre et lâche son minuscule drone.

Après avoir également activé ses lunettes à réalité augmentée, elle les connecte.

— Mode vision nocturne.

Instantanément, l'écran de contrôle à l'intérieur des lunettes s'illumine laissant apparaître son environnement dans des teintes vertes contrastées.

— Monter à quatre mètres…

— Monter à huit mètres…

— Monter à dix mètres.

À cette altitude, le minidrone peut envoyer un plan suffisamment large à Emmy. Mais rien… aucun mouvement perceptible. *« Peut-être ne suis-je pas dans la bonne direction ? »*

— Pivoter à 360 degrés.

Le minidrone en vol stationnaire commence à virevolter sur lui-même.

— Stop !

Quelque chose a attiré son attention.

— Zoom… Stop !

Rien... pas un mouvement ! Emmy, certaine d'avoir perçu quelque chose, ne bouge plus et respire à peine... Mais toujours rien. Elle chuchote alors un autre ordre :

— Vision thermique…

L'étudiante se fige.

Au même moment, un grondement sourd et lointain se fait entendre. L'air se charge d'humidité et la brise se lève. Les feuillages frémissent.

Le minuscule drone est emporté par une bourrasque, mais parvient à se stabiliser.

— Monter à quinze mètres.

À cette hauteur, Emmy sait qu'elle prend le risque de perdre son petit appareil alors que le vent se fait de plus en plus fort. Mais il faut qu'elle puisse voir plus loin. Elle distingue désormais une zone circulaire qui se différencie du reste du paysage vert sombre. Il s'agit de la clairière où Ana et elles dormaient paisiblement, il y a une heure à peine.

Entre elle et la clairière, à équidistance, une tache plus vive ressort sur l'écran.

Soudain, celle-ci se déploie et se met en mouvement dans sa direction, Emmy comprend.

Ce n'est plus elle qui piste le kidnappeur de son amie… c'est elle qui est suivie ! C'est elle la proie maintenant.

Aussitôt, elle se remet à courir. Elle se saisit à nouveau de son smartphone et compose cette fois le numéro des secours.

Bip… Bip… Bip.

Pas de réseau. Un grondement… puis, un éclair déchire la nuit en lézardant le ciel.

L'orage approche.

# 13

*Portland, 19 juillet – 6 h*

L'alarme retentit. Edward Thompson a passé une nuit agitée. Il se lève péniblement et se dirige vers la salle de bain. Il s'observe un long moment dans le miroir. Son reflet ne lui plait pas. Ses cernes et son teint blafard trahissent le manque de sommeil.

Il lui arrive quelques fois d'être frappé d'insomnies, surtout lorsqu'il a des soucis professionnels ou de gros contrats à préparer, mais ces prochains jours, aucune échéance importante n'est au programme. Pourtant, il se sent tracassé.

Une fois rasé et douché, il descend le grand escalier métallique qui le mène dans l'immense espace de vie de son loft. Installé maintenant dans sa cuisine, devant son petit déjeuner, il allume la télévision sur la chaîne d'information pour suivre le journal de sept heures.

Il déconnecte le « mode avion » de son smartphone. Quelques secondes après, une brève sonnerie retentit. Un message vocal d'Emmy reçu à… quatre heures vingt-trois du matin !

Il fronce les sourcils et repose fébrilement sa tasse de café pour consulter la messagerie :

> *« Papa ! C'est horrible. Papa, vite, c'est Ana… elle a… ils l'ont… quelque chose… quelqu'un l'a kidnappée ! »*

Livide, le quinquagénaire en panique bondit de son tabouret pour foncer vers la porte d'entrée en s'emparant à la volée de sa veste et de ses clés de voiture.

À peine sorti du parking situé en sous-sol, il enfonce la pédale d'accélérateur et sa Porsche 911 carrera 4 S rugit en s'éloignant rapidement.

En chemin vers l'A.N.S Tower, il appelle sa secrétaire et lui demande de convoquer en urgence la cellule de crise.

Quelques minutes plus tard, Edward Thompson arrive en trombe devant le building et abandonne son véhicule en face de la grande entrée. En quelques bonds, il gravit la dizaine de marches et s'arrête devant les portes vitrées coulissantes. Celles-ci mettent un temps infini pour offrir l'espace suffisant lui permettant de se faufiler.

Il se présente enfin devant un écran tactile encastré sur le dessus du pilier supportant le tourniquet qui lui barre l'accès. Il appose la paume de sa main droite. Balayage par un faisceau de lumière bleue : accès validé.

Il franchit le tourniquet. Le vigile au crâne rasé qui termine bientôt sa garde de nuit remarque immédiatement l'affolement qui se lit sur le visage de son patron.

Il se lève et s'adresse à lui spontanément :

— Bonjour, Monsieur Thompson, quelque chose ne va pas ?

Edward Thompson, anxieux, se tourne vers lui et s'approche du pupitre, le front perlant de sueur et la voix tremblante.

— C'est… c'est ma fille ! Elle est en danger !

— En danger ? Comment ça ?

Pour partager son angoisse devenue trop oppressante, le patron, affichant habituellement une prestance peu commune, se livre à son employé.

Les larmes au bord des yeux, il lui explique la randonnée d'Emmy dans la forêt de Rogue river et son message laissé à quatre et demi ce matin pour lui annoncer l'enlèvement de sa meilleure amie. Depuis, plus de nouvelles et pas moyen de la joindre…

— Je veux vous aider, Monsieur. Avant de travailler pour vous, j'étais dans l'armée et j'ai quelques missions de reconnaissance à mon actif.

Bouleversé et ne sachant pas clairement ce qu'il devait entreprendre, Edward Thompson fait signe au gardien de le suivre. Les deux hommes foncent vers l'ascenseur central.

La montée des dix-sept étages semble interminable.

— Rappelez-moi votre nom ?

— Ross, Monsieur. Carl Ross.

— Très bien Carl, j'ai besoin de vous pour me conseiller. J'ai convoqué une réunion de crise, mais je suis patron d'une entreprise de technologie informatique et mon staff est formé pour gérer des problèmes économiques, légaux ou contractuels, mais pas un kidnapping !

— Comptez sur moi, Monsieur, répond Carl Ross d'un ton sérieux.

Arrivés à destination, les deux hommes parcourent le long couloir qui mène jusqu'au bureau du PDG.

— Carl, de quoi avez-vous besoin ? Que devons-nous faire en attendant que mon équipe nous rejoigne ?

— Il me faudrait un téléphone et un accès internet.

Immédiatement, Edward Thompson se dirige vers une armoire située au fond de son spacieux bureau, déverrouille la porte et se met à fouiller. L'instant d'après il retourne vers le vigile et lui tend un smartphone ainsi qu'une tablette numérique.

— Tenez, ils sont à vous.

Aussitôt, Carl se connecte sur internet et recherche le numéro de téléphone du shérif du comté.

— Nous devons immédiatement alerter les forces de l'ordre pour qu'elles dépêchent sur place une patrouille, Monsieur Thompson. Chaque minute compte. Les quarante-huit premières heures sont souvent déterminantes. Il faut agir rapidement pour limiter les possibilités du ravisseur de s'enfuir, mais également éviter que les indices ne soient souillés ou même effacés par les conditions météo.

D'abord étonné, Edward Thompson se dit que cet ancien militaire lui sera peut-être vraiment utile. Et cette impression lui apporte enfin un peu de réconfort.

— OK, donnez-moi le numéro.

Le téléphone collé à l'oreille, le patron d'A.N.S fait les cent pas en se passant nerveusement la main dans ses cheveux grisonnants. Une sonnerie, deux, trois, puis quatre… enfin, quelqu'un répond.

— *Bureau du shérif Morgan, j'écoute !*

— Bonjour ! Je suis Edward Thompson, je vous appelle de Portland et souhaite parler au shérif, s'il vous plaît.

— *Il n'est pas encore huit heures et le shérif Morgan n'est pas arrivé au bureau, Monsieur Thompson. Mais il ne devrait pas tarder. Je suis son adjoint, puis-je vous renseigner ?*

— Non ! Appelez le shérif et passez-le-moi immédiatement, s'agace le père d'Emmy.

— *Monsieur, veuillez garder votre calme, je…*

— Écoutez, coupe sèchement Edward Thompson, je vous appelle concernant ma fille, Emmy, qui m'a laissé un message vocal tôt ce matin.

Après avoir relaté les événements et avoir fait habilement étalage de sa notoriété, Edward Thompson convainc le shérif adjoint de prendre au sérieux l'appel. Ce dernier s'engage finalement à envoyer une patrouille au plus vite du côté de Wonder pour entamer des recherches.

Il prend également les coordonnées du chef d'entreprise, promettant de prévenir le shérif pour qu'il le rappelle au plus tôt.

# 14

*Portland, 19 juillet – 7 h 54*

Tout le monde est en effervescence dans la salle de réunion principale d'A.N.S Tower. Edward Thomson vient d'exposer les faits.

Il observe nerveusement les membres du Comité de Direction qui constituent aussi la cellule de crise de son entreprise. Carl est assis à ses côtés, occupé à tenter de joindre Emmy sans relâche, mais aussi sans succès.

Puis les ordres fusent.

Edward Thompson charge son directeur de la Sécurité et de la Sureté de contacter le cabinet du Sénateur de l'Oregon et celui des Ressources Humaines d'appeler le chef de la police de Portland. Puis, il demande à celui du département Recherche et Développement de lui préparer une malle avec tout le matériel dernier cri dont dispose l'entreprise, y compris les prototypes en cours de développement comme les minidrones. Enfin, il ordonne au directeur du Département Communication de contacter un certain nombre de ses confrères et charge sa secrétaire de direction de faire préparer son hélicoptère privé sur l'héliport du building.

Chaque participant se voit attribuer une tâche précise. Il enchaîne :

— Je décolle dans une demi-heure. Je veux que le matériel soit prêt et que vous me fassiez un topo sur les retours de vos contacts. Je veux tous les appuis mobilisés au plus vite. Mademoiselle Taylor m'accompagnera et centralisera tous vos appels après mon départ.

La jeune secrétaire de direction acquiesce d'un geste de la tête. Jolie, à peine la trentaine, Jane Taylor note tous les échanges depuis le début du briefing. Dans son tailleur noir tiré à quatre épingles, la belle blonde prend au sérieux les directives de son patron.

— Monsieur Ross m'accompagnera également, ajoute-t-il.

Pas le temps de s'expliquer sur ce choix : la sonnerie de son téléphone se met à retentir... silence dans la salle. Tout le monde est suspendu aux paroles du PDG d'A.N.S qui s'entretient avec le shérif Morgan.

Après avoir raccroché, Edward Thompson interpelle son ingénieur Recherche et Développement et lui demande de se connecter à l'interface informatique du prototype du minidrone d'Emmy.

À cet instant, il se raccroche à l'espoir que ce dernier fonctionne toujours et qu'il pourra entrer en communication avec sa fille…

# 15

*Forêt de Rogue River, 19 juillet – 8 h 14*

Emmy court, glisse, se relève… elle est exténuée.

Le jour est levé depuis une heure et demie, mais le plafond est gris et les nuages sont opaques. L'orage n'a pas été long, mais violent. Le vent puis la grêle ont eu raison de son compagnon électronique. Sans doute a-t-il été emporté par une bourrasque.

Elle a perdu la connexion subitement, peu après les premiers éclairs. À moins qu'il n'ait été endommagé en recevant des impacts de grêlons. Quant à son téléphone, il est hors d'usage. Ses chutes répétées dans la boue ont endommagé l'appareil de manière irrémédiable. L'écran est fissuré et la coque cabossée. Il ne s'allume plus. Pour ce qui est des lunettes connectées, elle ne sait plus à quel moment elle les a perdues. Emmy se sent impuissante et les traits tirés de son visage témoignent de sa lassitude. Son chignon est défait et ses cheveux hirsutes sont encollés de boue. Ses vêtements maculés de terre sont déchirés par endroits. Ses jambes ne la soutiennent plus et elle doit faire une pause.

Elle tombe à genoux et s'effondre en pleurs en repensant à Ana. *« Ana... où es-tu ? Que nous arrive-t-il ? Qui nous pourchasse ? Pourquoi ? »* Mais l'instant de détente est bref. À peine tente-t-elle de se relever, qu'elle se retrouve brutalement projetée au sol.

Son front percute le sol sèchement… Elle perd connaissance.

À une quinzaine de kilomètres plus au sud, Amarok, un jeune amérindien de vingt-cinq ans, s'affaire dans le potager de sa charmante maisonnette de plain-pied.

Soudain, deux gros SUV viennent briser la quiétude des lieux. Il lève la tête et regarde de quoi il s'agit.

À Wonder, la vingtaine d'habitants n'est pas habituée à être troublée dès le matin par la venue des forces de l'ordre !

Pourtant, Amarok reprend son travail de désherbage rendu plus facile par la pluie d'orage de la nuit précédente, sans y prêter plus d'attention.

Le shérif Morgan, accompagné de son adjoint et d'une brigade de sauvetage de Grants Pass, constituée de cinq agents, sort le premier et interpelle sans délicatesse le jeune homme.

— Eh, vous ! Approchez !

Le jeune amérindien repose sa petite pelle et s'avance d'un pas doux vers l'imposant shérif.

— Bonjour, de quoi s'agit-il ? demande poliment Amarok.

— La bagnole rouge là-bas, la Ford Mustang, vous savez où sont allées les deux nanas qui s'baladaient dedans ?

— Oui, je les ai aperçues hier matin. Elles sont arrivées vers dix heures et ont abandonné leur voiture après s'être équipées pour une randonnée.

— Eh après, aboie le shérif !

— Depuis, le véhicule n'a pas bougé et je n'ai pas revu les deux jeunes demoiselles, Monsieur. Mais je pense qu'elles ont l'intention de passer plusieurs jours dans la forêt. Elles ont pris le sentier qui s'enfonce dans le parc de Rogue river, chargées de tentes et de sacs à dos bien remplis.

Le shérif grogne en se tenant le menton. Il s'empare de son téléphone et compose un numéro.

— Monsieur Thompson. Je suis à Wonder, à côté du véhicule de votre fille. Selon un premier témoignage, Emmy et son amie sont arrivées hier matin et depuis, la voiture n'a pas bougé.

Après un bref silence, le shérif fait un signe d'assentiment en exécutant un rapide hochement de tête.

— D'accord, on vous attend sur place, ajoute-t-il avant de raccrocher.

# 16

*Wonder, 19 juillet – 10 h 12*

Après avoir fait garer les deux SUV sur une aire de stationnement au pied du sentier, le shérif prétexte une envie pressante pour s'éloigner du groupe qui l'accompagne.

Il emprunte le petit chemin de terre qu'il quitte ensuite pour s'enfoncer dans la végétation sur une centaine de mètres.

Arrivé au pied du grand pin, il en fait le tour, rassuré de constater que la cargaison déposée la veille n'y est plus.

Sur le retour, il lève la tête. Entre les sommets des pins entourant la piste caillouteuse, un Bell 407 GXP surgit dans un bourdonnement sourd. Les cimes, secouées par les turbulences, s'agitent furieusement. L'hélicoptère blanc flanqué du logo d'A.N.S amorce sa descente vers Wonder.

Edward Thompson bondit hors de l'appareil dont les pales sifflent encore au-dessus de sa tête. Recourbé, le dirigeant d'entreprise se met au petit trot pour rejoindre les deux véhicules de patrouille stationnés un peu plus haut. Il est immédiatement suivi par Carl Ross, Jane Taylor et Daryl Miller, l'ingénieur du département Recherche et Développement.

Arrivé à hauteur du groupe de policiers, il s'adresse au shérif adjoint en le saluant par une poignée de main ferme. Au même moment, l'imposant shérif Morgan les rejoint.

— Bonjour, Monsieur Thompson, je suis le shérif Morgan.

— Bonjour shérif, répond Edward Thompson impressionné par le gabarit de son interlocuteur. Où en sommes-nous ?

À quelques kilomètres de là, Emmy reprend ses esprits.

Son front est horriblement douloureux. Elle se sent ballotée et des branchages s'accrochent dans ses cheveux. Elle émerge doucement et tente d'ouvrir les yeux : l'obscurité. Elle essaye de se mouvoir… impossible. Son rythme cardiaque s'accélère.

Elle réalise : elle est fermement ligotée, bâillonnée et les yeux bandés ! Elle sent une puissante musculature la maintenir collée contre une large épaule et perçoit le bruit de pas lourds dans les feuilles mortes.

Mais ce qui l'effraie vraiment est la sonorité de la forte respiration, profonde et haletante, entrecoupée par les grognements éraillés qu'émet son ravisseur au rythme de ses enjambées.

Sous les fougères, à quelques centaines de mètres de là, une diode rouge clignote.

Le petit objet ovoïde est endommagé, mais ses batteries presque épuisées continuent d'émettre poussivement un faible signal…

# 17

*Wonder, 19 juillet – 11 h 16*

Edward Thompson a revêtu une tenue plus décontractée et adaptée à la marche.

Il rejoint son ingénieur, Daryl Miller, affairé sur son ordinateur portable. Derrière ses lunettes rondes, le petit bonhomme joufflu est concentré sur une vue satellite de la forêt de Rogue river. Plusieurs fenêtres d'informations complexes s'affichent sur l'écran et semblent absorber toute l'attention du spécialiste.

À l'approche de son patron, Daryl se met à débiter mille informations simultanément : triangulation, géopositionnement, basses fréquences ondulatoires… tous les termes techniques de son vocabulaire quotidien y passent ! Submergé par le flot incessant de renseignements, Edward Thompson décroche.

— Daryl ! Reprenez calmement, s'il vous plaît. Je n'arrive pas à vous suivre.

— D'accord ! Regardez ! Lorsque nous étions en vol, je ne captais aucun signal du drone d'Emmy. Bien entendu, j'ai essayé de trianguler celui de son téléphone cellulaire, mais sans résultat non plus. Alors j'ai contacté un ami travaillant pour l'opérateur réseau local ce qui m'a permis d'identifier la dernière position correspondant au message vocal que vous avez reçu ce matin. Par ailleurs, j'ai également retracé le parcours de votre fille grâce au fichier de données qu'elle vous a envoyé hier soir.

Edward Thompson, les nerfs à fleur de peau, commence à perdre patience.

— Venez-en au fait !

— Le fait est que, quelques minutes avant d'atterrir, nous avons survolé une partie de cette immense forêt. Pendant quelques secondes, je suis parvenu à capter un faible signal. Je viens d'en terminer l'analyse spectrale des fréquences reçues. Il s'agit du prototype de votre fille ! Grâce à cette dernière information, nous avons maintenant une zone de recherche limitée à quelques kilomètres carrés.

À entendre ces mots, Carl Ross se propose de partir sur zone sans perdre une seconde. Avec l'assentiment de son patron, Daryl équipe l'ancien militaire d'une radio longue portée couplée à un micro-casque, d'une montre contenant un minidrone dont il explique rapidement le fonctionnement et de lunettes à réalité augmentée.

Dans sa tenue treillis, le vigile d'A.N.S ressemble maintenant à un commando, ce qui n'est pas pour lui déplaire. À l'exception près qu'il ne porte aucune arme à feu. Il arbore uniquement un couteau de chasse à la ceinture.

Le grand shérif observe la scène discrètement, d'un regard désapprobateur. En voyant les trois hommes venir à sa rencontre, il détourne la tête et fait semblant d'étudier une carte du comté étalée sur le capot du Ford Expédition.

— Nous avons réussi à isoler un périmètre de recherche de quelques kilomètres grâce à Daryl, annonce Edward Thompson. Monsieur Ross vous accompagnera.

— Hors de question ! Avec tout le respect que je vous dois, Monsieur, je ne sais pas de quoi il en retourne et je ne veux aucun civil dans les pattes ! Laissez-moi faire mon travail !

Après cette réponse ferme du shérif, les deux hommes se toisent du regard.

La mâchoire serrée et le regard agacé, Edward Thompson s'avoue intérieurement surpris par la réaction de l'imposant homme de loi.

— Shérif Morgan, avec toute la considération que je me force d'avoir à votre égard, je crains malheureusement qu'il ne s'agisse pas d'une simple proposition.

Circonspect, le shérif ne répond pas. Quant au patron d'A.N.S, il porte immédiatement son smartphone à l'oreille.

— Bonjour, Jerry ! J'ai besoin que tu expliques au shérif de Grants Pass, chargé des recherches d'Emmy et Ana, quelles sont les règles et quelle est ma place dans l'affaire. Ne quitte pas, je te le passe…

Le shérif fronce les sourcils fournis qui couvrent ses proéminentes arcades sourcilières. *« Qu'est-ce qu'il me fait cet abruti ? Et c'est qui ce Jerry ? »*

— Allo, shérif Morgan à l'appareil ! À qui ai-je l'honneur ? demande-t-il sur un ton faussement sévère.

Un silence. Puis un balbutiement…

— Oui, Monsieur le Sénateur. D'accord, Monsieur le Sénateur… sans faute Monsieur le Sénateur.

Satisfait, le PDG d'A.N.S sourit à entendre cette grosse brute mal élevée de shérif servir du « Monsieur le Sénateur » en hochant bêtement la tête du haut de sa grande carcasse.

Francky Morgan prend acte et ordonne à ses hommes de se mettre en marche. Alors qu'ils s'éloignent, Daryl teste la liaison radio de Carl et établit la connexion avec le minidrone que l'ex-miliaire a déployé avant de partir. Edward Thompson se penche sur l'écran de l'ordinateur portable du petit ingénieur.

D'après la position actuelle du groupe, quinze kilomètres à peine les séparent du présumé campement. Le patron d'A.N.S se sent troublé.

Il est partagé entre le soulagement de savoir qu'enfin les recherches d'Emmy et Ana ont commencé et l'angoisse de se sentir inutile et impuissant.

De son côté, le pilote du BELL 407 GXP termine d'installer une tonnelle sous laquelle il dispose une table et quatre chaises pliantes débarquées de l'hélicoptère.

Une fois le poste de commandement de fortune établi, Edward et Daryl mettent en place le matériel nécessaire au suivi des recherches. Un mât télescopique est déployé pour permettre d'optimiser la réception radio.

L'ensemble des appareils électroniques est branché sur le groupe électrogène et une liaison vidéo est établie avec le siège de Portland. Assis face à la webcam de leur écran de contrôle, les deux hommes peuvent maintenant converser à leur guise avec les membres de la cellule de crise ou suivre l'évolution de la petite troupe menée par le shérif.

Du coin de l'œil, Amarok suit la scène tout en continuant à arracher les mauvaises herbes de son lopin de terre.

# 18

*Forêt de Rogue River, 19 juillet – 15 h 34*

Un grincement de porte, une odeur nauséabonde, le bruit des pas de son ravisseur sur un plancher qui craque : Emmy sait qu'ils sont arrivés à destination.

Un… deux… trois… quatre… cinq pas. Elle estime qu'ils ont parcouru entre cinq et six mètres. Un autre grincement de porte puis cette fois, une odeur rance.

Subitement, elle bascule sur le dos et se retrouve déposée sèchement sur un sol frais et légèrement humide.

De la terre battue pense-t-elle. La porte se referme… à clé.

Emmy ne bouge pas. Elle tend l'oreille. Les pas s'éloignent et elle perçoit à nouveau le grincement de la première porte qu'elle a franchi en arrivant dans ces lieux. *« Il est parti… »*

La jeune fille tente de se libérer les mains, mais les liens qui les retiennent dans son dos sont fermement attachés. Elle tente de faire coulisser ses poignets l'un contre l'autre pour détendre la corde, mais les échauffements provoqués par ce mouvement cisaillant lui brûlent la peau. Elle lutte encore et encore… en vain.

Bientôt, l'épuisement prend le dessus. Ses pensées se brouillent. Elle se remémore tous les événements survenus depuis la clairière où elle contemplait le ciel, allongée aux côtés d'Ana : le début de nuit dans leur paisible campement, les gémissements de son amie, la course effrénée en slalomant entre les arbres, l'orage violent, la perte de connaissance… le réveil… les kilomètres parcourus dans une position inconfortable… l'odeur répugnante… la chute sur le sol dur… la peur… la fatigue… Emmy lâche prise. Elle se calme enfin, allongée sur le côté.

Elle replie les genoux contre elle, recherchant une position quelque peu confortable malgré les entraves aux poignets et chevilles. Elle a envie de pleurer. Elle pense à Ana, puis à son oncle… et à son père.

Il a sûrement écouté son message ! Il doit sans doute essayer de tout mettre en œuvre pour lui porter secours. Il en a les moyens ! L'espoir renaît puis se dissipe dans l'instant. Comment va-t-il la retrouver dans cette immense forêt ? Elle-même ne sait pas où elle se trouve exactement. Et puis son téléphone est hors d'usage. Son drone perdu depuis longtemps. Depuis combien de temps d'ailleurs ? Emmy ne sait plus.

Quelle heure est-il ?

Depuis quand est-elle restée inconsciente ?

Elle n'a plus aucun repère. Ses idées se perdent… elle s'assoupit.

# 19

*Forêt de Rogue River, 19 juillet – 16 h 12*

L'équipe de recherche avance depuis quatre heures en observant minutieusement le sol, à l'affût de la moindre trace pouvant témoigner du passage des deux jeunes étudiantes.

En tête, une dizaine de mètres devant le groupe du shérif, Carl Ross imprime le rythme pour arriver le plus vite possible à la position censée correspondre au campement.

Guidé par le GPS du minidrone, il suit le petit objet volant grâce au parcours affiché sur l'écran intégré aux lunettes connectées. Une voix nasillarde grésille dans le micro-casque de Carl. Daryl Miller l'informe qu'il est arrivé aux dernières coordonnées connues.

Au même moment, le minuscule robot s'arrête de lui-même et se stabilise en vol stationnaire. La zone est couverte d'une épaisse végétation et ne semble pas concorder.

Carl interpelle l'ingénieur resté à Wonder :

— Daryl, je suis pile-poil à l'endroit indiqué. Rien en vue. Aucune trace du campement. T'es sûr de toi ?

*— Ben, j'ai triangulé le dernier signal d'Emmy, mais je ne dispose pas d'un satellite militaire ! Il peut y avoir quelques mètres voire quelques dizaines de mètres d'écart. Tu dois partir de ce point pour explorer les environs !*

— OK. Bien reçu. On va fouiller les alentours. Terminé.

Le vigile d'A.N.S interpelle le shérif Morgan resté en retrait avec ses hommes. Ils se mettent d'accord pour ratisser la zone dans un rayon de cent mètres et se déploient immédiatement. Très rapidement, les membres de la brigade de sauvetage de Grants Pass se dispersent.

Dans le même temps, depuis son poste de commandement, Edward Thompson fait un point de la situation avec son équipe de Portland. Il se fait confirmer que les forces de l'ordre du comté ont installé des barrages aux rares accès routiers entourant le parc naturel de Rogue river, qu'une alerte enlèvement est diffusée par les médias et que les parents d'Ana ont été pris en charge pour rejoindre le siège de l'entreprise.

Rassuré, le PDG coupe la communication vidéo et bascule sur l'écran de surveillance pour suivre en direct les images transmises par le prototype accompagnant Carl Ross.

L'image est sombre, mais au loin, entre les sous-bois, une faible lueur apparaît. Encore quelques pas de plus à travers les feuillages et le vigile débouche enfin sur la petite clairière. De l'autre côté de l'écran, Edward Thompson blêmit.

Il se rapproche comme pour mieux voir la tente toujours debout et juxtaposée à un amas de toile déchirée. Des vêtements sont dispersés et un sac à dos gît au milieu des affaires éparpillées. Carl accourt au plus près du camp qui semble avoir été pillé tout en appelant le reste de la cellule de recherche disséminée aux abords.

Tout le monde rapplique dans sa direction au pas de course.

Le PDG d'A.N.S, l'ingénieur Recherche et Développement et la secrétaire de direction sont absorbés par les images. Derrière eux, Amarok toussote pour leur indiquer discrètement sa présence.

Surpris, ils se retournent de manière synchrone.

— Qui êtes-vous ? Vous n'avez rien à faire ici, réagit virulemment le patron stressé d'A.N.S, allez-vous en !

— Bonjour, Monsieur, excusez-moi de vous importuner. Je m'appelle Amarok et j'habite la petite maison en face, dit-il en pointant du doigt la bicoque au bord du sentier.

— Eh bien ! Retournez-y !

— Monsieur, je ne veux pas vous ennuyer, mais je viens d'entendre à la radio que deux jeunes filles ont disparu la nuit dernière dans cette forêt et je voulais simplement vous mettre en garde quant à vos opérations de recherches.

Edward et Daryl échangent un regard surpris. Qui est cet indien et de quoi parle-t-il ? D'abord interrogateur, le visage Edward Thompson devient suspicieux en constatant que le jeune homme qui lui fait face tient une petite pelle métallique dans la main droite. Méfiant, il adoucit sa voix lorsqu'à nouveau, il s'adresse à Amarok :

— Très bien, nous vous écoutons…

Le jeune Indien commence par préciser qu'il est né à Wonder et y a toujours vécu. Il raconte que sa mère est morte en couche et qu'il a été élevé par son père, décédé également depuis peu. Il a reçu une éducation traditionnelle par son grand-père qui avait à cœur de transmettre les valeurs de sa tribu d'origine, les Umatillas.

Peu intéressés, les deux hommes le laissent tout de même débiter son histoire, l'air détaché. Jusqu'à ce que les paroles d'Amarok les fassent réagir !

— Pardon, l'interrompt Edward Thompson, que venez-vous de dire ?

— Je disais que mon grand-père a disparu non loin d'ici, en 1998, alors qu'il était parti passer quelques jours dans le parc naturel pour y pêcher et chasser comme le faisaient nos ancêtres. Depuis, personne ne l'a revu et son corps n'a jamais été retrouvé. Les recherches ont été abandonnées rapidement et les forces de l'ordre ont classé l'affaire, considérant qu'il devait avoir chuté dans un ravin ou qu'il s'était peut-être noyé en traversant l'un des nombreux cours d'eau au courant quelquefois un peu fort.

Après avoir marqué une pause pour que ses informations soient digérées, il poursuit :

— Vous savez, personne ne s'inquiète de la disparition d'un vieil indien qui vit retranché dans une maisonnette au bord de la forêt. Il n'allait jamais en ville, évitait le monde moderne et n'était heureux et en paix qu'en côtoyant la nature. Je sais que cela fait très cliché pour vous, les citadins… c'est ce que vous appelez du folklore ! Mais c'était la façon de vivre de mes aïeux et celle qu'avaient adoptée mes parents et aussi celle que je perpétue aujourd'hui.

— Bon, très bien... mais quel est le lien avec la disparition de la fille de mon patron et c'est quoi cette mise en garde dont vous souhaitiez nous parler ? questionne le petit ingénieur joufflu.

— J'y viens, répond posément Amarok. Après quelques années, en 2005, toujours près d'ici, ce sont trois jeunes randonneurs qui ont disparu. Ils avaient décidé de passer un week-end entre amis, du côté de Willow Lake. Même scénario : une disparition inexpliquée et aucun corps retrouvé. Sauf, qu'il s'agissait de jeunes blancs et que cette fois, les forces de l'ordre ont pris l'affaire au sérieux. Mais malgré tous leurs efforts et les moyens déployés, elle n'a jamais été résolue.

Pendant que l'amérindien racontait son histoire, Jane Taylor s'était saisie d'un carnet et d'un stylo pour prendre des notes. Par-dessus l'épaule de son patron, elle pouvait en parallèle observer sur l'écran de contrôle que l'équipe de recherche prenait des clichés et consignait soigneusement toutes ses observations.

— J'ai l'impression que ce n'est pas tout… intervient Edward Thompson, quoi d'autre ?

Le jeune indien continue son récit sur le même ton placide :

— Eh bien, un peu plus récemment, durant l'hiver 2011, un couple et leur fillette se rendant à Ashland par la Dead Indian Memorial Road se sont volatilisés en ne laissant aucune trace. Seul leur véhicule a été retrouvé accidenté sur le bord de la route. À ce jour, personne ne sait ce qui a pu se produire. Leur disparition reste une énigme. Et maintenant, votre fille et son amie disparaissent dans des conditions tout aussi mystérieuses.

— Et vous en déduisez quoi… comment vous appelez-vous déjà ?

— Amarok, Monsieur. Et je n'en déduis rien. C'est juste qu'il existe un dénominateur commun.

— Lequel ?

— Lors de la disparition de mon grand-père, je n'étais âgé que de huit ans. Mais je me souviens que mon père, qui avait effectué sa propre enquête devant le désintérêt manifeste des forces de l'ordre, avait parlé de traces étranges retrouvées au bord d'un lac. Des traces qui ne correspondaient à aucun animal connu. Mais le plus curieux, c'est qu'elles ressemblaient à celle d'un être humain. Sauf que la taille de ces empreintes laissait supposer, selon l'estimation de mon père, que l'individu mesurait près de deux mètres cinquante et pesait plus de deux cents kilos. Lors de la disparition des trois jeunes campeurs, les médias qui suivaient l'investigation avaient laissé filtrer qu'une empreinte de type humaine, mais démesurée, avait été retrouvée par les enquêteurs. Pour ce qui est de la petite famille volatilisée, un chasseur avait indiqué aux hommes du shérif avoir aperçu non loin de là, le même jour, des traces étranges dans la neige.

Edward Thompson ne dit rien.

Il joint les deux index qu'il pose sur sa bouche en faisant une moue dubitative. Il est partagé sur ce qu'il vient d'entendre.

D'une part, il y a ces disparitions inexpliquées et d'autre part ces empreintes mystérieuses. Ce dernier point lui paraît un peu plus loufoque. Ce qui l'inquiète est la répétition des événements. Certes, ils sont espacés dans le temps sur une période d'une vingtaine d'années, mais il n'écarte pas la possibilité que ces faits aient été perpétrés par la même personne… ou chose… ou animal. Il se met à douter. Finalement, ces histoires d'empreintes bizarres l'inquiètent.

— Jane, peux-tu contacter immédiatement la cellule de crise afin qu'ils rassemblent le maximum d'éléments concernant les événements majeurs survenus dans la région ces vingt dernières années et en particulier ces kidnappings. Je veux un rapport complet pour dix-neuf heures pétantes. Quant à vous, jeune homme, je souhaiterais poursuivre notre conversation en tête à tête…

# 20

*Portland, 19 juillet – 17 h 3*

Il fait chaud, très chaud. La grande salle de réunion du siège d'A.N.S transformée en Quartier Général est en ébullition. Sonneries de téléphone, discussions dans tous les coins, va-et-vient, petits groupes de personnes penchées sur des documents, des cartes, des écrans d'ordinateur… le brouhaha ambiant est incessant. Le directeur de la communication vocifère sans cesse, réclamant telle ou telle information.

Assise en bout de table, une secrétaire est chargée d'établir la synthèse des notes que tout le monde lui balance sans cesse : rapports de police, extraits vidéos de reportage de chaînes d'info, articles de journaux, données extraites des réseaux sociaux, tout y passe !

Trois quarts d'heure plus tard, la pression semble retomber un peu. Les membres de la cellule de crise sont désormais seuls, assis dans les sièges confortables du QG qu'ils n'ont pas quitté depuis le matin. Des dossiers s'échangent de main en main. Des discussions à voix basse ponctuent les longs silences de concentration. L'émulation est retombée, mais la tension n'en reste pas moins palpable.

Soudain, quelqu'un frappe à la porte.

— Entrez, dit d'une voix forte le chargé de communication.

Un homme d'une quarantaine d'années en tenue décontractée fait son apparition dans la salle.

— Bonjour ! Excusez-moi pour le retard… La circulation !

Matthew, le frère cadet d'Edward Thompson ressemble trait pour trait à son aîné. À la différence près qu'il n'a pas encore le cheveu grisonnant. Il s'avance naturellement vers la grande table ovale, où une place libre lui semble dédiée, puis y pose sa vieille sacoche en cuir marron.

Il est en nage et de grandes auréoles sous les aisselles témoignent de l'empressement avec lequel il a rejoint le siège de l'entreprise de son frère dès qu'il a su.

Rapidement, le chargé de communication lui fait un état des lieux de la situation, depuis l'appel d'Emmy la nuit dernière jusqu'à la récente conversation de son frère avec l'indien, rapportée par Jane Taylor. Mais il en vient rapidement au sujet de préoccupation. Il est déjà dix-huit heures et il ne leur reste qu'une heure avant la visioconférence pour aborder le problème auquel ils se retrouvent confrontés. Et Matthew est le mieux placé pour les éclairer.

# 21

*Rogue River, 19 juillet – 18 h*

Carl Ross rassemble toute la brigade de recherche au centre du cercle déboisé d'une vingtaine de mètres de diamètre.

Le shérif Morgan reste un peu à l'écart, les bras croisés, l'air pas vraiment décidé à apporter son aide. Il écoute l'employé d'A.N.S. faire l'inventaire des indices trouvés. Rien d'intéressant... aucun élément qui permettrait de comprendre ce qu'il s'est passé. Pas même un début de piste, aucune direction vers laquelle s'orienter.

À l'insu de tous, l'homme de loi esquisse un léger sourire de contentement. Pendant que Carl continue son monologue, il s'éloigne discrètement de l'attroupement.

Arrivé à la lisière des bois, il se met à marcher d'un pas tranquille en faisant le tour de la clairière. Il jette de temps à autre un regard discret à la petite troupe qui échafaude maintenant des hypothèses.

Les mains dans les poches il continue d'avancer à la manière d'un maître qui promène son chien. Soudain, un détail au sol attire son attention. Après un coup d'œil par-dessus l'épaule pour s'assurer que personne ne l'observe, il se baisse discrètement et ramasse un petit bout de tissu. *« On dirait un morceau de vêtement déchiré appartenant à l'une des deux jeunes filles »* !

Il le glisse subtilement dans la poche de son pantalon avant de traverser les fougères qui bordent le pied des premiers arbres. Maintenant hors de la vue de ses partenaires, il inspecte minutieusement centimètre par centimètre une bande de deux mètres de large qui semble être la voie par laquelle sont passées les étudiantes. Alors qu'il progresse lentement dans la forêt, il détecte une marque à demi couverte par quelques feuilles mortes. Il les déblaye avec précaution du revers de la main. Une empreinte d'une quarantaine de centimètres de long et d'une vingtaine de large laisse apparaître la forme de cinq orteils. Les précipitations de l'orage de la nuit dernière ont certes quelque peu dégradé la trace, mais la profondeur de celle-ci ne laisse aucun doute. *« Merde ! »*

Accroupi, il relève la tête et vérifie autour de lui que personne ne l'a suivi. Rassuré, il s'empresse d'effacer la trace et parsème la zone avec quelques feuilles. Il décide de continuer.

La scène se répète à plusieurs reprises sur une dizaine de mètres jusqu'à ce qu'il semble chercher vainement tout autre signe suspect en s'enfonçant dans la végétation. Plus il s'éloigne de la petite oasis d'herbe, plus la forêt devient épaisse et inhospitalière. Là où il se trouve, le sol est maintenant tapissé de lichen et recouvert de fougères.

Il se décide alors à rejoindre les autres avant que son absence ne finisse par attirer l'attention. Il rebrousse chemin à reculons tout en prenant soin de balayer ses propres marques de pas avec quelques branchages.

Quelques instants plus tard, il retrouve l'équipe de recherche et son adjoint. Les hommes sont assis dans l'herbe et se désaltèrent tout en discutant. Carl Ross, quant à lui, fait des allers-retours les yeux fixés sur le bout de ses chaussures de randonnée. Il discute à la radio avec ses collègues restés à Wonder et leur rapporte l'état de la situation. À trois mètres au-dessus de sa tête, le petit drone décrit lui aussi les mêmes va-et-vient en suivant docilement son « maître ».

Le grand shérif, satisfait, s'approche de son adjoint et d'une tape sur l'épaule lui demande une gourde pour s'abreuver à son tour.

— Chef ! Où étiez-vous passé ?

— J'avais une petite envie, Mike. J'ai profité du fait que l'inspecteur gadget fasse son show pour aller me soulager. Alors, quelles sont les conclusions de notre expert en recherche ?

— Ben, pas grand-chose. Tout ce qu'on a, c'est un téléphone cassé que nous avons retrouvé dans la tente détruite et les affaires dispersées des deux jeunes. On voit bien qu'il y a eu lutte, vu le bazar, et que l'herbe a été piétinée autour du bivouac, mais on ne peut même plus savoir dans quelle direction chercher parce que nous aussi on a tout piétiné !

— Et maintenant ? Qu'a décidé le toutou à son patron ?

— J'sais pas. Il discute avec lui depuis quelques minutes…

Le shérif en reste là et fait mine de se diriger vers Carl Ross. Enjambant un morceau de toile de tente déchirée, il fouille dans la poche de son pantalon et discrètement, se débarrasse du morceau d'étoffe.

À quinze kilomètres de là, à Wonder, Edward Thompson pénètre dans la maisonnette un peu vieillotte, mais bien entretenue. À l'intérieur, l'aménagement est élémentaire. Pas de couloir, aucune cloison… une seule pièce ouverte d'une vingtaine de mètres carrés accueille un coin-cuisine élémentaire au fond à droite. Devant, quatre chaises rustiques sont symétriquement disposées autour d'une table ronde, protégée par une nappe parfaitement repassée. Devant lui, une porte mène sans doute à la chambre. Sur la gauche, un rocking-chair trône à côté de la cheminée faisant face à un canapé deux places d'une autre époque. Pas de télévision, pas de décoration inutile. Les lieux sont spartiates, mais parfaitement rangés.

Amarok lui fait signe de s'avancer et de prendre place sur le divan. Après lui avoir demandé s'il souhaitait un rafraîchissement, le jeune amérindien s'installe dans le vieux rocking-chair de son grand-père. Aussitôt, Edward Thompson lui demande de reprendre ses explications au sujet des disparitions… et des fameuses empreintes.

— Dites-moi, Amarok, que savez-vous exactement au sujet des empreintes qui auraient été aperçues dans chacune des disparitions que vous avez évoqué ?

— Ce que je vais vous raconter, je le tiens de mon père qui le tenait lui-même de mon grand-père, commence le jeune amérindien. Depuis longtemps, des manifestations étranges ont lieu dans les forêts de l'Oregon. Les plus anciens témoignages remontent bien avant l'arrivée des colons blancs, lorsque mes ancêtres, les Indiens umatilla, vivaient paisiblement ici. Si aujourd'hui les descendants dont je fais partie ne représentent plus que trois mille individus, il y a encore trois siècles, les Umatilla étaient présents dans tout le grand nord-ouest de l'Amérique. Ils vivaient dans de petits villages temporaires qu'ils quittaient à la saison de la pêche pour rejoindre les rivages des rivières à saumon. Ils établissaient alors des campements provisoires et se nourrissaient de poisson, mais également de la cueillette et de la chasse. Ils parcouraient donc de grandes distances à travers toutes les forêts de la région.

— Et que disent les témoignages de vos anciens ?

— Ils mentionnent l'existence d'êtres de grandes tailles mi-humains, mi-gorilles qui vivent cachés dans les forêts. Vous, les blancs, vous les nommez les « sasquatchs ».

— Les « sasquatchs » ? Ça ne me dit rien !

— Le terme de bigfoot est également utilisé pour les nommer, précise le jeune indien.

Edward Thompson est pris d'un ricanement moqueur à l'évocation du bigfoot. Cette légende, il la connaît et comme beaucoup de petits Américains, lorsqu'il était jeune, il s'amusait avec ses camarades à se faire peur en évoquant cette histoire d'homme des bois.

— Ce n'est pas qu'un mythe, Monsieur Thompson, s'exclame fermement Amarok. De nombreux récits rapportés par mes aïeux ont également été repris par les premiers colons blancs. Et de nos jours encore, il est régulièrement fait mention de ces hommes des forêts un peu partout dans les grands espaces sauvages des États-Unis, mais également au Canada. Et puis, il y a ces empreintes, régulièrement observées par des chasseurs, des campeurs ou habitants des environs. Ça, c'est du concret ! Ce n'est pas un mythe. Moi-même, j'en ai observé, ici, à Rogue river !

Edward Thompson a l'air un peu déçu par cette conversation. Il espérait obtenir des informations beaucoup plus tangibles pour retrouver au plus vite Emmy et Ana.

Il jette un coup d'œil à sa montre : bientôt dix-neuf heures. Il doit rejoindre son équipe pour se connecter avec la cellule de crise. Il se lève alors du vieux canapé et s'apprête à prendre congé de son hôte qui lui fait perdre son temps.

Mais au moment de saluer le jeune indien, ce dernier lui saisit la main tendue et la retient fermement.

— Monsieur Thompson, je sais que vous ne me prenez pas au sérieux. Mais quoi que vous fassiez, prenez garde également au shérif Morgan. Ne lui faites pas confiance. Cet homme cache quelque chose…

# 22

*Portland, 19 juillet – 19 h*

Le son grésille et l'image tressaille avant d'afficher le visage d'Edward Thompson entouré de Jane Taylor et de Daryl Miller.

Dans la grande salle de réunion, tous les membres de la cellule de crise d'A.N.S sont retranchés derrière des ordinateurs portables ou des blocs-notes. Le directeur de communication s'éclaircit la voix avant de prendre la parole.

— Bonsoir, Monsieur Thompson. Nous sommes tous prêts à vous faire part de nos résultats.

L'homme commence à exposer les faits relatifs aux disparitions comme lui avait demandé son patron deux heures auparavant. Il confirme tout d'abord que l'ensemble des propos du jeune indien est vrai et apporte ensuite une foule de précisions provenant des informations rassemblées par le staff. Il détaille également la logistique prévue pour la nuit prochaine. Des astreintes sont mises en place pour assurer une présence continue et des moyens matériels sont partis de Portland en début d'après-midi et ne devraient pas tarder à arriver à Wonder.

Daryl Miller classe toutes les informations qu'il reçoit au fur et à mesure par messagerie électronique. Edward Thompson, qui n'a toujours pas prononcé un mot depuis le début du monologue de son employé, le coupe d'un geste de la main.

— Monsieur Williams, je vous remercie pour toutes ces précisions. Mais qu'en est-il du shérif chargé de l'enquête ?

— Euh, et bien, nous n'avons pas creusé beaucoup sur lui. Ce que nous savons, c'est qu'il est né à Medford et qu'il s'est installé à Grants Pass avec sa mère en 1995, à l'âge de vingt-deux ans. En 1998, lors de la première disparition, il a participé aux recherches en tant que jeune policier de la brigade du service des forêts.

En 2005, lors de la deuxième disparition, il était adjoint au shérif Scott qu'il a remplacé en 2010, avant la dernière disparition l'année suivante. Son dossier ne mentionne rien de particulier concernant ses états de service. Ni bon ni mauvais… que du classique.

Williams est un peu tendu. Il connaît très bien son patron pour lequel il travaille depuis presque dix ans. Il sait qu'il ne sera pas satisfait de ce résumé. Mais les efforts se sont concentrés sur les affaires de disparitions qui avaient cristallisé toute l'attention de l'équipe. Personne ne s'était attardé à fouiller dans le passé des acteurs des recherches.

Il décide de devancer la réaction de son chef :

— Monsieur Thompson, nous lançons immédiatement des recherches complémentaires sur ce Francky Morgan. Nous vous transmettrons un dossier complet dans l'heure. Mais en attendant, je voudrais vous parler d'un détail intrigant que nous avons relevé dans chacune des enquêtes.

— Je vous écoute, Monsieur Williams.

Mais au lieu de reprendre ses explications, l'homme se retire de son siège. Le silence s'installe et les trois comparses, installés sous la tonnelle du poste de commandement improvisé, gardent les yeux rivés sur l'écran en attendant de comprendre.

— Salut frangin, s'exclame Matthew Thompson en prenant place devant la webcam. C'est affreux ce qui arrive à Emmy ! Dès que j'ai su, j'ai foncé jusqu'ici. Monsieur Williams m'a tout expliqué. Ne perds pas espoir, tout le monde donne le maximum pour retrouver Emmy et Ana au plus vite.

— Matt ! Désolé, je n'ai pas pensé à te prévenir. Quand j'ai appris qu'Emmy avait des problèmes, je me suis mis immédiatement en route pour venir sur place. Depuis c'est un peu la course et…

— Ne t'inquiète pas Ed, je comprends. Tout va bien !

— Mais au fait, de quoi veux-tu me parler ? lui demande Edward à nouveau concentré.

— Eh bien ! C'est en rapport avec la disparition d'Emmy et ce « détail » que vient d'évoquer Monsieur Williams. Il m'a appelé pour que je vous éclaire un peu sur le sujet. Il s'agit des fameuses empreintes. Mais je préfère t'en parler de vive voix. Il faut que je te rejoigne au plus vite.

— Très bien Matt, je t'envoie mon hélicoptère immédiatement. Pendant que tu nous rejoins, je reprends contact avec Carl Ross, un membre de mon staff parti avec la brigade de recherche locale. À tout à l'heure !

Alors que Daryl coupe la communication avec Portland pour se reconnecter au minidrone de Carl Ross, deux énormes véhicules s'approchent et viennent se garer à côté de la petite tonnelle.

Le premier est entièrement noir avec les vitres teintées et arbore le blason de la police de Portland. Il s'agit d'un poste de commandement mobile ! Le second, un camping-car long comme un bus, est quant à lui entièrement blanc. Il est atypique avec ses énormes roues à crampons, son carénage fuselé et ses panneaux solaires sur le toit.

Aussitôt garés, les chauffeurs respectifs des deux énormes engins descendent à la rencontre du patron d'A.N.S.

Ce sont des membres du service sécurité de sa société qui se sont portés volontaires pour apporter leur aide. Ils expliquent à leur patron que le chef du département de la police, en tant qu'ami de longue date, a tenu à mettre à disposition ces véhicules. Jane Taylor, qui visite déjà l'immense camping-car, est ravie de constater que le véhicule dispose de quatre couchettes, de toilettes, d'une salle de bain avec douche, d'un salon et d'une cuisine équipée. Il y a même la télévision par satellite. Quant à Daryl, lui, inspecte le PC mobile, et comme un enfant le jour de Noël, découvre avec enthousiasme l'équipement dernier cri du petit joujou de la police de Portland : multiples écrans de contrôle, ordinateurs derniers modèles, imprimantes lasers et 3D, radars, station météo embarquée et même un mini laboratoire d'analyse ! Le tout alimenté par un gros générateur, des batteries de secours et des cellules photovoltaïques. Une antenne satellite est également disponible sur le toit du camion.

Alors qu'Edward Thompson remercie chaleureusement les deux employés dévoués d'A.N.S, il s'aperçoit que les camions ne sont pas arrivés seuls. Une camionnette de Portland News est garée à une vingtaine de mètres derrière eux… Une journaliste, qui lui tourne le dos, fait face à un caméraman en train de filmer dans leur direction. Il n'y prête pas plus d'attention et se dirige déjà vers l'hélicoptère qu'il doit envoyer à son frère.

À peine les ordres reçus, le pilote du Bell 407 GXP se prépare immédiatement à prendre son envol en compagnie des deux salariés venus livrer les énormes engins. De retour auprès de Daryl, Edward Thompson décide d'installer immédiatement le matériel dans le camion de la police de Portland. Aussitôt aidé par Jane, il transfère les équipements dans le nouveau PC. L'ingénieur, lui, s'empresse de rebrancher son ordinateur et reconnecte la liaison radio sur le réseau sécurisé. Il paramètre ensuite l'ensemble et retrouve aussitôt la connexion du minidrone de Carl Ross.

La transmission est parfaitement stable et l'immense écran en haute résolution offre une image nette. Edward Thompson découvre la forêt dense qui défile lentement en vue aérienne, mais n'aperçoit aucun membre de l'équipe de recherche…

# 23

*Forêt de Rogue River, 19 juillet – 19 h 53*

Des sons lointains… non, plutôt des paroles… à peine audibles... mais ce sont des paroles. Emmy émerge de son sommeil. Elle rassemble peu à peu ses idées. Elle tente de bouger, mais son bras gauche la fait horriblement souffrir, plus encore que son front. Il est endolori et la position couchée sur le flanc avec les mains nouées dans le dos a complètement coupé la circulation sanguine de son membre. Elle arrive péniblement à se redresser pour s'assoir.

Elle tend l'oreille pour mieux distinguer la conversation qui provient de l'extérieur, quelque part vers ce qui lui semble être la direction de la porte par laquelle elle est arrivée. C'est la voix d'une femme. Ou plutôt celle d'une vieille dame. Difficile de savoir, car le son est étouffé, trop lointain. Par contre, ce qui est sûr est qu'elle semble se disputer avec quelqu'un. Le ton est ferme et directif. Mais seule la voix féminine s'exprime, ponctuée de rares pauses. Pas de réponse… à part de temps en temps une sorte de grognement…

Le silence total revient. Emmy tente à nouveau de se libérer les poignets, mais la chair est à vif et elle ne supporte plus le moindre frottement des liens qui la retiennent prisonnière. Elle réfléchit. Puis, adossée à la paroi en rondins de bois, elle se relève difficilement. Elle est prise de vertiges. Elle ne s'est pas tenue debout depuis longtemps et se sent nauséeuse en se retrouvant en appui sur ses jambes sans tonus. Son pouls s'accélère et elle tente d'aspirer un maximum d'air à travers le bâillon qui l'empêche de crier. Les battements de son cœur s'intensifient pour apporter le maximum d'oxygène aux muscles affaiblis.

Il fait chaud et la jeune femme se sent poisseuse et exténuée. Mais son instinct de survie l'incite à se surpasser. Comme il lui est impossible de marcher, elle tente d'avancer par petits bonds. À la première tentative, elle perd l'équilibre et s'effondre sur le sol dur. Elle ressent aussitôt une douleur vive très localisée, au niveau de l'avant-bras. Un picotement typique d'une coupure. *« Je me suis coupée... quelque chose m'a entaillé le bras ! »*

Frénétiquement, Emmy se contorsionne pour ratisser le sol à tâtons. Au bout d'un moment, ses doigts effleurent un objet en métal. Elle s'en saisit maladroitement puis l'explore en mentalisant sa forme : *« Une capsule de soda »* ! Immédiatement, les doigts recroquevillés fermement sur la petite pièce métallique, Emmy se met à frotter le bord irrégulier de la capsule contre les liens. Elle n'a pas beaucoup d'amplitude et ne parvient pas à appuyer fortement dans cette position assise avec les mains dans le dos. Mais elle insiste.

Soudain, le grincement sinistre de la porte se fait entendre.

Prise de panique, la jeune fille prend appuis sur ses pieds ligotés et pousse pour reculer jusqu'au mur du fond. Une fois calée contre la cloison, elle referme le poing autour de son inestimable objet.

On déverrouille la deuxième porte... Quelqu'un pénètre dans la pièce plongée dans l'obscurité.

— Ne crie pas ma belle ! Surtout pas de gestes brusques. Je vais t'enlever le bâillon pour te donner à boire. Si tu tentes quoi que ce soit, je te le remets immédiatement et te laisse crever de soif ! Tu comprends ?

Emmy, terrorisée, fait un signe d'approbation de la tête doublé d'un gémissement en guise d'affirmation. Elle ne s'était pas trompée. La voix est celle d'une vieille dame. Une main lui enlève son entrave et le goulot d'une bouteille est porté à ses lèvres. Le précieux liquide frais pénètre dans sa bouche. Emmy l'avale par grandes gorgées. Elle ne pensait pas que boire de l'eau puisse lui apporter autant de réconfort. Mais la vieille dame lui retire le liquide salvateur.

— Ça suffit ! Reste tranquille et je repasserai un peu plus tard pour t'en redonner et même te nourrir. En attendant, repose-toi.

Ces dernières paroles ne dissipent pas totalement les craintes d'Emmy, mais elles lui indiquent que ses ravisseurs n'ont peut-être pas l'intention de la tuer. En tout cas, pas dans les prochaines heures.

Alors qu'elle entend le bouchon d'une gourde que l'on revisse et le souffle de la respiration de la femme près d'elle, elle perçoit une odeur forte. La même que celle qui se dégageait lorsqu'elle était ballotée sur la large épaule du ravisseur.

La vieille dame n'était pas venue lui rendre visite seule. Son kidnappeur était là aussi.

## 24

*Portland, 19 juillet – 20 h 31*

Tout en discutant avec le directeur de communication, Matthew Thompson glisse dans son sac une copie du rapport de synthèse qu'il consultera lors du trajet vers Wonder. Il n'est pas spécialiste des affaires criminelles et toute cette histoire le déstabilise. D'autant plus qu'il s'agit de sa nièce.

En tant que Professeur à l'université, sa vie est habituellement rythmée par les cours et ses recherches. Sa discipline, la zoologie, lui permet de voyager dans le cadre de ses missions et parfois pour des conférences. Mais c'est sa passion, la cryptozoologie, qui lui apporte le plus de satisfaction, ne serait-ce que pour l'émulation entre confrères et les échanges qu'il entretient sur le sujet avec des spécialistes aux quatre coins de la planète. Et dans le milieu, Matthew est considéré comme une référence pour ses travaux sur les animaux de moyenne ou grande taille qui ne sont pas encore officiellement répertoriés, et dont l'existence est controversée.

— Monsieur Thompson, l'interpelle Williams. Ne pensez-vous pas qu'il serait plus judicieux de rappeler votre frère afin que je lui expose notre point de vue sur ces empreintes ?

— Non, je me rends sur place pour mieux lui expliquer et évaluer la situation par moi-même. Qu'est-ce qui vous dérange, Monsieur Williams ?

— Oh, rien. Simplement, je connais votre frère. C'est un homme pragmatique, un esprit cartésien. Et je crains qu'il n'apprécie pas beaucoup ma démarche. À vrai dire, lorsque je vous ai appelé, ce n'était que pour écarter les hypothèses farfelues des témoignages recueillis dans les affaires de disparition de Rogue river. Je voulais avoir un avis scientifique du spécialiste que vous êtes. Et, je…

— Et vous ne vous attendiez pas à ce que je crédite la thèse de l'existence des sasquatchs ! Exact ?

— Euh, c'est que… c'est que ce n'est qu'une fable, Monsieur. Sans vouloir vous vexer, cette histoire de bigfoot n'est qu'une légende pour faire peur aux enfants.

— Monsieur Williams… je suis zoologue ! Depuis quinze ans, j'étudie les formes animales appelées cryptides, celles dont l'existence est discutée. Alors bien entendu, il y a des légendes. Mais il y a également des cas qui méritent que l'on s'y penche. Sachez également que je ne m'intéresse qu'aux cas de niveau trois.

— Les cas de niveau trois, répète bêtement Williams.

— Oui, de niveau trois. En fait, les cryptides sont classés en cinq catégories. La première englobe les espèces pour lesquelles nous ne possédons rien d'autre que les informations issues de la mémoire collective d'autochtones. C'est ce que vous appelez les légendes justement !

— Comme le monstre du Loch Ness ?

— Oui. Mais sachez également que l'ours et le loup, qui sont clairement répertoriés dans la zoologie contemporaine, ont totalement disparu dans beaucoup de régions d'Europe. À ce jour, dans certains pays, ils n'existent plus qu'au travers de leurs représentations culturelles. C'est que l'on appelle l'ethnozoologie. Pourtant, l'ours et le loup ne sont-ils que des contes pour enfants ? Vous saisissez Monsieur Williams ?

Le directeur de communication n'est pas sûr d'avoir compris la différence, mais feint de suivre les explications par un léger mouvement de tête invitant Matthew à poursuivre.

— Dans la deuxième catégorie, on trouve les animaux connus uniquement par des témoignages visuels, auditifs et parfois même tactiles ou olfactifs.

— Comme pour le cas qui nous intéresse, s'empresse de conclure Williams. Tout ne repose que sur des témoignages !

— Pas du tout, reprend Matthew. En ce qui concerne le sasquatch, nous pouvons le classer au minimum en catégorie trois voire quatre depuis peu ! Le troisième niveau du classement est celui des animaux connus par une preuve matérielle, par exemple… une empreinte. Le quatrième, celui des animaux pour lesquels des éléments anatomiques sont connus tels que des fragments de squelettes, de poils ou de sang.

— Mais si je vous suis bien, nous ne possédons que des empreintes comme preuve en plus de quelques témoignages plus ou moins crédibles ? Pourquoi émettez-vous l'hypothèse que le bigfoot pourrait être classé en catégorie quatre dans ce cas ?

— Parce que récemment, en novembre 2012 pour être exact, des scientifiques de la société DNA Diagnostics, au Texas, auraient mis en évidence l'existence d'une nouvelle espèce qui serait un hybride d'hominidé vivant en Amérique du Nord. Selon un communiqué de presse publié à la suite de leur découverte, ils seraient en possession d'un échantillon de cheveux prélevés lors d'une rencontre avec un bigfoot. Le séquençage de l'ADN aurait permis de confirmer qu'il ne s'agit ni de poils humains ni de poils d'une autre espèce référencée et connue à ce jour. Le génome de l'échantillon présenterait moins d'un pour cent d'écart avec celui de l'homme. Les différences génétiques seraient donc bien plus faibles que celles qui nous séparent de nos cousins chimpanzés ! En plus, sachez Monsieur Williams, que contrairement à ce que vous avancez, ce ne sont pas quelques témoignages dont nous disposons à ce jour, mais plutôt une quantité incroyable de déclarations recueillies depuis des siècles ! Et grâce aux explorations et au maillage de plus en plus important de la surface de notre chère vieille planète, les informations se sont accumulées beaucoup plus rapidement ces dernières années. Il est établi qu'actuellement nous possédons plus de 3313 témoignages rapportés entre 1921 et 2013. Soit près d'une quarantaine par an en moins d'un siècle !

Les employés d'A.N.S. se sont maintenant rassemblés autour de Matthew Thompson.

Chacun a plus ou moins entendu parler d'histoires concernant le bigfoot, mais pour la première fois, ils peuvent écouter un zoologue renommé leur apporter des informations concises à ce sujet. En chuchotant, certains échangent leurs points de vue. Il y a les sceptiques d'un côté et les convaincus de l'autre. Matthew, après avoir observé les réactions en silence, reprend ces explications :

— Quelqu'un a-t-il déjà entendu parler du *Gigantopithecus blacki*, demande-t-il à l'assistance maintenant suspendue à ses lèvres.

Tous échangent des regards interrogateurs et des petits « non » timides se font entendre.

— Il s'agit en fait d'une espèce disparue d'hominidé géant appartenant au genre gigantopithèque. C'est un primate ayant vécu du Miocène supérieur jusqu'au Pléistocène moyen. C'est-à-dire entre 9 millions d'années et 100 000 ans. Soit beaucoup plus longtemps que l'homme dit « moderne ». Il est même apparu avant le premier hominidé considéré comme notre plus vieil ancêtre, *Sahelanthropus tchadensis*, nommé « Toumaï », qui vivait dans ce qui est l'actuel Tchad il y a 7 millions d'années. Gigantopithèque a donc vu naître Homo erectus. Ce dernier semblerait d'ailleurs être à l'origine de son extinction.

Matthew marque une nouvelle pause, pas peu fier de l'effet que génère toujours cette information méconnue. Il observe les membres de l'équipe de la cellule de crise qui en viendraient presque à oublier l'actualité qui les réunit tous ici au siège de leur entreprise.

— Et vous pensez qu'il y a un lien entre cette espèce disparue il y a 100 000 ans et les empreintes retrouvées à Rogue river dans le cas des affaires non résolues ces vingt dernières années ? demande un des membres du Comité de Direction.

— Certaines hypothèses, que je soutiens, avancent qu'il pourrait y avoir eu une convergence évolutive entre l'espèce humaine et les gigantopithèques. Pour faire simple, quelques fois, des espèces soumises aux mêmes contraintes environnementales peuvent développer des ressemblances morphologiques et comportementales. C'est un mécanisme évolutif bien connu par les scientifiques. Pour en revenir à gigantopithèque, c'est un paléontologue allemand, Gustav Heinrich Ralph von Koenigswald, qui, en 1935, a découvert en chine les premières dents de cette espèce deux fois plus grandes qu'un gorille. Puis en 1956, une mâchoire inférieure complète a été mise au jour. Jusque-là, le gigantopithèque était répertorié en première catégorie dans la classification des cryptides. Aujourd'hui, il appartient à la quatrième, celle pour laquelle nous disposons d'éléments factuels pour valider son existence. Ce primate géant devait mesurer près de trois mètres et peser autour de cinq cents kilos pour les plus gros spécimens.

Cette fois, pas de chuchotements ni de sourires ironiques. Même les plus sceptiques commencent à douter. Il y a toujours une part de vérité dans les légendes.

Alors se peut-il que celle du bigfoot et de son cousin l'abominable homme des neiges ait un rapport avec ce primate géant qui peuplait notre monde il y a encore à peine cent mille ans ? Matthew Thompson termine son exposé en expliquant que d'après les dernières études scientifiques, le gigantopithèque devait avoir une silhouette humaine et partager des similitudes morphologiques avec l'actuel orang-outang et le gorille, mais était certainement beaucoup plus intelligent que ces derniers.

Selon d'autres spécialistes, il était sans doute craintif et méfiant à l'égard de l'Homme qui l'avait chassé jusqu'au bord de l'extinction. Il vivait donc dans des régions reculées ou difficilement accessibles. Le fait qu'il aurait enterré ses morts expliquerait l'absence de spécimen entier retrouvé à ce jour. Toujours selon Matthew, la convergence évolutive et l'expansion de l'espèce humaine auraient amené gigantopithèque à évoluer vers une espèce plus proche de l'homme au fil des millénaires et à se cacher davantage après avoir presque disparu de la surface du globe. Il existerait encore quelques poignées d'individus, terrés ici et là dans les grandes forêts d'Occident et d'Asie. Qu'on le nomme bigfoot, abominable homme des neiges, sasquatch ou même l'homme des forêts, toutes ces appellations différentes caractériseraient en réalité une seule et même espèce : le gigantopithèque moderne.

La sonnerie du téléphone résonne dans la salle stupéfaite par ces déclarations. Williams s'empresse de décrocher. Il fait signe du pouce à Matthew en l'informant que l'hélicoptère est arrivé et qu'il peut le rejoindre. Matthew salue alors l'assemblée et s'empare de sa vieille sacoche. Accompagné d'un membre du service de sécurité d'A.N.S, il rejoint au plus vite l'ascenseur sécurisé que déverrouille le vigile en appliquant la main sur le lecteur d'empreinte palmaire.

Quelques minutes plus tard, il se retrouve sur le toit du building où le ravitaillement de l'appareil de son frère est en cours. Il est maintenant un peu plus de vingt et une heures et le soleil d'été amorce sa descente à l'horizon. La ville lui semble paisible et Matthew apprécie la vue. Mais il s'inquiète déjà de devoir monter à bord de l'engin. Il voyage souvent par les airs, mais ne parvient jamais à réfréner cette hantise de quitter le bon vieux plancher des vaches.

Il monte et s'installe en saluant le pilote dont il ne distingue pas le visage caché derrière la visière teintée du casque. Il boucle sa ceinture et revêt lui aussi le même type de protection que lui tend son hôte. L'instant d'après, le bruit assourdissant du moteur Rolls-Royce de 250 chevaux se fait entendre et les hélices se mettent à fouetter l'air de plus en plus rapidement. Les mille trois cents kilos du Bell 407 GXP s'arrachent avec grâce du toit d'A.N.S Tower en direction de Rogue river forest.

# 25

*Rogue River, 19 juillet – 21 h 5*

Le shérif suit Carl Ross à quelques mètres de distance. Il se débat avec les branches les plus basses des pins qui s'entremêlent avec les fougères les plus hautes.

De temps à autre, il gesticule en se passant la main autour du visage pour éloigner les insectes qui virevoltent sans cesse autour de lui.

Déjà une heure et demie que la brigade de recherche s'est séparée. Quatre membres se sont répartis en deux binômes alors que le cinquième est resté à la petite clairière avec le shérif adjoint pour ratisser de nouveau les environs. Lui, a préféré faire équipe avec Carl Ross qu'il ne veut pas quitter des yeux. Les deux hommes n'échangent pas un mot.

Le vigile d'A.N.S observe avec concentration chaque bosquet et chaque arbuste à la recherche de la moindre trace suspecte. De son côté, le grand shérif se contente d'observer son partenaire d'un jour avec détachement et une pointe de nervosité.

Soudain, Ross lève la main sans dire un mot ni quitter du regard une souche d'arbre déraciné, à la manière d'un militaire en mode commando. Puis, il agite le bras pour demander à son équipier de le rejoindre.

Le shérif Morgan s'approche lentement dans son dos.

— Qu'avez-vous trouvé, Monsieur Ross ?

— Ici, regardez… là, insiste Carl Ross en pointant du doigt une grosse racine dirigée vers le haut.

— Quoi ? Je ne vois rien !

Le shérif distingue pourtant parfaitement la tache de sang et le petit morceau de vêtement piégé dans la racine déterrée. Anxieux, il se relève et regarde le vigile penché sur son indice avant de reculer d'un pas. Il semble hésiter…

Carl Ross ne se préoccupe plus de son partenaire. Maintenant à genoux, il prend une photo avec son smartphone avant d'examiner le sol soigneusement. Les fougères sont écrasées. *« Quelqu'un est passé par là récemment »*.

En écartant les feuillages abîmés, il découvre avec stupéfaction une énorme empreinte de pied ! L'étonnement est tel qu'il relâche instinctivement les branchages. Mais une autre surprise le fauche instantanément. Le shérif, qui s'était emparé d'une branche de taille conséquente, lui assène un coup violent derrière la nuque.

Les os craquent sous le choc et l'employé d'A.N.S s'écroule tel un pantin dans la végétation. Un filet de sang s'écoule lentement de la commissure des lèvres. Il a les yeux ouverts et les pupilles dilatées. Il ne respire plus. Il est mort sur le coup, les vertèbres cervicales n'ayant pas résisté à l'impact.

À Wonder, Edward Thompson est confortablement installé dans le salon du camping-car.

Après s'être rapidement restauré et avoir eu confirmation du départ de son frère, il consulte au calme le rapport complémentaire concernant Francky Morgan. Il y apprend que le shérif est arrivé à Grants Pass avec sa mère, mais qu'il est l'unique survivant d'une fratrie de trois garçons.

Selon le dossier médical de sa mère, ses deux autres frères, des jumeaux, seraient nés avec quelques malformations congénitales et n'auraient pas survécu plus d'un an après la naissance. Quant à son père, il les aurait abandonnés pendant la grossesse des jumeaux. Depuis, aucune trace de lui, tout comme pour les certificats de décès des deux frères de Francky Morgan. Dans la note accompagnant le rapport, Williams précise qu'il n'a pas réussi à mettre la main dessus. Le patron d'A.N.S découvre également que le shérif est suivi médicalement depuis des années et se soigne à la bromocriptine et au pegvisomant, des antagonistes de l'hormone de croissance. Désintéressé de ces précisions thérapeutiques qui ne lui évoquent pas grand-chose, il poursuit la lecture du dossier à la recherche d'informations qui pourraient l'interpeller, mais rien. *« Que signifie la mise en garde d'Amarok ? »*

Dans le PC mobile stationné à côté de l'immense camping-car, Daryl Miller suit toujours l'évolution du minidrone qui survole la forêt depuis bientôt deux heures. Carl Ross lui a expliqué un peu plus tôt qu'il lui était impossible de faire voler son prototype à ses côtés. La végétation trop dense était incompatible avec un vol automatique à faible altitude et le vol guidé se serait révélé trop compliqué. Il avait donc décidé de positionner son drone à une trentaine de mètres pour passer au-dessus de la cime des plus grands pins.

— Allo, Carl ? Tu me reçois, demande Daryl à travers le microphone de sa radio.

Aucune réponse.

— Carl ? Ici Daryl, est-ce que tu me reçois ?

Pas un son. Aucun grésillement. Rien.

L'ingénieur insiste encore et encore, mais sans succès. *« Zut, j'ai perdu la liaison radio »*. Il pianote immédiatement sur le clavier de son téléphone portable pour tenter de joindre son collègue. Mais le message « échec de l'appel » lui indique que le vigile se situe dans une zone non couverte par le réseau.

Il observe l'écran et se rend compte que l'image est figée. Ou plutôt que le minidrone n'avance plus. Il filme la même scène en vol stationnaire. Affolé, l'ingénieur détale du PC pour rejoindre son patron dans le camping-car.

— Monsieur Thompson, Monsieur Thompson ! hurle-t-il essoufflé.

— Que se passe-t-il Daryl ?

— Nous avons perdu la connexion avec Carl. Je n'arrive pas à le joindre par radio. J'ai tout vérifié ! Le réseau est opérationnel et il n'y a aucun problème technique… Sauf qu'il ne répond pas !

— Peut-être que les batteries de sa radio sont épuisées, rétorque Edward Thompson.

— Impossible ! J'ai vérifié tout le matériel avant de le laisser partir. La radio est neuve tout comme la batterie. Sa durée de vie est de vingt-quatre heures en communication et d'une semaine en veille. En plus, par précaution, je lui en ai fourni une de secours. C'est impossible Monsieur Thompson !

— Calmez-vous, Daryl ! Peut-être est-elle tombée en panne ou alors, il l'a éteinte par inadvertance !

— Oui peut-être. Mais ce qui m'inquiète aussi, enchaîne le petit ingénieur, c'est que le drone est en vol stationnaire et n'avance plus. J'ai vérifié les paramètres de vol et cela fait presque une demi-heure qu'il ne bouge plus.

— Alors sans doute a-t'il fait une pause ! Carl nous a dit que l'équipe de recherche s'était séparée en binômes pour ratisser les environs de la clairière. Après plusieurs heures de marche, il prend sans doute un peu de repos !

Edward Thompson, censé être le plus à cran, tente de garder ses esprits même si la situation lui apparaît effectivement anormale. Il était convenu de garder en permanence une liaison radio.

— OK, Daryl ! Retournons au PC et voyons si nous pouvons prendre le contrôle du drone pour revenir au plus près du sol.

Le shérif Morgan, malgré son physique hors norme, peine à traîner le corps inerte de Carl Ross.

Le terrain légèrement accidenté est jonché de rochers et de bois mort. La tête du vigile suit le relief du sol pendant que l'homme de loi tire son corps par les pieds.

Après avoir difficilement remonté une petite côte, il parvient jusqu'à un promontoire rocheux. En contrebas, une faille géologique laisse apparaître un trou béant et profond dont les parois sont couvertes de part et d'autre de buissons épineux. Dans un dernier effort, le shérif roule le corps du vigile sur le côté, jusqu'au bord du précipice. Puis sans état d'âme, il se relève et donne un coup de pied violent dans le cadavre lesté de pierres qui chute au fond du puits naturel.

Au bout de plusieurs longues secondes, il entend le son du corps tomber dans l'eau. Un rictus de satisfaction illumine son dur visage.

Au même moment, le minidrone en vol stationnaire émet un petit bip. Une diode rouge clignotante indique la perte de la liaison. L'engin se met en stand-by ne pouvant plus rejoindre sa base ni recevoir d'ordre.

Le shérif s'emploie à faire disparaître toutes les traces de son passage. Il efface les empreintes, coupe soigneusement les branchages des fougères abîmées, se débarrasse du bout de vêtement repéré par Ross et nettoie les taches de sang.

Une fois sa besogne terminée, il s'apprête à quitter la scène de son crime et rebrousser chemin en direction du point de départ, là où l'attend son adjoint.

Mais dans les dernières lueurs du jour, le prototype d'A.N.S émet un bip.

La diode rouge passe au vert.

# 26

*Wonder, 19 juillet – 21 h 59*

L'écran sur lequel les deux hommes suivent la scène filmée par la minuscule caméra volante affiche l'ensemble des paramètres de l'engin.

Daryl a repris les commandes en mode manuel et peut maintenant le diriger. Edward Thompson lui demande de descendre à la verticale sans dévier d'un centimètre. Si son petit bijou de technologie est fiable, il devrait normalement se situer à l'aplomb du bracelet-montre qui lui sert de repère et de base de recharge. Et s'ils trouvent le bracelet, ils trouvent Carl Ross.

Alors qu'il amorce la descente, Daryl se concentre sur les indications que lui renvoie le GPS intégré, vérifiant la latitude, la longitude et l'altitude qui s'affichent en temps réel sur le téléviseur. Ses yeux roulent derrière ses petites lunettes rondes en observant à la fois la descente et les paramètres de vol.

Arrivé à la cime des arbres, l'ingénieur stoppe la descente pour noter les coordonnées exactes avant de dévier la trajectoire du drone et éviter les branches un peu trop fournies. Il zigzague avec aisance prenant presque du plaisir à jouer avec les commandes très réactives du prototype qu'il a mis deux ans à développer. Après avoir parcouru une dizaine de mètres à travers l'épaisse végétation, les branchages se font moins denses.

Plus il approche du sol, plus le feuillage est clairsemé. Centimètre par centimètre, Daryl repositionne l'appareil sur les coordonnées initiales et se retrouve de nouveau à l'aplomb de la position souhaitée. Soudain, il observe un flash de lumière, mais ne s'attarde pas sur ce détail. À cinq mètres au-dessus du sol, Edward Thompson demande à son employé de stopper l'engin afin de stabiliser l'image.

L'obscurité ne permet plus de distinguer quoi que ce soit. Les dernières lueurs du jour s'évanouissent rapidement et les ultimes rayons rasants ne parviennent plus à percer les sous-bois.

L'ingénieur exécute une commande et immédiatement, l'image se teinte de contrastes verdâtres. La vision nocturne est enclenchée. Le temps de s'habituer à ce nouveau mode et Edward Thompson distingue une tache sombre.

Il ordonne à Daryl Miller de s'en approcher. L'image est de plus en plus obscure à mesure que le minidrone s'en approche.

Très vite, la zone en question envahit entièrement l'écran.

Tout est noir.

— Monsieur Thompson, nous sommes à deux mètres en dessous du niveau du sol, précise Daryl.

— Le GPS déconne ?

— Non, je pense que nous sommes dans une crevasse. Attendez, je vais scanner la topographie du terrain.

Quelques clics plus tard, le mini robot effectue une rotation complète sur lui-même.

Aussitôt, une modélisation du relief apparaît en trois dimensions dans un encart affiché dans le coin droit inférieur de l'écran de contrôle. L'intuition de l'ingénieur est confirmée.

Il effectue une autre opération lui permettant, grâce au sonar intégré de son joujou, de connaître la profondeur exacte du gouffre : onze mètres et cinquante-six centimètres. Les deux hommes s'observent. C'est pourtant bien de cet endroit que le dernier signal a été envoyé au drone.

À une vingtaine de mètres de là, le shérif Morgan tente de suivre du regard le minidrone. En jetant un dernier coup d'œil avant de quitter les lieux, il avait aperçu un reflet métallique à la lueur de sa torche qu'il avait immédiatement éteinte pour ne pas se faire remarquer. Il avait reconnu le prototype d'A.N.S et savait que ce foutu gadget pouvait filmer.

À présent, il se tient à nouveau au bord du puits naturel. Il y fait tellement sombre qu'il ne peut plus apercevoir l'appareil. Il sait qu'il doit s'en débarrasser. *« Ce morpion bourré d'électronique va me repérer... »*

Il réfléchit puis ôte son chapeau qu'il remplit de fine terre poussiéreuse accumulée au creux des rochers. Une fois le couvre-chef garni de ce qui ressemble à de la farine ocre, il déverse le contenu en prenant soin de bien le disperser au-dessus du trou béant.

Dans leur PC mobile, les deux hommes lâchent un juron. Le petit drone vient de faire un brusque écart inexpliqué et malgré une tentative de Daryl Miller pour récupérer la trajectoire, il percute la paroi rocheuse.

L'objet endommagé chute pour finir sa course dans l'eau. Quelques grésillements sont suivis d'un écran noir sur lequel s'affiche « connexion perdue ».

# 27

*Rogue River, 19 juillet – 22 h 27*

De nouveau le silence... Emmy reprend ses petits mouvements saccadés, tentant de sectionner ses liens qui finissent par céder à force d'acharnement.

La jeune fille se libère aussitôt de son bâillon et du bandeau qui lui masque la vue. Elle cligne des yeux, mais n'y voit toujours rien.

Dans l'obscurité la plus totale de sa geôle, elle se délivre de son entrave aux pieds et se relève. Elle parcourt la pièce à tâtons : aucune fenêtre, pas une seule ouverture… uniquement une lourde porte verrouillée. Et aucun matériau qu'elle pourrait utiliser pour s'y attaquer et s'échapper. Elle ne dispose que de sa petite capsule de soda, de terre battue et de lourds rondins de bois qui constituent l'architecture de sa prison.

Emmy se souvient de la dernière phrase de la vieille dame : *« Je repasserai un peu plus tard pour t'en redonner et même te nourrir »*. Elle n'a plus la notion du temps, mais estime que plusieurs heures se sont écoulées depuis son passage. Elle ne devrait donc pas tarder à revenir.

La jeune fille décide de replacer les liens défaits sur ses pieds et de repositionner le bâillon ainsi que le bandeau sur ses yeux, préalablement détendus pour plus de confort.

Assise face à la porte, elle patiente de longues minutes dans le noir.

Après une attente interminable, des bruits de pas se font entendre à l'extérieur, suivis du grincement de la première porte qu'Emmy gardera gravée en mémoire à tout jamais. Puis la deuxième porte…

Emmy est sous pression. Sa gorge se noue et son pouls s'accélère. Tout son corps est inondé d'adrénaline. Elle est prête à bondir, mais se contient. Elle ne sent pas l'odeur forte de son kidnappeur. Par contre, elle perçoit la respiration sifflante de la vieille dame. Elle est venue seule…

— Alors ma belle, tu n'as pas bougé ? C'est très bien ! Je t'ai apporté à manger. Je vais donc enlever ton bâillon, et comme tout à l'heure, tu te tiendras tranquille pour que je te nourrisse. Sinon…

Pas le temps d'écouter ces sornettes ! Emmy se démasque et bondit furieusement sur sa geôlière. Mais la vielle se débat et lui assène un violent coup de poing. La teigne !

Renversée sur le dos sous l'effet du choc, la jeune fille se débarrasse de son agresseur par une vive ruade. Frappée en pleine poitrine, l'assaillante fait un bon à travers la petite pièce avant de s'écraser contre la paroi opposée. Emmy se relève avec difficulté et s'approche prudemment du corps contorsionné. À la faible lueur filtrant par la porte entrebâillée, elle discerne le crâne ouvert à travers la chevelure clairsemée et ensanglantée de sa tortionnaire.

La vieille respire encore difficilement, mais l'hémorragie importante ne lui laisse que quelques minutes de répit avant de sombrer définitivement.

Tiraillée entre compassion et soulagement, Emmy ramasse une fourchette et une gourde au sol puis fouille sa victime d'une main tremblante pour s'emparer d'une torche électrique.

Avec précaution, elle sort de la pièce funeste et traverse la cabane vers la porte principale. Toujours aux aguets, elle l'entrouvre délicatement et jette un coup œil furtif à l'extérieur.

Le ciel nocturne est dégagé. Les arbres immenses se détachent de l'horizon à la clarté de la lune en prenant des allures d'ombres chinoises. Tout semble calme. En face, à une vingtaine de mètres sous un immense pin jaune, elle distingue un autre cabanon de taille plus réduite, mais de conception semblable au sien.

Sur sa droite, une maisonnette en bois est nichée sous un bloc rocheux concave qui fait office de protection naturelle en surplombant la fragile construction. De délicates fumeroles s'échappent d'une cheminée simpliste constituée d'un vieux tube en inox.

Un rai de lumière vacille au ras du seuil de la porte et à travers les volets ajourés de l'unique fenêtre de la bicoque. *« Sûrement l'habitation des ravisseurs ».*

Après avoir pris connaissance de son environnement, elle décide de courir jusqu'à la deuxième cabane. *« Ana est peut-être retenue prisonnière à l'intérieur »* ! Aussitôt arrivée aux abords de la maisonnette, elle s'accroupit et vérifie autour d'elle l'absence de mouvements.

Recroquevillée, elle avance à petits pas pour rejoindre l'arrière de la cabane. Elle colle son oreille contre les rondins de bois en espérant capter un son qui lui donnerait une quelconque indication sur les lieux. Mais aucun bruit ne filtre.

La jeune fille doute.

Fuir le plus loin possible sans se retourner ou prendre le risque de se faire repérer par ses agresseurs ?

Le dilemme la ronge.

Peut-être Ana est-elle prisonnière ici ? Ou peut-être a-t-elle réussi, elle aussi, à s'échapper ? Emmy tente de ne pas évoquer l'ultime hypothèse qui lui vient à l'esprit.

Malgré tout, elle ne parvient pas à réprimer sa pensée qui s'impose en imprimant de force l'idée que son amie est peut-être morte.

Emmy stoppe sa réflexion et se ressaisit. Elle décide de passer à l'action malgré ses craintes.

À pas de velours, elle fait le tour du cabanon et s'approche de la porte verrouillée par un cadenas. Elle approche son œil d'un mince interstice pour tenter d'entrevoir l'intérieur.

Sans éclairage, elle n'y voit rien.

Elle allume alors sa petite torche électrique et dirige le faisceau lumineux par la fente. D'une main tremblante, elle scrute l'intérieur en dirigeant sa lampe de gauche à droite.

Soudain, elle se fige en devinant une masse sombre et inerte étendue sur le sol. *« Ana ? »*

Elle éteint et allume alternativement la torche pour attirer l'attention sans bruit. Mais sa manœuvre ne déclenche aucune réaction ni aucun mouvement. Sans réfléchir, elle se met à tambouriner, d'abord doucement, puis de plus en plus fort en appelant Ana.

Un mouvement ! Un bras sort du drap jusqu'alors immobile…

— Ana ? Ana, c'est toi ? C'est Emmy !

— Emmm… Emmy, répond Ana d'une voix ankylosée.

— Oh mon Dieu ! Ana, tu es vivante !

Encore engourdie, l'étudiante se redresse péniblement. Elle rejoint Emmy, les jambes flageolantes et les larmes aux yeux. Chacune glisse un doigt à travers l'espace exigu de la porte pour se toucher et s'assurer que la situation est bien réelle.

Emmy découvre avec effroi le visage tuméfié de son amie qui, le teint livide et les yeux rougis, tremble de peur.

— Emmy, sauve-toi ! Fuis le plus loin possible. Ils ne sont pas loin et viennent régulièrement me surveiller. Je t'en prie, sauve-toi !

— Non, pas question ! Je vais te sortir d'ici et nous allons nous échapper toutes les deux !

— Non, Emmy, tu ne comprends pas. Ce sont des monstres ! Ils ne te laisseront aucune chance si tu tentes quoi que ce soit !

— J'ai tué la vieille dame…

Ana retire brusquement son doigt de la porte et recule d'un pas en arrière. Abasourdie par l'annonce froide de son amie, elle pâlit encore un peu plus.

— Tu… tu as fait quoi… bégaye-t-elle.

— J'ai tué la vieille folle qui nous retenait prisonnières !

— Emmy, c'était leur mère…

— Mais de quoi parles-tu ?

— La vieille dame ! C'était la mère de ces deux monstres qui nous ont kidnappés !

— Les deux ?

— Oui, Emmy… Il y en a deux… Quand j'ai été agressé au campement, tout s'est passé si rapidement et il faisait si sombre que je n'ai rien pu faire. Et en me réveillant ici, j'étais ligotée et bâillonnée avec les yeux bandés.

— Moi aussi, lui précise Emmy.

— Ensuite, la vieille dame est venue me donner à boire et un peu plus tard, à manger. Comme je restais tranquille, après sa deuxième visite elle m'a libérée de l'ensemble de mes liens. J'ai alors pu l'observer s'éloigner et rejoindre la maisonnette sous les rochers, à travers la fente de la porte. Et c'est à ce moment que j'ai aperçu dans l'obscurité deux silhouettes immenses qui se sont adressées à elle en disant « maman »…

— Raison de plus pour ne pas te laisser seule ici ! Lorsqu'ils s'apercevront que leur mère est morte, leur réaction sera sans doute violente. Je ne peux pas t'abandonner Ana. Il faut que tu sortes d'ici !

Le cadenas ne paraît pas si solide.

Contre l'avis de son amie captive, Emmy s'y attaque avec la fourchette. Mais après avoir trituré la serrure tant bien que mal et après avoir tenté de la fracturer par effet de levier, son ustensile déformé de toute part finit par céder.

Désemparée, elle ramasse une pierre grosse comme son poing et s'acharne en frappant sur le bout de métal récalcitrant. Ana est paniquée. Le bruit métallique résonne et ricoche contre la petite falaise en s'amplifiant.

Malgré ses supplices pour stopper son amie, cette dernière s'obstine furieusement.

Dans un dernier fracas, le cadenas finit par rompre. Emmy s'en débarrasse avec hâte et ouvre la porte.

Plus loin, une autre porte s'ouvre… celle de la maisonnette ! Dans la lumière tamisée qui s'en échappe, une ombre imposante surgit, suivie d'une deuxième ! Ana et Emmy se jettent dans les bras et se serrent fortement l'une contre l'autre.

Mais l'instant de réconfort est court. Déjà, les grognements gutturaux se font entendre. *« Vite, il faut courir ! »*

# 28

*Wonder, 19 juillet – 23 h 38*

La petite bourgade de Wonder est silencieuse. Les quelques lumières des habitations encore éclairées s'éteignent les unes après les autres au fil des minutes qui s'égrènent.

Toujours installé derrière le pupitre de commande du PC mobile, Daryl s'agace de ne pas avoir de nouvelles de Carl Ross ni du reste de l'équipe de recherche. Après la première exploration des environs, le plan initial était de faire un point à vingt-trois heures, depuis la clairière où le réseau téléphonique est opérationnel. Mais à bientôt minuit, aucun contact n'a été établi.

Dans le camping-car juxtaposé, Edward Thompson est au téléphone avec le chef de la police de Portland. Son ami lui confirme que le périmètre est toujours bouclé, mais que les contrôles n'ont donné aucun résultat. De son point de vue, les ravisseurs sont toujours dans le grand parc national de Rogue river. Il précise également que le dispositif de sécurité restera en place le temps nécessaire.

Avant de prendre congé de son interlocuteur, Edward Thompson le remercie pour ce soutien ainsi que pour la mise à disposition de l'unité mobile. À peine met-il fin à la communication que quelqu'un frappe à la porte.

Jane Taylor, installée près de son patron, se lève et se dirige vers la petite entrée qu'elle ouvre délicatement. Dehors, devant elle, se tient Pénélope Martinez. La journaliste de portland News se présente aimablement en lui tendant sa carte de presse. Sur un ton moins convenant, la jolie assistante de direction la rabroue et s'apprête à refermer la porte, violemment cette fois. Mais la journaliste interpelle

Edward Thompson qu'elle aperçoit installé dans le salon du camping-car en arguant avoir des informations sur les précédentes affaires, mais également sur le shérif Morgan… La porte lui claque au nez !

Juste au-dessus du Quartier Général de Wonder, la quiétude est brisée par le timbre tonitruant du Bell 407 GXP en approche. La poussière se soulève de toute part et le projecteur braqué sur la zone d'atterrissage, proche des deux gros véhicules, oblige Pénélope Martinez à se protéger le visage de son avant-bras. La chevelure de la brunette se soulève en s'agitant frénétiquement au-dessus de sa tête. Dès l'appareil posé et le rotor en décélération, Matthew, sacoche en bandoulière, s'extrait de l'hélicoptère. Edward Thompson bondit hors du camping-car et fonce à la rencontre de son frère cadet.

— Matt, content que tu sois là !

— Edward, désolé pour Emmy. Mais je suis certain que nous allons la retrouver saine et sauve.

— Monsieur Thompson, les interrompt Pénélope Martinez

Les deux hommes se retournent simultanément vers la journaliste aux cheveux ébouriffés. Avec son tour de cou au bout duquel pendouille sa carte de presse, la jeune femme d'une trentaine d'années les fixe de ses yeux d'un noir profond.

De taille moyenne, pulpeuse, mais d'allure sportive, la jeune femme aux traits hispaniques est plutôt avenante. Edward Thompson l'observe toutefois avec méfiance. Elle dit avoir des informations, mais il connaît bien les journalistes qui en général usent de tous les subterfuges pour les soutirer plutôt que les partager.

Il plante son regard dans ses yeux et s'adresse à elle sur un ton empreint de dédain.

— Madame, je n'ai rien à vous confier. Quant à vos informations, je ne m'y intéresserai qu'après avoir discuté avec mon frère. En attendant, je vous prie de vous éloigner et de rejoindre votre camionnette.

Pénélope Martinez n'insiste pas face à l'aplomb et au charisme du patron d'A.N.S. Elle s'éloigne en adressant un gracieux sourire à Matthew qui, par amabilité, lui répond de la même manière.

— Eh ! Nigaud, l'interpelle Edward en le secouant par les épaules. Tu me suis à l'intérieur pour qu'on puisse débriefer.

Les deux hommes montent dans le camping-car et s'installent dans le salon douillet. Edward Thompson demande à Jane de convier Daryl au conciliabule. Une fois tout le petit monde installé autour de la table, Edward, impatient, interroge son frère au sujet des fameuses empreintes.

Matthew se lance alors dans les mêmes explications que celles exposées quelques heures auparavant aux membres du Comité de Direction.

Avec autant d'enthousiasme, il revient sur gigantopithèque, la convergence évolutive, les analyses ADN et autres témoignages. Dubitatif et les paupières alourdies par la fatigue, Daryl le regarde, les coudes sur la table et le menton calé entre ses mains. Jane, quant à elle, arbore une expression de stupéfaction, ponctuée par de fréquentes exclamations de surprise.

Pour sa part, Edward semble être concentré en mode « enregistrement et analyse ». Les capacités de décisions qu'il a développées durant ses années de responsabilités lui confèrent l'aptitude de rester objectif, même confronté à une situation l'impliquant personnellement.

Homme plutôt pragmatique et rationnel, Edward Thompson est cependant troublé par les paroles de son frère. D'autant plus que le jeune amérindien, sans connexion aucune avec la cryptozoologie, était parvenu à la même hypothèse au sujet des sasquatchs.

Certes, sa position reposait plus sur la légende que la science, mais Matthew venait de relier les deux. Et puis, il y a cette journaliste de Portland News. D'ailleurs, elle patiente certainement dehors même après avoir été éconduite. Elle prétend avoir des renseignements sur le shérif de Grants Pass. Encore un recoupement avec les paroles d'Amarok qui avait conseillé, quelques heures auparavant, de se méfier de Francky Morgan.

Fatigué et les nerfs à fleur de peau, le patron d'A.N.S rassemble ses esprits.

— Jane, voulez-vous, je vous prie, demander à cette journaliste de venir. Je voudrais entendre les fameuses informations qu'elle souhaite nous révéler. Et même s'il est un peu tard, pourriez-vous vous rendre chez le jeune amérindien et le convaincre également de se joindre à nous ?

— Qui sont ces gens ? interroge Matthew.

Edward Thompson lui relate son entretien avec le jeune Indien et l'intervention de la journaliste juste avant son arrivée. Matthew est déjà enthousiaste à l'idée de pouvoir s'entretenir avec un autochtone qui, selon ses propos, a vu de ses propres yeux ce qui pourrait être des empreintes de sasquatchs.

Il sort de sa sacoche antique un ordinateur portable qu'il allume immédiatement pour montrer à Edward une carte des États-Unis constellée de petits points rouges.

Certains états sont beaucoup plus fournis et certaines parties, correspondant aux zones montagneuses et aux parcs naturels, sont même recouvertes par l'agglutination de ces repères.

— Tu vois Ed, tous ces points marquent les témoignages sur les sasquatchs. Il en existe des milliers. C'est un travail collaboratif où chacun apporte sa pierre à l'édifice.

Edward l'écoute d'un air distant sans répondre, mais Matthew enchaîne :

— Grâce au témoignage d'Amarok, j'aurais cette fois la primeur de la prochaine mise à jour.

Il poursuit en évoquant également la tenue d'une conférence en fonction des détails du récit que lui livrera Amarok.

Daryl, lui, le regarde fixement en faisant les gros yeux. Matthew se tait et éteint son ordinateur en prenant conscience de son engouement totalement déplacé alors que sa nièce est en ce moment en danger, quelque part dans cette immense forêt…

# 29

*Rogue River, 20 juillet – Minuit*

L'adjoint du shérif souffle de soulagement en voyant son chef débarquer. Le reste de la bande était rentré depuis plus d'une demi-heure et seul le binôme Morgan-Ross manquait encore à l'appel. *« Tiens ! Où est Ross d'ailleurs ? »*

— Chef ! Où étiez-vous ? On commençait à s'inquiéter ! On avait convenu de contacter Monsieur Thompson à vingt-trois heures. Et où est passé notre GI Joe ?

Simulant une attitude abattue, le shérif s'approche du groupe d'hommes et porte une main lourde sur l'épaule de son adjoint.

— C'est justement parce que j'ai perdu la trace de Carl Ross que je suis rentré tardivement. Je ne voulais pas le laisser seul, en pleine nuit, dans cette forêt où sévit un kidnappeur…

— Et où est-il, demandent les autres.

— Je… Je ne l'ai pas retrouvé.

— Mais, qu'est-ce qui s'est passé ? questionne à nouveau son subalterne.

— Nous étions en train d'explorer une vaste étendue de végétation dense lorsque nous sommes arrivés dans une zone où le terrain devenait accidenté. En avançant un peu plus, nous nous sommes retrouvés face à un gros bloc rocheux. C'est là que Ross m'a convaincu de nous séparer. Chacun devait prendre un flanc, fouiller les environs en contournant l'obstacle et se retrouver de l'autre côté.

— Et ?

— Je suis parti sur la gauche pendant qu'il explorait à droite. Arrivé à l'autre bout de l'enrochement, qui finalement s'avérait beaucoup plus long que haut, je l'ai attendu.

Le shérif parle lentement en donnant l'impression de chercher ses mots. En réalité, ses hésitations ne sont que le reflet de son improvisation. Mais la tonalité employée renforce finalement la dramaturgie de son propos.

— J'ai patienté de longues minutes, reprend-il la tête baissée. Mais ne le voyant pas revenir, j'ai décidé de retourner au point de départ, en passant par le côté qu'il était supposé emprunter. J'ai cherché partout. Mais je n'ai trouvé aucun signe du vigile.

— Vous pensez qu'il a été kidnappé lui aussi, demande l'un des hommes de la brigade de recherche.

— C'est fort probable, répond Francky Morgan d'un ton grave. Je ne vois aucune autre explication. Quelqu'un ne disparaît pas ainsi dans la nature !

Après quelques débats, tous finissent par se convaincre que Ross a lui-même été victime du ravisseur qui rôde dans les environs. L'inquiétude fait maintenant place à la peur. Les six hommes échangent des regards craintifs et interrogateurs à la fois.

— Qu'est-ce qu'on fait maintenant, Chef ?

— J'appelle Edward Thompson pendant que vous montez le campement. Nous passerons la nuit ici et reprendrons les recherches dès demain, à l'aube.

Sur ces mots, il s'isole du groupe et sort son téléphone portable de sa poche arrière. La batterie lui indique trente-cinq pour cent et le réseau n'affiche que deux barres. *« Suffisant pour enfumer ce blaireau de Portland »,* se dit Francky Morgan. Il compose le numéro et attend que le patron d'A.N.S décroche. Dans son dos, l'adjoint, aidé de quatre membres de la brigade, entame le montage des petites tentes canadiennes pendant que le cinquième allume un feu.

Le shérif gesticule en mimant la scène qu'il vient d'exposer à ses compagnons de camp. À l'autre bout du fil, Edward Thompson apprend la nouvelle de la disparition de Carl Ross avec effroi. Morgan termine sa conversation en tentant faussement de le rassurer. Il lui fait également comprendre que sa motivation pour retrouver les deux jeunes filles et le salarié d'A.N.S reste intacte. Il raccroche. Son baratin a convaincu tout le monde.

# 30

*Wonder, 20 juillet – 0 h 25*

Un silence pesant s'est installé dans le camping-car. Matt pose une main chaleureuse sur l'épaule de son frère qui semble prêt à fondre en larme. Après sa conversation avec le shérif, tous ses espoirs s'étaient subitement effondrés. Edward Thompson pensait sincèrement que sa petite Emmy serait retrouvée rapidement et qu'il n'aurait pas à passer toute la nuit à se tourmenter.

Carl Ross semblait être l'homme de la situation. Il paraissait sûr de lui. En réalité, tous ses espoirs reposaient sur son employé, pas sur la brigade de recherche. Il sait que ce ne sont pas les forces de l'ordre qui résoudront cette affaire. Par le passé, elles ont déjà démontré leur inefficacité à plusieurs reprises.

Edward Thompson angoisse. Son seul et unique espoir vient de s'envoler brutalement. Carl Ross, sa technologie, son ingénieur Recherche et Développement, sa cellule de crise, sa puissance financière, ses amis influents… il se pensait invincible, inattaquable et à l'abri du mauvais sort. Mais tout cela ne rime plus à rien. Dans cette satanée forêt, un individu s'en est pris à sa fille et son amie. Il est en pleine nature, dans un trou paumé avec un shérif incapable, un Indien mystérieux et son frère lui racontant des histoires d'homme des bois. Il a la nausée en prenant subitement conscience de la réalité. Sa fille est ce qu'il lui reste de plus cher au monde, ce qui le raccroche à la vie. Depuis la disparition de sa femme, il avait manqué de tact. En bâtissant son empire, il pensait pouvoir briller aux yeux d'Emmy. Mais il n'y était pas parvenu. Il gardait même une forme de rancœur vis-à-vis de son frère qui, lui, avait su trouver les mots justes. Il s'était battu contre lui-même jusqu'à aujourd'hui.

Maintenant, il doit se battre pour sauver Emmy, même si elle est forte. Oui, elle est forte ! Les expériences de la vie lui ont donné du tempérament. Perdre un parent est sans doute ce qu'il y a de pire pour un enfant. Emmy a en elle une grande force de caractère. Elle est capable de surmonter les épreuves les plus difficiles. Elle ne lâche jamais prise. Elle se bat toujours, persuadée que rien n'est impossible. C'est même elle qui lui remontait le moral dans les moments où il perdait pied. Il s'en souvient. Le monde à l'envers ! Une enfant qui réconforte son père. Elle ne peut pas mourir... elle ne doit pas. Edward Thompson serre la mâchoire, le regard noir.

— Emmy est vivante ! Elle est vivante, je le sens, je le sais. C'est une battante !

Matthew, surpris, retire délicatement sa main de l'épaule de son frère. Daryl relève la tête, les yeux lourds de sommeil. Les deux hommes se regardent. *« Il craque ou quoi ? »*, se demande l'ingénieur. *« Il va péter un plomb le boss ! »*

La porte du camping-car s'ouvre subitement. Jane Taylor entre la première, suivie de Pénélope Martinez et d'Amarok. Le trio s'installe dans le salon sans dire un mot.

— Très bien, commence Edward Thompson, je vous ai demandé de venir, non pas pour une réunion de quartier, mais pour que vous m'aidiez. On ne se connaît pas, mais nous avons tous un point commun. Moi, j'ai ma fille de vingt et un ans et son amie Ana, quelque part dans cette forêt. Vous, Amarok, vous vivez dans cette région et avez connaissance des disparations antérieures, et vous, la journaliste, à priori vous savez des choses sur ces mêmes affaires. Et dans tous les cas, un homme, le shérif Morgan, est le dénominateur commun. Plus tôt dans la journée, vous m'avez mis en garde. Que sous-entendiez-vous exactement, Amarok ?

— Monsieur Thompson, je n'ai pas de détails précis à vous livrer quant à la disparition de votre fille et son amie. Mais ce que j'ai pu observer, à plusieurs reprises, c'est que le shérif Morgan vient à Wonder une fois par semaine. Toujours à la nuit tombée. Il emprunte le sentier qui mène à la forêt et gare son véhicule à l'abri des regards, juste après le premier virage. Je le sais, car intrigué par son manège, je l'ai suivi à plusieurs reprises.

— Et que vient-il faire par ici chaque semaine ?

— Systématiquement, poursuit Amarok, il décharge de son coffre une lourde caisse qu'il emporte au pied d'un grand pin. D'ailleurs, hier soir il est venu. J'étais dans mon jardin en train de fermer la porte du poulailler lorsque j'ai aperçu son 4x4 quitter la route principale et remonter à travers le village. En arrivant à hauteur de la Ford Mustang rouge, il a ralenti pour observer le véhicule avant de continuer sa route. Il est repassé en faisant le chemin inverse une dizaine de minutes plus tard.

— Que contient cette caisse ? intervient Matthew.

— Je n'en ai aucune idée. Je n'ai jamais osé en ouvrir une. Je ne veux pas de problèmes avec cet individu. Vous l'avez vu ! Il est taillé comme un roc et son air patibulaire n'est pas très rassurant. Je ne lui fais pas confiance. Il a beau porter un insigne, je ne pense pas qu'il soit loyal !

— OK, merci Amarok. Et vous, qu'avez-vous à nous dire Madame… euh… Madame Martinez, demande Edward Thompson après avoir cherché du regard le nom inscrit sur la carte de presse de la journaliste.

— Pénélope. Appelez-moi Pénélope, Edward.

— Oui… d'accord Pénélope, répond Edward Thompson surpris par l'aisance de la journaliste.

— Tout d'abord, je voudrais préciser que j'ai travaillé sur les deux dernières disparitions. Quand je dis « travailler », je ne fais pas allusion à la réalisation d'un reportage pour ma chaîne de télévision.

D'ailleurs, pour être honnête avec vous, aujourd'hui je ne suis pas ici dans un cadre professionnel.

Les frères Thompson, de manière synchrone, adoptent la même attitude en relevant les sourcils et en exprimant leur incompréhension par une moue dubitative.

— En fait, poursuit la journaliste, je suis membre de la BFRO *(Bigfoot Field Researchers Organization)*[3], à mes heures perdues.

— Ah ! la BFRO, les chasseurs de bigfoot ! s'exclame Matthew, qui apparemment est le seul à connaître l'organisation.

— Tout à fait ! J'en fais partie depuis quelques années, depuis la dernière disparition pour être exacte. Mais la BFRO a été fondée en 1995. C'est la plus grande communauté en la matière et qui compte parmi ses membres, des scientifiques, des journalistes et autres experts. D'ailleurs d'où connaissez-vous cette organisation… Monsieur... comment ?

— Monsieur Thompson également. Je suis le frère d'Edward, je m'appelle Matthew. Mais vous pouvez vous contenter de Matt, dit-il en arborant un large sourire. Et je connais la BFRO, car je suis cryptozoologue et certains de mes amis en font partie.

— Et vous-même Matt ? lui demande Pénélope.

— Non, ma chère, je consacre mes heures perdues à étudier et à partager mes connaissances avec mes confrères, lorsque ce n'est pas avec mes élèves. Je suis avant tout professeur de zoologie de métier et cryptozoologue par passion.

Edward Thompson toussote pour se rappeler au bon souvenir de son frère et de la journaliste.

— Je disais donc que je n'étais pas là au nom de Portland News, mais à titre personnel. Gordon, mon caméraman, m'accompagne, car lui aussi est membre de la BFRO. Nous profitons en douce des moyens de notre employeur pour les besoins de nos recherches.

---

[3] Organisation des chercheurs de Bigfoot

— Et quel genre de recherches exactement, questionne Edward Thompson.

— Les sasquatchs bien sûr ! Et ici, dans l'Oregon, particulièrement à Rogue river, tout laisse à penser que des spécimens y vivent ! Mais ce n'est pas le seul sujet que je voulais aborder avec vous Edward. En fait, il est question du shérif Morgan.

— Que savez-vous à propos de Francky Morgan ?

— Le shérif Morgan est arrivé à Grants Pass en 1995 avec sa mère et…

Jane, qui jusqu'à présent écoutait sagement la conversation, intervient sèchement d'un geste de la main.

— Pénélope, nous connaissons déjà la pauvre et inintéressante biographie de ce shérif de campagne. Épargnez-nous les détails et venez-en au fait s'il vous plaît !

Les deux femmes, qui partagent la même antipathie l'une envers l'autre depuis leur première rencontre, se fixent du regard. La jolie blonde svelte et distinguée toise la brune pulpeuse et dynamique. À part leur charme, tout les oppose physiquement.

— OK, reprend la journaliste. Allons droit au but… La mère de Morgan pour commencer : elle est arrivée en ville en 1995 avec son fils, mais n'y a vécu que deux ans. D'après l'enquête de voisinage, que j'ai réalisée lors des dernières disparitions, Francky Morgan explique à qui veut bien l'entendre qu'elle se serait installée à San Francisco, chez sa sœur. Sauf que notre ami Francky n'a jamais eu de tante. Et encore moins une quelconque famille à San Francisco. Ensuite, concernant les deux frères jumeaux, soi-disant morts peu après leur naissance, j'ai un peu creusé l'affaire. Je vous passe les détails, Jane, pour vous dire que les certificats de décès ont été établis par le docteur Keepler, installé à Grants Pass. Ils sont datés du même jour que le versement de 20 000 dollars sur son compte bancaire.

— Vous voulez dire que ce médecin aurait été payé pour éditer de faux certificats de décès, intervient Edward.

— Je n'en ai pas la preuve. À l'époque, je m'interrogeais surtout sur l'inefficacité des recherches qui me paraissait plutôt étrange. Ce qui m'a amené à m'intéresser à ce shérif. De fil en aiguille, je suis remontée à Keepler grâce à l'aide de quelques amis dans la police. Mais mon enquête n'a rien d'officiel et je ne peux aujourd'hui qu'émettre de sérieux doutes sur Francky Morgan. Ce type cache quelque chose. J'apprends d'ailleurs aujourd'hui qu'il livre des caisses mystérieuses dans les bois chaque semaine. Avouez que toute cette histoire est louche !

— Oui, je le concède, mais en quoi cela aurait-il un rapport avec la disparition d'Emmy et Ana ? s'interroge Edward Thompson.

# 31

*Rogue River, 20 juillet – 0 h 47*

L'orage gronde à nouveau. Une nouvelle nuit agitée s'annonce. La chaleur de la journée fait place à une moiteur insupportable. Les éclairs fendent le ciel et par intermittence, illuminent d'un flash aveuglant l'environnement rendu encore plus inquiétant dans cette ambiance tourmentée. La cime des arbres s'agite sous les bourrasques violentes qui rabattent au sol les feuilles arrachées.

Les deux jeunes filles épuisées courent à travers les arbres et les rochers. Ana souffre. Ses pieds nus sont en sang. Elle n'en peut plus et veut s'arrêter. Emmy, qui la tire par la main depuis qu'elles se sont échappées, s'exécute.

Avec empressement et maladresse, elle déchire les bas de son pantalon et improvise des bandages qu'elle enroule autour des pieds meurtris de son amie en larme. Mais hors de question de s'attarder. Les poursuivants sont à leurs trousses.

Ils n'ont sans doute pas perdu de temps après avoir compris qu'elles s'étaient enfuies. Et ils ont certainement fouillé les deux cabanes et découvert le cadavre de leur mère. Dans ce cas, ils sont sûrement dans un état de colère inimaginable.

À peine les soins sommaires prodigués, les deux camarades se remettent à courir. Elles n'ont aucune idée vers où se diriger. Leur seul moyen de s'orienter est la mousse sur les troncs d'arbre. Elles décident de suivre le sud, estimant qu'elles s'étaient dirigées vers le nord après avoir abandonné leur voiture à Wonder. Elles n'en étaient pas certaines, mais, peu importe... il fallait qu'elles fuient pour répondre à leur oppressante pulsion, guidée par la peur. La peur ne laisse que peu de choix possibles : l'attaque, la fuite ou l'immobilisme. Elles étaient déjà restées immobiles lors de leur captivité et ne pouvaient pas s'attaquer aux ravisseurs. Leur instinct ne leur laissait plus que la fuite comme ultime solution.

Alors qu'elles escaladent un monticule rocheux, un coup de tonnerre déchainé éclate au-dessus de leurs têtes. Ana sursaute et perd l'équilibre. Emmy tente de la retenir, mais sa main moite glisse. Ana chute de tout son poids et dévale une petite pente rocailleuse avant de s'écraser contre un arbre.

— Ana ! Ça va, s'égosille Emmy.

Son amie ne parvient pas à lui répondre. Le souffle coupé par le choc violent, elle ne peut émettre aucun son. La bouche grande ouverte, elle cherche péniblement à emplir ses poumons qui, en se gonflant sous l'inspiration, déclenchent une douleur aiguë dans le flanc droit. Pour ne pas s'asphyxier, elle halète légèrement, mais rapidement, comme une bête agonisante. Affolée, Emmy redescend en quelques bonds. Elle se jette à genoux et se penche sur Ana qui grimace de douleur.

Péniblement, en s'appuyant l'une contre l'autre, les deux jeunes filles se relèvent. Mais le lancinement dans les côtes cassées est intense.

À quelques centaines de mètres derrière les étudiantes, les deux poursuivants foncent tête baissée à travers la végétation en suivant les marques laissées par les fuyardes. Grisés par la traque et le flot d'adrénaline qui se déverse dans leurs veines, les deux forcenés chargent les fougères, les arbustes et les branches sans sourciller.

Dans une brutalité inouïe, ils labourent tout sur leur passage. En se blessant sur une branche cassée, l'un d'eux pousse un hurlement de colère rauque et puissant.

Le cri se diffuse à travers l'étendue boisée, s'amplifiant par effet d'écho. Emmy et Ana se figent et se retournent machinalement en direction du rugissement.

— Ils arrivent Emmy, ils ne sont plus loin. Sauve-toi ! Laisse-moi ici ! Je te ralentis et tu ne pourras pas leur échapper. Pars trouver des secours et reviens me chercher plus tard. Je t'en prie, sauve-toi !

— Non, pas question. Qui te dit qu'ils te garderont vivante jusqu'à mon retour ? Et qui te dit que je peux m'en sortir même en t'abandonnant ?

— Mais au moins, tu auras une chance ! S'ils me trouvent, ils me ramèneront certainement dans leur cabane. Et au pire, si un seul s'en charge, au moins, tu auras plus de chance de t'échapper que s'ils sont deux. Réfléchis Emmy, je ne peux plus courir et mes côtes me font horriblement mal.

Encore un éclair, suivi immédiatement d'un grondement de tonnerre assourdissant. L'orage éclate juste au-dessus des jeunes filles. De grosses gouttes s'aplatissent sur les feuillages, puis dégoulinent avant de continuer leur chute jusqu'au sol. Emmy relève la tête. Une perle de pluie s'écrase sur son front.

— J'ai une meilleure idée, dit-elle.

— Laquelle ?

— De l'autre côté des rochers, j'ai vu que le terrain est plus escarpé, avec des parois et des failles. Nous allons tenter de les franchir pour trouver une cachette. La pluie est notre alliée. Jusqu'à présent, ces deux sauvages ont réussi à suivre nos traces, mais maintenant que la pluie s'en mêle, ils perdent cet avantage ! Allons-y !

À cinq cents mètres derrière elles, les deux brutes stoppent leur chevauchée effrénée. La pluie s'intensifie. Le sol aride empêche l'eau de s'infiltrer immédiatement. Elle glisse sur la surface en charriant aiguilles de pin, feuilles mortes et brindilles. Les traces de leurs proies s'effacent rapidement. Après un instant d'hésitation, ils reprennent leur chasse en fonçant droit devant eux.

Il n'y a pas une minute à perdre ! Elles ne sont pas loin, ils le savent, ils le sentent…

# 32

*Wonder, 20 juillet – 1 h 38*

Plus aucune nouvelle du campement de la brigade de recherche depuis le dernier appel téléphonique du shérif Morgan. Mais avant de couper la communication, Daryl avait triangulé la position du portable de l'homme de loi qui, depuis, n'avait pas bougé de la clairière. Toute la petite troupe avait monté un campement pour y passer la nuit, là où tout avait commencé.

À cette heure tardive, ils devaient certainement dormir paisiblement… contrairement à Edward Thompson. Allongé sur la couchette du fond, il tente depuis près d'une heure de trouver le sommeil. Même épuisé, il ne peut s'empêcher de réfléchir. Impossible de débrancher son cerveau : les dernières révélations de Pénélope Martinez l'inquiètent. Il sait désormais au plus profond de lui que l'équipe de recherche, guidée uniquement par le shérif Morgan, n'aboutira à rien. Cet homme est trop mystérieux pour être étranger à ce qui se passe dans cette forêt depuis quelques années. Il ne sait ni quoi, ni comment, mais il en est convaincu. Son esprit, trop pollué par l'angoisse du père inquiet pour son enfant, n'y voit plus clair. Il est aussi frustré. En sécurité et confortablement allongé dans une couchette, il dispose de nourriture, de boissons et même d'un hélicoptère pour rentrer chez lui en deux heures et demie. Et Emmy… Où est-elle ? Est-elle blessée ? Souffre-t-elle ? Est-elle à l'abri ?

La pluie redouble et provoque un vacarme en se déversant en trombe sur le toit en polyester du camping-car. Edward Thompson tente désespérément de dormir, ne serait-ce qu'un peu. Il le faut, car demain la journée sera longue. Tout le monde s'est mis d'accord pour partir à la recherche d'Emmy et Ana, sans compter sur les hommes du shérif. Amarok maîtrise bien la forêt : c'est un chasseur, un pisteur expérimenté selon ses dires. Il est capable de traquer un cerf sur des kilomètres et en estimer le poids en observant les empreintes. Il apportera indéniablement une aide précieuse dans cet environnement inconnu pour des citadins. Quant à Daryl, il accompagnera le groupe avec son attirail de gadgets électroniques et ses compétences techniques seront précieuses. Pénélope, pour sa part, connaît les affaires précédentes et ses activités pour la BFRO pourront être utiles. En ce qui concerne Matthew, c'est un professeur d'université peu sportif, peu aventurier et plus à l'aise dans une bibliothèque que sur un chemin de randonnée, mais il apportera un peu d'objectivité dans ce groupe hétéroclite. Et puis sa motivation pour retrouver sa nièce adorée sera sans faille. Enfin, Jane restera au PC mobile pour gérer les communications entre le groupe et la cellule de crise de Portland.

Edward Thompson élabore des théories sur le déroulé des événements du lendemain. Il s'imagine déjà retrouver sa fille saine et sauve. Oui, mais le ravisseur… peut-être opposera-t-il une résistance ? Et eux… ils ne sont même pas armés ! Son esprit devient plus flou, moins cohérent.

Ses pensées s'emmêlent. Ses muscles se détendent peu à peu. Sa respiration devient plus lente et plus régulière. Il se laisse porter et finit par s'endormir.

Edward sursaute ! Il a l'impression que seulement dix minutes se sont écoulées, mais le réveil qui sonne avec acharnement affiche cinq heures. Il se lève aussitôt de sa couchette. Jane et Daryl ont un peu plus de difficultés.

— Allez ! Debout tout le monde. Nous n'avons pas une minute à perdre !

Son assistante de direction, beaucoup moins avenante au saut du lit, se dirige immédiatement vers la petite cuisine pour préparer du café. Elle le dose bien corsé comme l'apprécie son patron.

Daryl saute dans un pantalon ample. Il sait que la journée sera rude et préfère être à l'aise pour arpenter les sentiers de Rogue river. Matthew, de son côté, est déjà en train d'étudier la carte de la région en croisant les données de Daryl sur le trajet supposé de sa nièce, la zone de recherche explorée selon le shérif Morgan et les informations recueillies auprès de Pénélope sur les derniers témoignages enregistrés par la BFRO. Visiblement bien éveillé et concentré, il n'a pas attendu l'alarme pour se lever.

— Salut Ed, dit-il sans quitter sa carte des yeux. Regarde ! J'ai un peu bossé sur les données en notre possession. En prenant Wonder comme point de départ et en particulier le rendez-vous hebdomadaire de Francky Morgan, j'ai pu limiter une zone de recherche qui m'apparaît explorable dans la journée. Nous partirons du grand pin dont nous a parlé Amarok pour remonter en direction du nord-est.

— OK, Matt, mais tu n'inclus pas le campement d'Emmy et Ana dans cette zone ?

— Carl Ross a déjà fouillé cet endroit et ses environs. De mon point de vue, ce serait une perte de temps.

— Oui, mais tu oublies que Ross a disparu lui aussi. Et nous ne savons pas dans quelles conditions ! Je me méfie de ce que nous raconte le shérif.

— Justement, Ed ! Et si Ross n'avait pas été kidnappé ?

— Que sous-entends-tu ?

— Rien. Sauf que tu n'as pas confiance en ce shérif, tout comme Amarok et Pénélope. Si je vous suis bien, ce mec n'est pas net. On peut donc remettre sa parole en doute, non ?

— Que lui serait-il arrivé selon toi ?

Matthew Thompson considère son frère aîné qui le fixe d'un regard inquisiteur. Par un haussement d'épaules, il tente d'éluder la question. Trop tard... Edward blêmit en devinant à quoi il fait allusion.

— Tu penses que Morgan s'est occupé de Ross. Tu t'imagines qu'il le retient captif et qu'il nous ment ?

— À vrai dire, Ed, je pense même au pire…

Maintenant exsangue, Edward Thompson ne répond pas immédiatement. Pour être honnête, il sait que cette éventualité lui a traversé l'esprit. Après sa conversation avec le shérif Morgan, il avait douté de la sincérité de ce dernier. Un doute qu'il avait effacé au plus vite pour se recentrer sur Emmy. À y repenser, il s'avoue finalement que l'hypothèse de son frère ne peut pas être écartée.

— Très bien, reprend-il. Nous suivrons ton plan. Mais c'est Amarok qui nous guidera. Nous devrons lui faire confiance et nous ajuster en fonction de ce qu'il trouvera. Il sera notre GPS.

Après avoir bu le café serré et s'être enfilé à la hâte quelques tranches de pain brioché, Edward Thompson, suivi de ses acolytes, sort du camping-car. Il n'est que cinq heures trente du matin, mais les premières lueurs blafardes laissent deviner l'arrivée imminente du soleil estival.

L'atmosphère est un peu plus fraîche que la veille et l'humidité ambiante, héritage de l'orage de la nuit, est chargée d'une douce odeur d'humus. Équipé de sacs à dos et de tenues de randonnée, le groupe aurait pu profiter de cette journée idéale pour une balade. Mais pas le temps de savourer la douceur matinale et ses arômes champêtres.

À la demande de son patron, Jane part chercher Pénélope et Gordon. Pendant ce temps, Daryl allume les instruments de contrôle du PC mobile et passe en revue ses gadgets. Quant à Matthew, il accompagne son frère qui se dirige d'un pas décidé vers la maisonnette du jeune Indien.

Lorsque les deux hommes arrivent devant la porte, celle-ci s'ouvre avant même qu'ils n'aient le temps de s'annoncer. Le jeune homme se tient dans le cadre, prêt pour le départ. Mais Edward doit lui poser la question qui l'a hanté une partie de la nuit.

— Avez-vous une arme ?

— Une arme, répète le jeune homme surpris.

— Oui, une arme ! Nous partons en forêt à la recherche de ma fille et son amie et nous ne connaissons rien sur le ravisseur. Alors une arme me paraît appropriée pour se prémunir d'une mauvaise surprise.

— J'ai mon couteau de chasse à la ceinture, comme vous pouvez le constater.

— Ça me semble un peu léger, un couteau, non ?

— Je vois…

Le jeune indien retourne à l'intérieur de son habitation, jusqu'à la petite porte du fond. Il en ressort quelques minutes plus tard avec une arbalète en bandoulière, un carquois rempli de traits et une carabine semi-automatique Winchester.

— Cela vous convient-il, Monsieur Thompson ?

— Euh, oui, très bien. Je… Je pense que nous serons plus en sécurité avec ces armes.

— Alors, allons-y cette fois !

# 33

*Rogue River, 20 juillet – 5 h 49*

Le campement s'éveille. Le feu est éteint et le bois trempé. L'orage violent a rendu le sol boueux.

Les hommes, fatigués après une nuit courte et désagréable, affichent des visages défaits. Le shérif s'enfile une barre de céréales et vide sa gourde en quelques goulées. Tout est humide : les tentes, les sacs de couchage et même ses vêtements. *« Étanche mon cul oui ! »* jure-t-il en regardant sa frêle habitation détrempée. Le colosse réajuste son pantalon et repositionne son chapeau après s'être passé la main dans ses cheveux gras et collants. Son adjoint, assis sur une souche d'arbre près du foyer délavé, semble perdu dans ses pensées.

— Allez, debout ! On s'bouge ! On démonte tout ce merdier et on s'casse d'ici, grogne Francky Morgan.

— Et on va où chef ?

— À ton avis ? On va cueillir des champignons ! Allez, bouge-toi ! On repart à la recherche des deux donzelles. J'en avise Thompson, s'il ne pionce pas encore l'aristo, et on file.

— D'accord, Chef !

Aussitôt, l'adjoint se lève et s'exécute. Morgan sort son téléphone de la poche. Huit pour cent de batterie et toujours deux barres de réseau : *« Merde ! J'aurais dû éteindre ce machin pendant la nuit ! »*

Il compose le numéro.

— Allo ! Monsieur Thompson ?

*— Oui ! Bonjour shérif !*

— Bonjour. Où êtes-vous ?

— *Euh… À Wonder ? Pourquoi ?*

— Très bien. Restez-y et continuez à gérer les affaires depuis votre PC. De mon côté, je reprends les recherches. Il est tôt et je pense qu'à sept, nous pourrons couvrir une grande étendue d'ici à ce soir. Je n'ai plus beaucoup de batteries donc ne vous inquiétez pas si vous n'avez plus de nouvelles. De toute façon, nous n'aurons certainement pas de réseau une fois que nous nous serons éloignés de la clairière. De votre côté, ne bougez pas et ne tentez rien. J'espère vous rejoindre ce soir à Wonder avec votre fille, son amie et Carl Ross.

— OK. Bien reçu shérif. Nous vous attendons ici. À ce soir et bonne chance !

Satisfait, le shérif retourne donner un coup de main au reste de son équipe.

Une fois le campement démonté et tout le monde rassemblé autour de lui, il dicte ses directives. Au lieu d'explorer au nord, cette fois, c'est direction le nord-est. Il répartit les hommes en trois groupes. Chaque escouade prend une zone d'une dizaine de mètres de large et avance tout droit. L'idée est de ne pas trop s'écarter les uns des autres, explique-t-il, pour pouvoir se tenir informé dès qu'une piste est repérée.

De son côté, le groupe d'Edward Thompson, mené par Amarok, arrive au pied du pin majestueux où Morgan dépose chaque semaine son intrigante cargaison. Le jeune Indien désigne aux autres les marques au sol laissées par la caisse déposée il y a une trentaine d'heures. Personne ne remarque quoi que ce soit, mais tout le monde acquiesce.

L'œil vif, Amarok balaye les environs et avance à pas de velours. D'un signe de la main, il ordonne à ses compagnons de se diriger vers le nord-est, comme l'avait prévu Matthew.

Un cliquetis suivi d'un bip brise le silence. Daryl vient de lancer un minidrone qui se positionne immédiatement au-dessus de sa tête.

Il chausse une paire de lunettes à réalité augmentée et bidouille sur les petits boutons situés sur le flanc de sa montre. Pénélope chuchote avec Gordon qui porte à l'épaule une caméra flanquée du logo de Portland News.

Edward et Matthew marchent côte à côte sans dire un mot, en suivant leur chef de file. Il est six heures du matin et Emmy a disparu depuis plus de vingt-quatre heures maintenant. Mais Edward se dit que la traque commence pour de bon. Et il a le pressentiment que tout va se jouer dans les prochaines heures…

Au PC mobile, Jane prend place derrière les écrans de contrôle. Daryl a pris soin de tout paramétrer et a laissé quelques consignes. Conformément aux instructions de son patron, la jeune femme attend qu'il soit six heures et demie pour contacter la cellule de crise supposée apporter des précisions sur les affaires louches du shérif de Grants Pass. Après les révélations de Pénélope Martinez, Edward Thompson a souhaité en savoir plus sur l'histoire familiale de ce dernier et surtout sur les mystérieuses caisses.

Pour patienter, Jane Taylor affiche l'image du minidrone de Daryl pour suivre en direct l'évolution de la bande.

Amarok, recourbé pour mieux observer le sol, avance à pas de loups. Le jeune homme est souple et leste. Tel un prédateur en chasse, tous ses sens sont en éveil. Il circule à travers les enchevêtrements de la couverture végétale en donnant l'impression de glisser. Il se faufile sans bruit et avec aisance.

Dernier du groupe, Gordon filme l'avancée de ses compagnons d'un jour. De sa main libre, il s'agrippe aux branches à sa hauteur et franchit les divers obstacles avec difficultés, écrasant tout sur son passage tel un pachyderme. Entre l'éclaireur et le dernier, les autres tentent de suivre le rythme imposé par l'Indien, avec plus ou moins de facilité.

Après une heure de marche, Daryl se plaint d'échauffements aux pieds et réclame une halte. Edward Thompson, contre son gré, se plie au reste du groupe qui voit en cette requête le moyen de faire une première pause. Il n'est que sept heures et demie, mais les premiers rayons du soleil réchauffent déjà l'atmosphère lourde et humide et tous n'ont pas le même niveau d'endurance.

— Amarok, vous êtes toujours sur une piste ? vient s'enquérir Eward Thompson.

— Oui, Monsieur : la même depuis notre départ du grand pin jaune. Je la perds de vue quelques fois, mais jusqu'ici je l'ai toujours raccrochée.

— Et qui vous dit que cette piste nous mènera jusqu'à ma fille ?

— Rien, Monsieur. Seulement, les caisses du shérif Morgan disparaissent systématiquement. Le lendemain d'un dépôt, je retourne sur les lieux et à chaque fois, la cargaison n'y est plus. J'en déduis donc que quelqu'un vient la récupérer durant la nuit. Mais je ne connais personne qui vit seul dans cette forêt. Surtout pas dans la direction vers laquelle nous nous dirigeons. Le terrain va devenir de plus en plus accidenté et la forêt de moins en moins accueillante. Et pour finir, c'est la seule piste que nous ayons.

— Je vous fais confiance, Amarok. Je voulais juste m'assurer que vous saviez ce que vous faisiez.

— Pas de soucis, Monsieur Thompson.

Le patron sur les nerfs vient maintenant s'assoir aux côtés de son ingénieur. Il lui demande de contacter Jane pour faire un point sur les informations recueillies auprès de son Comité de Direction.

Daryl s'empresse de repositionner le minidrone en vol stationnaire à un mètre devant eux. Dans la foulée, il sort de son sac à dos une tablette numérique qu'il couple avec le drone et enclenche le mode vidéoconférence. La liaison établie, le visage de la jolie blonde apparaît sur l'écran. L'amplificateur permet d'assurer une connexion stable et de qualité convenable malgré la distance qui les sépare de leur Quartier Général.

— Jane, vous nous entendez ?

— *Sans problème, Monsieur Thompson. Je vous reçois cinq sur cinq.*

Avec son micro-casque vissé sur la tête et entourée d'instruments de contrôle, Jane Taylor se sent investie d'une mission de haute importance et affiche un air sérieux.

— Alors, dites-moi, avez-vous récupéré des informations plus précises sur notre « ami » Morgan ?

— *Oui ! Nous avons plus de renseignements.*

Edward se retourne vers son frère et d'un geste de la main, l'enjoint de se rapprocher.

— Allez-y, nous vous écoutons.

— *Très bien,* reprend Jane. *Notre équipe du siège, avec l'appui de votre ami, le chef de la Police de Portland, a pu consulter les comptes bancaires de Francky Morgan. Il en ressort que chaque semaine, il réalise des achats au supermarché de Grants Pass. Jusque-là, rien d'étonnant. Sauf qu'il vit seul à notre connaissance et qu'il achète des vivres en quantité. Au moins de quoi nourrir cinq ou six personnes pendant sept jours ! Et cela, quatre à cinq fois par mois.*

— Effectivement, même s'il faut qu'il se nourrisse ce colosse, cela fait tout de même un peu beaucoup ! note l'ingénieur.

— *Mais le plus troublant ce sont les achats qu'il réalise à la pharmacie.*

— Ça ne m'étonne pas, intervient Edward. Dans la première note le concernant, il était stipulé qu'il suivait un traitement médical depuis plusieurs années.

— Quel genre de traitement ? demande Matthew.

— Je ne m'en souviens plus… Jane, pouvez-vous nous ressortir le premier rapport s'il vous plaît.

— *Tout de suite, monsieur… Il s'agit d'un traitement à la bromocriptine et au pegvisomant. Attendez, je lance une recherche internet pour creuser un peu sur le sujet… Il s'agit de molécules utilisées comme antagonistes de l'hormone de croissance. Heureusement qu'il en prend le gaillard ! Déjà qu'il est bâti comme une armoire à glace, se hasarde à plaisanter la jeune assistante.*

— Ce sont les seuls traitements qu'il se procure chaque mois ?

*— Non, Monsieur Thompson. En plus de ces deux médicaments, il achète également de la somatostatine et de l'octréotide ainsi que des seringues jetables... en quantité non négligeable ! ... Ah ! C'est le docteur Keepler qui en est le prescripteur ! Le même qui a été rétribué pour l'édition des certificats de décès des jumeaux...*

— De la soma... machin et de l'octréo... j'sais pas quoi ! À quoi cela peut-il lui servir ? se demande Edward.

— Je connais, répond immédiatement Matthew ! Tous ces traitements sont liés à l'acromégalie !

— L'acro quoi ? s'interroge Daryl.

— L'acromégalie, répète Matthew. Il s'agit d'une maladie rare, trois à cinq cas par millions d'habitants, qui perturbe la sécrétion de l'hormone de croissance. Les sujets atteints se distinguent généralement par les extrémités des membres, mains et pieds, beaucoup plus grandes et grosses que la moyenne. Le visage des personnes atteintes d'acromégalie est également atypique. Avec le temps, le crâne s'épaissit. Il devient massif et la base du nez s'élargit. Les arcades sourcilières et les pommettes deviennent saillantes. Les lèvres gonflent et le menton se projette en avant. La voix mue pour prendre une tonalité plus rauque et grave. Lorsque le dysfonctionnement hormonal apparaît tôt, les cas les plus marquants peuvent atteindre une taille adulte dépassant les deux mètres et le volume musculaire peut également sensiblement augmenter. Mais l'effet de l'hormone de croissance n'agit pas que sur le physique ! Elle perturbe aussi les fonctions métaboliques entraînant parfois de multiples complications.

*— Durant leurs premiers mois, les frères Morgan consultaient un endocrinologue, précise Jane Taylor. Y aurait-il un lien ?*

— Maintenant que nous en parlons, rebondit Edward, il est fort probable que notre shérif souffre d'acromégalie. Son physique est impressionnant et les traits de son visage taillés à la serpe ! Nous avons bien fait de ne pas lui faire confiance. Merci pour ces précisions, Mademoiselle Taylor. Si vous en apprenez plus au sujet de la famille Morgan, n'hésitez pas à nous contacter.

Edward Thompson coupe la communication vidéo. Daryl renvoie le minidrone en altitude et tous se remettent en marche en file indienne derrière Amarok.

À quelques kilomètres, un peu plus au nord-ouest de leur position, le groupe de recherche éparpillé continue d'avancer péniblement. Tout à coup, un cri suivi de jérémiades les arrête brutalement.

Sans perdre un instant, chacun se met à courir en direction des gémissements. Morgan et son adjoint arrivent rapidement sur les lieux. Ils y rejoignent quatre membres de la brigade, agenouillés autour d'une fosse béante au milieu d'un étroit sentier naturel.

Le shérif s'approche du petit trou en écartant brutalement l'un des équipiers. Au fond d'une cavité de quatre mètres de profondeur gît le cinquième membre de l'équipe. Il est étendu telle une poupée de chiffon. Des pieux taillés en pointe tapissent le fond du piège et deux d'entre eux ont transpercé le pauvre homme qui continue à gémir. L'un des pics a complètement traversé sa cuisse gauche, arrachant au passage le muscle grand adducteur qui pendouille comme un vulgaire morceau de viande sanguinolent. Quant à son bras droit, il a été démembré par un autre pieu qui a déboité l'épaule en sectionnant les tendons. Il semble ne plus tenir que par quelques lambeaux de chair. La douleur est telle que le pauvre finit par perdre connaissance dans une mare de sang.

— Merde ! s'exclame Morgan. C'est quoi ce foutoir ? Allez, on s'magne ! Attachez une corde à cet arbre et que l'un d'entre vous se bouge pour descendre dans ce foutu trou ! On l'attache et on le remonte ! Allez ! Pas une minute à perdre ! Il va s'vider comme un cochon…

Tous s'exécutent avec l'empressement qu'exige l'urgence de la situation. L'un des brigadiers se sécurise avec une corde qu'il attache fermement autour de la taille. Les autres le soutiennent à l'autre bout pendant qu'il amorce sa descente. Arrivé au fond, il se dépêche de nouer autour du corps inerte un autre cordage que le shérif lui déroule. Tant bien que mal, il ligote le blessé avec maladresse tout en évitant de trop le bouger.

— Qu'est-ce que tu fous imbécile ? l'invective le Shérif. Libère-lui la cuisse et le bras, espèce de bourrique !

Écœuré, l'homme se force à réaliser la sale besogne en détournant le regard. Une fois prêt, il adresse un signe du pouce à ses collègues pour qu'ils remontent l'homme inconscient. Puis c'est à son tour. Les brigadiers prodiguent le maximum de soins en nettoyant les blessures grâce aux kits de premiers secours et en pansant les plaies du mieux qu'ils peuvent. Pour le transport, ils confectionnent à la hâte un brancard avec des branches et les toiles de tente. Le shérif désigne trois hommes, dont son adjoint pour retourner à la petite clairière au plus vite. Il leur donne son téléphone portable pour qu'ils puissent contacter le PC de Wonder, à condition que la batterie ne soit pas totalement morte d'ici là !

*« C'était quoi ce piège ? Quel taré a bien pu s'amuser à faire ce trou à bestiaux dans le coin ? ».* Francky Morgan s'est remis en marche, suivi des deux derniers officiers de la brigade de recherche, visiblement affectés. Les trois hommes parcourent moins de deux kilomètres avant de déboucher devant une rivière.

Le shérif agacé lâche quelques jurons avant de retrousser son pantalon pour traverser le cours d'eau, suivi de ses deux sbires. Arrivé de l'autre côté, alors qu'il remonte la berge boueuse, son pied d'appui dérape et il s'affale de tout son poids dans la gadoue.

D'autres blasphèmes fusent jusqu'à ce qu'il se taise subitement. Le visage relevé, en appuis sur ses deux bras musclés prêts à redresser sa carcasse, il fixe de ses yeux écarquillés une empreinte nette à quelques centimètres de lui. *« La vache ! »*

Les deux brigadiers accourent pour lui proposer de l'aide, mais absorbé par sa découverte, il se remet à genoux en chassant ses compères qui voulaient lui porter assistance.

Les trois hommes sont maintenant penchés au-dessus de la trace de pas. Qu'elle soit très nette n'est pas ce qui les stupéfait. C'est davantage la taille énorme et la profondeur de celle-ci qui leur fait froid dans le dos. Même Morgan, ne comprends pas. *« C'est quoi ce délire ? Ce n'est pas possible. Elles ne peuvent pas être celle de... »*

Un hurlement plaintif le sort de ses pensées.

## 34

*Rogue River, 20 juillet – 8 h*

Sept heures… depuis sept heures, Emmy et Ana sont accolées dans un espace confiné. Les parois rocheuses les oppriment. Elles se sont glissées dans cette brèche étriquée et n'ont plus bougé depuis. Le déluge qui s'est abattu pendant des heures avant l'accalmie, l'angoisse de l'attente interminable à ne pas sourciller, sans émettre le moindre son, les ravisseurs à l'affût, à leur recherche… toute la nuit n'avait été que de longues heures d'anxiété.

— Je ne sens plus mon bras ! Mes jambes sont engourdies, chuchote Ana. On pourrait peut-être sortir de ce trou maintenant.

Emmy ne répond pas immédiatement. Elle tend l'oreille et écarte avec précaution les hautes herbes jaunies qui bordent l'entrée de la faille, tel un voilage naturel. À l'abri des regards grâce à ce rempart si fragile, elle se sent moins vulnérable. À l'extérieur, tout paraît calme. Les gazouillements des oiseaux et les petites nuées de moucherons qui tourbillonnent rendent bucolique le tableau qui s'offre à ses yeux.

— OK, Ana. On va sortir. Je pense qu'ils sont partis.

Les deux jeunes filles s'extraient avec difficulté de leur tanière en rampant dans les herbes chargées de gouttelettes. Emmy se relève alors qu'à genoux, Ana grimace de douleur en se tenant le flanc droit. Elle est incapable de se redresser.

Elle retrousse son t-shirt souillé et constate qu'un hématome violacé recouvre une surface allant de la hanche jusqu'à l'aisselle.

Emmy ramasse une grande branche qu'elle effeuille avant de la tendre à son amie.

Aidée de ce bâton, elle se met enfin debout. En appui d'une part sur Emmy et d'autre part sur sa béquille improvisée, Ana avance pas à pas sans se plaindre. Mais les deux étudiantes ne parcourent péniblement que quelques mètres avant que le terrain ne devienne plus abrupt. À ce rythme, elles ne rejoindront jamais Wonder avant la tombée de la nuit prochaine.

Alors qu'elles contournent l'obstacle en empruntant une piste moins ardue, un hurlement puissant les surprend. Les deux échappées tressaillent.

— Ce sont eux, s'affole Ana.

— Non, je ne crois pas. Ce n'est pas du tout le même cri. Ça ressemble plutôt à un animal. Ne t'inquiète pas.

— Quel genre d'animal ?

— J'en sais rien, je ne suis pas spécialiste de la faune de Rogue river.

— Non, peut-être, mais tu avoueras que ce hurlement n'est ni commun ni rassurant !

Un autre hurlement résonne à nouveau, plus aigu et plus puissant : finie la polémique entre les deux copines. Elles se remettent en marche.

La peur est plus forte que les douleurs et Ana avance à une cadence plus soutenue que précédemment, devançant même sa camarade. Soudain, elle stoppe net ! L'homme se tient de dos à quelques mètres devant elle. Alerté par le bruissement des feuillages écartés par la jeune fille, il se retourne lentement. Ana est pétrifiée. Elle reste figée, une main tendue vers l'arrière. Ce signal d'arrêt stoppe Emmy dans son élan, à quelques pas en retrait et encore cachée par les buissons.

Médusée, Ana est incapable de réagir face à l'homme qui la fixe droit dans les yeux.

Elle se sent transpercée par la haine et la colère que dégage son regard. Hypnotisée, elle ne peut plus bouger le moindre de ses muscles. La peur ne laisse que trois choix possibles et cette fois, la jeune étudiante reste statique. Elle ne peut pas s'attaquer à son agresseur et dans son état, elle ne peut plus fuir. Son corps envoie des signaux de détresse et de douleur. Saturé, son cerveau ne lui apporte aucune solution…

Il est immense. Il mesure au moins deux mètres trente. Sous son t-shirt se devinent des muscles pectoraux hypertrophiés. Ses bras puissants sont soutenus par des épaules musclées. Il porte un short, mais se tient pieds nus… des pieds disproportionnés ! Et le plus troublant est son visage qui lui rappelle quelqu'un, mais Ana ne peut puiser dans sa mémoire. Seul l'instant présent l'envahit. Elle n'arrive pas à détacher son regard du sien. Ses yeux noirs sont enfoncés sous des arcades sourcilières proéminentes. Ses pommettes saillantes, sa mâchoire anguleuse, ses lèvres épaisses et sa pilosité fournie lui donnent un air préhistorique.

Lui non plus ne bouge pas. Seul son large torse se soulève lentement sous ses profondes inspirations. Et ses narines se dilatent sous l'effet des expirations longues et ronflantes. Après ce round d'observation interminable, le géant porte sa main surhumaine dans le dos. Il effectue le geste au ralenti et avec légèreté. Avec la même lenteur, il exécute le mouvement inverse, découvrant centimètre par centimètre la lame démesurée d'un couteau de chasse.

Emmy, à plat ventre, essaye de ramper discrètement. Elle laisse échapper un petit sanglot étouffé en découvrant la scène.

Le gaillard avance d'un pas décidé vers Ana, toujours incapable de se mouvoir.

# 35

*Wonder, 20 juillet – 8 h 6*

Jane Taylor est tranquillement installée dans le PC mobile. La température extérieure déjà élevée et la chaleur dégagée par les écrans et les ordinateurs du module l'obligent à mettre en marche la climatisation. Elle sirote un café qu'elle vient de se préparer lorsque la sonnerie du téléphone retentit.

— Allo ? Jane Taylor à l'appareil.

*— Bonjour Mademoiselle Taylor ! Je suis l'adjoint du shérif Morgan. Puis-je parler à Edward Thompson s'il vous plaît ?*

Dans un moment d'hésitation, Jane se rappelle des consignes de son patron. Si le shérif ou l'un de ses hommes contacte le PC et le demande, elle ne doit sous aucun prétexte révéler son départ à la recherche d'Emmy. La jeune femme se reprend.

— Edward Thompson se repose un peu. La nuit a été éprouvante et il n'a pas fermé l'œil. Mais je peux prendre un message et lui transmettre dès qu'il se réveille.

*— Non, réveillez-le immédiatement !*

— Que se passe-t-il de si grave ?

*— C'est un des membres de la brigade de recherche. Il est tombé dans un piège et s'est empalé sur des pieux ! J'vous passe les détails, mais les lésions ne sont pas jolies et il est inconscient. Nous l'avons péniblement ramené à la clairière et il nous faut maintenant de l'aide pour l'évacuer au plus tôt à l'hôpital. Il ne tiendra pas longtemps sinon…*

La jeune femme réfléchit un instant.

— Je vous envoie notre hélicoptère.

*— Super idée ! Mais est-il équipé d'un treuil, car il n'y aura pas la place pour atterrir ! La clairière n'est pas très grande et ce serait trop risqué de tenter un atterrissage. Il devra rester en vol stationnaire à une vingtaine de mètres du sol…*

— Je vais de ce pas en parler au pilote. Nous allons trouver une solution. Patientez un moment, je lui demande dans combien de temps nous pouvons être opérationnels.

*— D'accord, mais faites vite, car la batterie du…* bip bip.

— Allo ? Allo ?...

La communication coupe brutalement. Le téléphone de l'adjoint du shérif est déchargé. Mais il a compris que l'employée d'Edward Thompson s'occupait de tout. Il faut maintenant patienter…

Jane surgit hors du PC mobile et court jusqu'à l'hélicoptère où le pilote s'applique à nettoyer le pare-brise de l'engin.

— Tom ! J'ai besoin de ton aide !

La jeune femme essoufflée lui rapporte la conversation qu'elle vient d'avoir avec le shérif adjoint.

— Je sais où je peux trouver un treuil, Jane ! Là-bas, dit-il en pointant du doigt une maison adossée à une vieille grange. Hier soir, ne trouvant pas le sommeil, j'ai fait un tour dans le village et j'ai remarqué dans la cour de cette bâtisse une vraie caverne d'Ali Baba ! De la carcasse de vieille bagnole en passant par toute sorte d'outillage et de ferraille. On va sûrement pouvoir y trouver notre bonheur.

— OK. Très bien. Je m'y colle. T'as un peu de liquide sur toi, Tom ?

Le pilote fouille dans son portefeuille pour en sortir un billet de vingt dollars.

— C'est tout c'que j'ai…

— Ça devrait faire l'affaire, lui répond Jane avec un clin d'œil coquin.

Elle attrape le billet d'un geste vif et tourne les talons vers la fermette. Arrivée sur le perron de la porte, elle fait tinter une petite cloche en tirant âprement sur une chaînette corrodée. La jeune femme patiente tout en ajustant son décolleté.

Un vieillard barbu, vêtu d'une salopette ample, apparaît par l'ouverture de la vieille porte grinçante. Jane se présente et expose l'objet de sa requête. En retrait, le pilote d'A.N.S suit la scène et en déduit, à la mine renfrognée du vieux grincheux, qu'il ne sera pas facile de le convaincre. Jane gesticule en montrant du doigt la cour de la ferme, puis se retourne vers l'hélicoptère qu'elle désigne avec insistance. Alors que la négociation s'éternise, Jane brandit la coupure de vingt dollars et l'agite frénétiquement sous le nez du fermier. Enfin, il l'emmène vers le bric-à-brac après avoir fourré l'argent dans la large poche ventrale de sa combinaison délavée. Jane fait signe au pilote de la rejoindre.

Les deux compères retournent à l'hélicoptère les bras chargés. Arrivé au pied de l'appareil, Tom s'active sans tarder, une boîte à outils à portée de main.

Au bout d'une quarantaine de minutes, il recule de quelques mètres afin d'admirer le treuil qu'il a réussi à fixer sur le rebord de la carlingue. Pour alimenter l'équipement ajouté, des câbles électriques courent sur le plancher, du pupitre de commande jusqu'au moteur du palan.

— Jane ! Ferme à clé les camions ! Nous décollons dans un instant !

— Comment ça, nous ?

— Eh bien, tu dois m'accompagner ! Comment veux-tu que j'actionne le treuil une fois au-dessus de la position et que je maintienne l'appareil en vol stationnaire en même temps ? J'ai besoin de ton aide !

— Edward m'a ordonné de rester au PC…

— On en a pour moins d'une heure ! Quinze minutes pour rejoindre la clairière, vingt pour l'hôpital de Grants Pass et à peine plus pour le retour à Wonder ! Ni vus ni connus !

Après réflexion, Jane verrouille le camping-car et le PC mobile puis s'installe sur la banquette arrière en cuir de l'engin.

Tom démarre le moteur et très vite les pales se mettent à tournoyer de plus en plus rapidement.

Ils décollent et prennent la direction de l'endroit où tout a débuté.

# 36

*Rogue River, 20 juillet – Au même moment*

— Emmy, sauve-toi, murmure Ana sans même bouger les lèvres.

Emmy Thompson est abasourdie. Elle peut voir pour la première fois le ravisseur de près. Elle comprend aussi la gravité de la situation. Mais avant même qu'elle ne puisse réagir, le colosse bondit furieusement vers son amie et l'attrape par le cou d'une main puissante. Frappée de stupeur, Emmy reste plaquée au sol derrière les bosquets. Alors qu'elle s'apprête à se jeter à son tour sur l'agresseur dans un acte désespéré, ce dernier décolle sa proie du sol puis, de son bras, exécute un arc de cercle furtif en fendant l'air de son couteau. Ana est prise de convulsions et ses jambes se mettent à tressaillir de manière incontrôlée. Elle ressent des picotements dans le bas ventre et une sensation de fraîcheur à la fois. La jeune fille porte instinctivement ses mains à l'abdomen. C'est humide, visqueux, et une masse chaude et pesante lui glisse entre les doigts.

Emmy est saisie d'effroi.

Elle est prise de sueurs froides en observant ce qui se déroule à quelques mètres d'elle, sans pouvoir intervenir. Son amie vient de se faire éviscérer par ce barbare et ses entrailles mêlées de sang s'épanchent en dehors de son ventre.

Alors qu'une douleur de plus en plus vive l'envahit, Ana commence à étouffer sous la pression qu'exerce son agresseur. Sa trachée est à la limite de rompre. Les yeux révulsés du colosse, rivés dans les siens, ne lui donnent plus aucun espoir. D'un coup sec, le géant en furie plante son couteau de chasse sous le sternum. Avec une force inimaginable, il remonte l'arme à la verticale, sectionnant la cage thoracique au passage. La jeune fille au bord de l'asphyxie n'émet pas le moindre cri. La douleur est insoutenable, mais de courte durée.

D'une pression redoutable, son bourreau resserre davantage sa grosse paluche autour du petit cou. Le sang d'Ana, qui se vide par le bas-ventre et le thorax, ne peut plus affluer jusqu'au cerveau. Elle est prise de vertiges et son champ visuel se réduit inexorablement. Dans une dernière étreinte, son cou se brise brutalement laissant échapper un craquement aussi bref que sec. Les vertèbres cervicales implosent. C'est le noir total. Ana meurt instantanément…

Emmy reste plantée, bouche bée. Elle est en état de choc. L'assassin se débarrasse de la dépouille de sa victime en la jetant violemment au sol. Au même moment, un hurlement surpuissant le surprend et tire Emmy de sa léthargie. Elle relève la tête et écarte les feuillages qui la séparent du ravisseur. L'action est trop rapide pour qu'elle comprenne ce qui se déroule. Elle ne perçoit que furtivement une masse velue et véloce se jeter sur le tueur d'Ana qui, percuté violemment, est projeté à terre avant de disparaître dans les fougères après quelques roulades.

Sans perdre une seconde et sans se retourner, la jeune étudiante se met à cavaler. Les grognements féroces et les hurlements stridents se font de plus en plus lointains.

Épuisée, elle stoppe sa course effrénée dès qu'elle ne perçoit plus aucun son. Adossée à un énorme pin, elle lève la tête. Elle n'en peut plus. Elle ne veut plus courir... ses jambes ne la portent plus… ses forces s'amenuisent. Il faut qu'elle se mette à l'abri pour récupérer un peu.

Dans un dernier effort, Emmy entreprend d'escalader l'arbre monumental. Arrivée à une dizaine de mètres de hauteur, elle s'installe à califourchon sur une grosse branche, s'adosse au tronc rugueux et ferme les yeux rougis par les larmes.

# 37

*Rogue River, 20 juillet – 9 h 24*

La file indienne s'étire de plus en plus à chaque kilomètre parcouru. Gordon, le dos courbé sous le poids de son matériel, tire la langue en fermant la marche.

Par moment, il se reprend, le temps de filmer ses coéquipiers. Amarok, toujours en tête du cortège, est sur la même piste depuis le départ. Parfois, il perd la trace, mais sans relâche, pendant que le groupe marque une pause, il explore seul les environs et revient toujours avec la même phrase en bouche : « Suivez-moi ! C'est par là ». Daryl, lui, continue à se plaindre régulièrement de ses échauffements aux pieds qui maintenant se sont transformés en ampoules. Habitué aux mocassins moelleux et confortables, le citadin se confronte pour la première fois à une longue marche en chaussures de randonnée… neuves.

Entre deux lamentations, qui maintenant laissent de marbre le reste de ses compagnons, l'ingénieur s'occupe l'esprit avec son joujou électronique. Plus il a mal, plus il teste la réactivité du minidrone en altitude. Concentré sur le petit écran incrusté de ses lunettes à réalité augmentée, il accélère soudainement le pas, surmontant la torture qu'il s'inflige à chaque foulée. Il dépasse Pénélope, les joues rougies par l'effort, Matthew et Edward en nage, pour finalement arriver à hauteur d'Amarok, vif et concentré.

— Eh, Amarok ! Depuis le début, vous savez où nous allons, hein ?

— Pardon, je ne comprends pas ?

— Ben, vous nous dirigez tout droit vers une cabane de pêcheur ou de chasseur, rétorque l'ingénieur avec un air complice.

— Je ne connais aucune habitation dans les parages ! De quelle cabane me parlez-vous ?

Les frères Thompson rejoignent les deux hommes, intrigués par l'interpellation de Daryl. Ce dernier stoppe la marche de son interlocuteur, décidément peu loquace, en le saisissant par le bras. Cette fois, Amarok s'arrête, non sans regarder la main qui le retient, remontant de ses yeux perçants le bras de Daryl jusqu'à croiser son regard.

— Euh… c'est qu'en fait… euh, il faudrait que vous regardiez ça… dit-il en balbutiant et en retirant délicatement sa main.

Il tend alors les lunettes au jeune indien qui ne semble pas très enclin à tester le gadget. Edward Thompson s'en empare sans hésiter et les enfile en exécutant instinctivement un mouvement de la tête vers l'avant comme pour mieux voir.

— Qu'est-ce que ça veut dire ? s'exclame-t-il. Regarde Matt !

Matthew regarde à son tour dans l'écran. Il découvre la même scène avec surprise : sous un promontoire rocheux, de légères volutes de fumée s'échappent depuis une cheminée dont seule la partie haute se distingue au-dessus des arbres.

— Effectivement, il semble y avoir une habitation. D'ici, on ne peut pas la distinguer, mais il y a une petite cheminée qui dépasse. Elle est certainement habitée, car de la fumée s'en échappe. On peut zoomer plus, Daryl ?

— Non, Matt, j'ai déjà grossi au maximum.

— Daryl, sur l'écran est affichée une distance de 2,4 km. C'est celle qui nous sépare de ce lieu ? demande Matthew, peu aguerri aux nouvelles technologies.

— Oui. C'est la distance à vol d'oiseau, mesurée par le drone. En fait, depuis sa position, grâce à sa fonction de géolocalisation intégrée et…

— C'est bon, coupe brutalement Edward. Ce n'est pas le moment d'essayer de nous vanter les mérites du prototype.

— Euh, pardon, Monsieur Thompson...

— C'est étrange, intervient Amarok. Je n'ai jamais eu connaissance d'une quelconque habitation dans les environs. En même temps, personne ne vient s'aventurer aussi profondément dans la forêt. Cette partie du parc national est la plus inhospitalière…

— C'est peut-être la planque du ravisseur, reprend espoir Edward. Ne perdons pas une minute, allons-y !

Edward Thompson fait part de leur dernière découverte à Pénélope et Gordon restés en retrait pour se restaurer. Dans la foulée, il rejoint la tête du groupe mené par l'infatigable Amarok qui s'est déjà remis en marche.

À quelques kilomètres de leur position, au milieu de la petite clairière, l'adjoint du shérif se tient debout en agitant les bras pour se signaler.

Tom stabilise l'hélicoptère au plus près du sol évitant de toucher la cime des grands pins qui l'entourent. Une fois l'appareil équilibré à l'aplomb, le pilote fait signe à Jane qui, sur-le-champ, ouvre la porte latérale et actionne le treuil. Le câble se déroule lentement jusqu'à atteindre le tapis d'herbes fraîches de la petite clairière. L'adjoint, aidé de ses deux collègues, harnache alors solidement le brancard de fortune à l'aide de cordages.

Une fois la charge sécurisée et équilibrée, ils donnent l'instruction de procéder à la remontée de la victime en levant le pouce. L'opération se déroule sans accrocs et Jane réceptionne le blessé toujours inconscient. Ne parvenant pas à hisser la civière en cabine, elle l'attache sommairement au patin de l'appareil. Les trois hommes restés en bas miment maladroitement des informations à Tom. Il comprend qu'ils restent sur place, certainement pour tenter de rejoindre l'équipe du shérif.

L'hélicoptère reprend de l'altitude et amorce délicatement un virage en direction de Grants Pass. Le shérif adjoint regarde s'éloigner l'appareil en adressant une tape amicale à chacun de ses coéquipiers, visiblement inquiets. Eux aussi espèrent que leur camarade s'en sortira.

— Ne vous inquiétez pas les gars ! Dans vingt minutes, ils seront à l'hôpital. Maintenant, tentons de rejoindre les autres. Nous avons deux jeunes filles à retrouver.

— Tu as raison, lui répond l'un des hommes visiblement abattu, allons donner un coup de main au shérif !

À une bonne heure de marche de la clairière, le shérif est toujours à quatre pattes pour mieux examiner l'empreinte hors norme. Ses deux compagnons, eux, remontent sur la berge en échangeant sur son origine probable. Alors qu'ils ne semblent pas s'accorder sur le sujet, un autre hurlement, identique au précédent, mais beaucoup plus proche, leur glace le sang.

Francky Morgan est trop absorbé par ses observations pour se rendre compte qu'une ombre lui passe au-dessus. D'un seul bond, elle franchit l'étroite rivière pour atterrir à portée des deux brigadiers. Surpris, les deux hommes n'ont pas le temps de réagir. Mais immédiatement, ils comprennent d'où provenait la fameuse empreinte. C'est l'unique pensée qui leur vient à l'esprit avant d'être fauchés par une main aux griffes destructrices qui les gifle sauvagement. Aussi rapidement qu'elle était arrivée, l'ombre imposante disparaît dans les sous-bois avant même que le shérif ne l'aperçoive. Il relève la tête.

— Merde ! Mais qu'est-ce qui se passe ici ?

Il remonte la berge boueuse en s'agrippant aux quelques herbes hautes qui y poussent et accourt vers ses coéquipiers. Côte à côte, les malheureux se tiennent le visage à deux mains. Par mimétisme, ils adoptent presque la même posture et poussent des gémissements. Du sang s'écoule lentement entre leurs doigts et dégouline le long de leur nez avant de tomber au goutte-à-goutte à leurs pieds.

— Qu'est-ce qui vous est arrivé ? s'égosille Morgan.

— Il nous a bondi dessus… gémit l'un des brigadiers.

— Qui ça, « il » ?

— Je ne sais pas… tout s'est passé trop vite !

Francky Morgan assoit les deux blessés l'un après l'autre. De son sac à dos, il s'empresse de sortir son kit de premier secours. Il ouvre la boîte en plastique compacte marquée d'une croix rouge pour s'emparer d'un sachet individuel de compresses stériles qu'il déchire tout en s'approchant du plus jeune des deux.

— Allez ! Montre-moi ta blessure, mon garçon.

Mais le jeune homme garde ses mains plaquées sur le visage. Le shérif les lui prend, d'abord délicatement, puis plus fermement lorsqu'il ressent le réflexe de résistance du brigadier.

Les blessures qu'il découvre lui arrachent un rictus de dégoût.

Trois grosses entailles profondes traversent dans toute sa largeur le visage défiguré du jeune homme.

La griffure du haut est la plus profonde et part de la joue jusqu'à la partie supérieure du front, en passant par l'œil gauche, ou plutôt ce qu'il en reste. La paupière a été complètement arrachée et l'orbite à vif n'accueille plus qu'une sorte de bouillie rougeâtre et visqueuse. L'autre œil semble moins touché, mais la deuxième lacération qui passe juste au-dessus de la paupière supérieure saigne abondamment. Il appose les compresses en douceur et rassure son collègue avant de se tourner vers la deuxième victime. Les blessures de l'autre brigadier sont similaires avec en plus, une partie du nez arraché sous la violence du coup.

Alors qu'il se nettoie les mains couvertes de sang dans l'eau de la rivière, le shérif contrarié réfléchit à la manière d'envisager la suite des événements. Il n'avait pas l'intention de faire aboutir les investigations et cherchait à gagner du temps. Dès le début, il ne voulait pas s'embarrasser des membres de la brigade de recherche. À présent, ils sont blessés et sa conscience le titille un peu moins. Il retourne auprès des deux victimes et leur propose de les guider à tour de rôle vers le cours d'eau pour qu'il puisse se nettoyer le visage ensanglanté.

Le plus jeune des deux est toujours prostré en position assise, les mains posées sur les compresses déjà saturées d'hémoglobine. Il le prend par les épaules et l'invite à se relever. Avec délicatesse, le shérif l'emmène sur la berge en lui parlant doucement pour le calmer. Arrivé au bord de l'eau, il se positionne derrière le brigadier et lui plaque sa main droite sur la figure, lui opprimant à la fois le nez et la bouche. Le pauvre homme tente en vain de se libérer, mais ne peut pas lutter.

Avec sa main gauche, qu'il place à l'arrière du crâne, Francky Morgan exécute un vif mouvement de torsion. Les vertèbres cervicales se brisent en sectionnant la moelle épinière. Avant qu'il ne s'écroule au sol, l'homme de loi pousse le corps dans l'eau et le regarde s'éloigner, charrié par le courant.

Il part ensuite s'occuper du deuxième brigadier et répète l'opération froidement.

## 38

*Rogue River, 20 juillet – 11 h 46*

Enfin arrivé près de la position relevée par le drone de Daryl, Amarok stoppe l'avancée du groupe et se rapproche d'Edward Thompson.

— Monsieur Thompson. Restez ici et soufflez un peu. Moi je pars en éclaireur pour repérer les lieux et m'assurer que nous ne courons aucun danger. Je reviens ensuite vous chercher dès que j'ai l'assurance qu'il n'y a rien à craindre.

Aussitôt, il lui tend la carabine en montrant comment enlever la sécurité. Il explique également au patron d'A.N.S, peu habitué au maniement des armes, la manière de la recharger.

— OK. Mais soyez prudent ! On a peut-être affaire au repaire du ravisseur.

— Ne vous inquiétez pas, Monsieur Thompson, lui répond le jeune indien en lui désignant son arbalète.

Edward Thompson, le fusil de chasse en bandoulière, regarde Amarok s'éloigner au pas de course dans les sous-bois. Il est partagé entre l'espoir et la crainte. L'espoir de retrouver Emmy et Ana saines et sauves et la crainte qu'il n'en soit pas ainsi. Plutôt que de rester à attendre le retour du jeune indien, il préfère rejoindre le reste de l'équipe et prendre des nouvelles auprès du PC mobile.

— Daryl, pouvez-vous établir le contact avec Jane ?

— Pas de soucis, Monsieur Thompson.

L'ingénieur repositionne le minidrone face à lui et se connecte en visioconférence grâce à sa tablette. Il déploie la longue antenne et allume l'amplificateur. La zone est reculée et la végétation dense, mais il parvient sans souci à se connecter. Le son grésille et l'écran vacille avant que l'image stabilisée ne laisse apparaître en gros plan le joli minois de l'assistante de direction. Edward Thompson n'a pas le temps de lui demander des nouvelles. Jane se lance immédiatement dans un long monologue, expliquant l'intervention d'urgence dans laquelle Tom et elle se sont engagés pour venir en aide au membre de la brigade de recherche gravement blessé. Elle n'omet aucun détail en expliquant même sa négociation avec le vieux bougre pour lui acheter un treuil. Mais le ton change lorsqu'elle admet que tous ces efforts ont été vains puisque la victime était décédée en arrivant à l'hôpital de Grants Pass.

Edward Thompson est dépité. D'abord, le vigile de l'accueil de son entreprise disparaît et maintenant, un pauvre type qu'il ne connaît même pas laisse sa peau pour tenter de retrouver sa fille et son amie. Il est partagé entre l'abattement et la culpabilité, l'amertume et la colère. Mais pas le temps de s'apitoyer : Amarok est de retour.

— Amarok ! Alors… qu'avez-vous trouvé ?

— Il n'y a pas de danger. Venez donc voir de vos propres yeux.

Daryl coupe la communication et tout le monde se remet immédiatement en marche. Gordon a ressenti une pointe d'excitation chez l'Indien. Il allume sa caméra pour ne rien manquer. Arrivé à destination, il fait un gros plan sur les empreintes qu'Amarok montre du doigt, puis un plan large de ses compagnons alignés les uns à côté des autres devant l'étrange maisonnette nichée sous la falaise. Il note également la présence de deux cabanes en rondins et zoome alternativement sur les constructions similaires : l'une à gauche de la maison, l'autre à l'opposé.

La cheminée crachote les dernières volutes de fumée, signe que le feu touche à sa fin et que personne ne l'a alimenté depuis un bout de temps.

Amarok propose de visiter de fond en comble chacun des lieux, l'un après l'autre. Ils commencent spontanément par la maisonnette. À l'intérieur, la bande découvre une seule pièce principale crasseuse et puante. Une odeur forte de transpiration mêlée à celle de renfermé et de nourriture froide pousse Pénélope à se couvrir le nez avec son avant-bras. Matthew est le premier à repérer une caisse posée au pied d'un vieux réchaud.

— Amarok ! Cette caisse te dit quelque chose ?

— Oui, elle est en tout point identique aux caisses que livre le shérif Morgan chaque semaine !

— Ouvrons-la, intervient Edward Thompson.

Immédiatement, Matthew soulève le couvercle. À l'intérieur, il y trouve des conserves de légumes, des pâtes, des sodas et autres vivres. En fouillant, il tombe sur des médicaments.

— De la bromocriptine… de la somatostatine… du pegvisomant et de l'octréotide, égrène-t-il en sortant une à une les boîtes. Il s'agit bien de la caisse de Morgan !

— Eh ! Venez voir par ici, s'exclame Daryl occupé à retourner le tiroir d'une commode.

— Qu'avez-vous trouvé ?

— Une photo, Monsieur Thompson. Une photo du shérif… avec ses… euh… ses deux frères je crois… il y a comme un air de famille ! Sauf que…

— Sauf que quoi Daryl ? s'impatiente Matthew qui lui arrache la photo des mains.

Surpris, le scientifique écarquille les yeux !

— Non d'un chien !

— Quoi Matt ?

— Ed, regarde ! Ce sont les frères Morgan ! Et les traitements que livre le shérif sont bien pour soigner leur acromégalie !

Edward Thompson se saisit de la photo pour mieux l'examiner de près. Pas de doute ! Les trois hommes ont les mêmes traits. Mais ce qui frappe le patron d'A.N.S est la taille des jumeaux ! Ils font une tête de plus que le shérif, donc au moins deux mètres trente ! Les visages sont étranges, très anguleux avec les os saillants et les mâchoires puissantes ! Il note également que leur pilosité est assez développée. Les deux frangins ressemblent plus à des australopithèques qu'à des Homo sapiens, pense-t-il.

— Merde ! Je commence à comprendre ! Les deux tarés de frères sont à l'origine des kidnappings de ces dernières années, s'exclame Pénélope.

— Qu'est-ce qui vous fait dire ça ? questionne Daryl.

— Eh bien, enchaîne-t-elle, tout concorde ! La première affaire coïncide avec l'arrivée de la famille Morgan dans le coin. Francky et sa mère se sont installés à Grants Pass en 1995. Je mets ma main à couper qu'ils étaient accompagnés des deux frangins, mais qu'ils ont préféré les planquer ici, dans la forêt, loin de toute habitation. En 1997, la mère part soi-disant vivre chez sa sœur à San Francisco. Mais on sait tous qu'il n'existe aucune frangine ! Je suis persuadée qu'elle est venue s'installer dans ce trou à rats avec ses deux rejetons déclarés morts par le toubib véreux. Et en 1998, a lieu la première disparition inexpliquée ! Celle du grand-père d'Amarok !

— Oui, c'est vrai que vu sous cet angle, ça colle, renchérit Matthew.

— Et n'oubliez pas que le shérif Morgan, qui a suivi toutes ces affaires, n'a jamais abouti aucune d'entre elles… Vous devinez pourquoi, ajoute Pénélope en adressant un clin d'œil à Matt.

— Il couvre ses deux frères, intervient Edward.

— Exact Sherlock Homes, conclut la journaliste.

Amarok, qui se tient à l'écart, les regarde les bras croisés et la mine renfrognée. Il ne semble pas totalement convaincu. Matthew l'observe du coin de l'œil et note sa posture sans équivoque.

— Qu’y a-t-il Amarok ? demande Matt. Tu n’as pas dit un mot et tu n’as pas l’air d’adhérer à la thèse de Pénélope ?

— Non, pas tout à fait.

— Dis-nous ce qui te tracasse alors ?

— Vous avez oublié quelques détails qui ont leur importance.

— Lesquels ?

— Ces deux gaillards en photos ne peuvent pas être les seuls à avoir laissé des traces en forêt. En comparant les jumeaux avec le shérif Morgan, nous pouvons estimer qu’ils mesurent entre deux mètres trente et deux mètres quarante et pèsent aux alentours de cent quatre-vingts kilos.

— Mais encore ? demande Matt.

— Et bien ces mensurations pourraient correspondre à certaines des traces que j’ai aperçues dans le parc national ces dernières années. Mais elles ne peuvent pas toutes leur appartenir…

— Comment ça ?

— Certaines des empreintes correspondent plutôt à une personne qui pèserait environ deux cent cinquante kilos et mesurerait près de trois mètres.

— Trois mètres, s’exclame Daryl ! Mais… mais ce n’est pas possible ! Personne ne mesure trois mètres, Amarok !

— Personne, mise à part les sasquatchs ! lui répond sèchement le jeune indien.

— Mais, de toute évidence, les coupables sont les jumeaux Morgan, s’énerve le petit ingénieur. Ce sont eux qui sont la cause de ces disparitions depuis plusieurs années. Et ce sont également leurs empreintes que tu as trouvées dans cette satanée forêt ! D’ailleurs, n’as-tu pas suivi leurs traces pour remonter jusqu’ici ?

La tension monte entre les deux hommes. Edward, Pénélope et son caméraman assistent étonnés au conflit naissant. Matthew fouille dans son téléphone portable tandis que Daryl continue d’invectiver

Amarok sur un ton acrimonieux. Il intervient finalement pour mettre un terme au monologue de l'ingénieur.

— Venez tous. Approchez, dit-il avec autorité.

Tout le groupe se rassemble autour du smartphone du zoologue. Ils découvrent une photo prise un peu plus tôt alors qu'ils s'approchaient de la maisonnette.

— C'est une empreinte de l'un des jumeaux, constate Amarok. Elle correspond à la stature des deux gaillards. Étant donné la taille et la profondeur de celle-ci, on peut facilement estimer que celui qui l'a laissée mesure environ deux mètres trente et pèse près de deux cents kilos.

— Ah ! Enfin l'autochtone ne dit plus de conneries, balance Daryl, aussitôt repris par son patron qui, d'un geste de la main, lui demande de se taire.

— Maintenant, regardez cette photo, continue Matthew.

Tous se taisent et observent avec attention la deuxième photo. Puis Matthew revient sur la précédente. Il attend quelques secondes et remet le second cliché.

— Vous voyez la différence ?

— Oui, répond Edward Thompson en se grattant le menton. Cette deuxième empreinte paraît beaucoup plus grosse. Les orteils se dessinent distinctement et l'on voit qu'elle est plus profonde.

— C'est exact, reprend Matthew, satisfait du petit effet que provoque sa révélation.

Toute l'assistance est impressionnée par cette énorme empreinte.

— Et où l'avez-vous photographié Matthew ? demande Daryl, toujours avec un ton provocateur.

— Non loin d'ici également. À deux ou trois kilomètres de notre position.

— Pardon ! s'exclame Pénélope. Vous êtes en train de nous dire que vous êtes tombé sur ces empreintes gigantesques tout près d'ici et vous ne m'avez rien dit ! Bonjour la solidarité entre collègues, s'offusque la journaliste.

— Euh… mais nous ne sommes pas collègues pour commencer et ensuite, je ne voulais inquiéter personne.

— Inquiéter personne ! Ah ! C'est la meilleure ! Je participe aux recherches de sasquatchs avec la BFRO depuis plusieurs années et vous, vous gardez vos petits secrets pour vos recherches de cryptozoologue du dimanche ! Vous avez raison… nous ne sommes pas collègues !

La jeune femme fâchée s'écarte du groupe et repart flâner dans la maisonnette, retournant les quelques objets disposés ici et là. Gordon la suit comme son ombre, la caméra vissée sur l'épaule. Il filme en continu depuis qu'ils sont arrivés aux abords de la bicoque et ne rate pas une seconde de ce qui se passe dans ces lieux troublants.

De son côté, Matthew reprend ses explications.

— Cette empreinte, beaucoup plus imposante que celle des frères Morgan, est vraisemblablement celle d'un homme des bois. Je donne entièrement raison à Amarok. Les jumeaux Morgan ne sont pas les seuls à habiter cette forêt. Par contre, concernant les disparitions, je rejoins Daryl. Ce sont sans doute ces deux brutes dégénérées qui en sont responsables.

— Comment en arrives-tu à cette conclusion ? lui demande son frère, l'air grave.

— En me basant sur les données dont nous disposons à ce jour sur les sasquatchs. Depuis des décennies, ces hominidés ont laissé des traces un peu partout dans nos forêts les plus reculées. En moyenne, il est acquis qu'un spécimen adulte laisse des empreintes de trente-cinq à quarante centimètres de long et douze à quinze centimètres de large. Soit vingt pour cent de plus que celles de nos squatteurs attardés. Mais ils sont végétariens. Ils n'ont donc aucun intérêt à kidnapper des êtres humains pour les tuer et les dévorer comme se l'imagineraient les amateurs d'épouvante. Ils ne chasseraient des cervidés que pour récupérer les peaux.

— Et tu penses donc réellement que ces hommes des bois vivent dans les parages en harmonie avec nos deux acromégalomanes ? demande Edward.

— Ha, ha, ha ! Acromégalomanes ! Elle est bonne celle-ci, s'éclaffe Matthew avant de se reprendre en constatant qu'il est le seul à relever le lapsus de son frère. Euh… Non, pour répondre à ta question. En fait, les sasquatchs ont la réputation d'être très méfiants et peureux. Sans doute cela remonte-t-il à leur cohabitation malheureuse avec Homo erectus ! Depuis qu'il a été pourchassé jusqu'à la quasi-extinction, le gigantopithèque n'a cessé de se réfugier dans les régions les plus reculées et inaccessibles, loin des hommes.

— Pourtant, les frères Morgan vivent ici. Et apparemment au milieu des gigantomachins si je te suis, relance Edward.

— Pas exactement. Je pense que les frères Morgan se sont implantés sur leur territoire. Mais le sasquatch n'est pas belliqueux. Comme je l'ai précisé, il fait tout pour éviter les contacts avec les humains. Je suppose donc que nos hommes des bois ont cédé un bout de territoire, une zone de sécurité autour du repaire de nos deux ravisseurs.

Pendant que Matthew étale ses connaissances et hypothèses, Pénélope vide la commode, tiroir par tiroir. Elle en sort un passeport qu'elle consulte avant d'exulter.

— Eh ! J'ai trouvé le passeport de Scarlett Mogan, la mère de notre triplette de psychopathes !

Tous s'échangent le fameux document en scrutant à tour de rôle la photo de Scarlett Morgan. Pénélope quant à elle, continue à fouiller la vétuste baraque dans les moindres recoins, mais sans rien trouver d'autre de bien intéressant.

Amarok, qui gardait le silence depuis son échange tendu avec Daryl, propose d'aller examiner la première des deux cabanes situées à une vingtaine de mètres de la maisonnette. La petite bande ressort en silence après avoir pris soin de tout remettre en ordre pour ne laisser aucun indice de leur passage.

Alors qu'ils se dirigent vers la cabane, Amarok se retourne d'un bond. Sur le qui-vive, les autres s'inquiètent et l'assaillent de questions. Mais le jeune indien reste muet et figé tel un chien de chasse à l'arrêt.

Edward dirige son regard dans la même direction que le jeune homme et comprend immédiatement sa réaction…

# 39

*Rogue River, 20 juillet – 13 h 29*

La chaleur commence à devenir de plus en plus étouffante. Il n'y a pas un souffle d'air. Même à l'ombre et perchée à une dizaine de mètres de hauteur, Emmy est assommée par la canicule.

Elle commence à ressentir la soif. Le soleil semble avoir atteint son zénith. Il doit être au moins treize heures, se dit la jeune fille. Elle n'a rien dans le ventre depuis longtemps, mais ce qu'elle vient de vivre lui enlève tout appétit. Seul son corps lui réclame de l'énergie, des glucides de préférence. Mais son âme est anéantie. Sa meilleure amie… Ana…

Maintenant qu'elle a repris tous ses esprits après son petit somme, les larmes remontent et inondent ses yeux vides. Vide d'espoir, vide de motivation, elle se sent vidée. Elle ne sait plus quoi faire. Courir dans la forêt et tourner en rond jusqu'à l'épuisement ? Rester cachée sur son arbre à attendre un miracle ? Hurler au cas où quelqu'un à sa recherche passerait dans les environs ? Quelle que soit la décision, elle se dit qu'elle n'en réchappera pas. Elle a vu l'un de ses ravisseurs. Un individu gigantesque à la musculature imposante et un air terrorisant d'homme des cavernes. Un barbare capable de massacrer sans le moindre état d'âme. Elle n'a aucune issue. Surtout après avoir aperçu cette chose s'en prendre à l'assassin d'Ana. Elle ne l'avait entraperçu que brièvement, cachée derrière les buissons. Mais elle en était certaine. Ce n'était ni humain ni animal. Un peu des deux à y repenser. De forme humaine, mais encore plus énorme que le gros baraqué. Si en plus de son ex-geôlier, des créatures plus puissantes rôdent dans les parages, elle se dit que ses chances sont nulles de s'en sortir vivante. Après un long moment de réflexion, la jeune fille se décide à quitter son perchoir. *« Le mieux est de retourner chez eux. J'ai tué la mère, l'un d'entre eux s'est fait attaquer par une créature et le deuxième doit être en train de me chercher en direction du sud »...*

Emmy se rassure en se disant que c'est la moins mauvaise des options. Au moins, elle y trouvera de quoi boire et avec un peu de chance, de quoi se défendre. Dans le pire des cas, elle pourra se réfugier dans l'une des cabanes et se protéger en s'y enfermant. Ironie du sort à bien y réfléchir !

Elle pose un pied à terre. La tête lui tourne. Pendant une fraction de seconde, elle se dit qu'après avoir passé plusieurs heures juchée sur une branche, elle ressent peut-être les effets du mal de terre. Mais en fait, ce sont ses jambes qui ne supportent plus le poids de son corps. L'effort qu'elle vient de produire pour descendre de son refuge lui a coûté ses dernières réserves d'énergie. Mais Emmy sait qu'elle ne peut pas rester ici plus longtemps. C'est une proie. Une proie facile et faible.

Dans un effort surhumain, elle se met à avancer tant bien que mal dans la direction qu'elle fuyait quelques heures auparavant. Chaque pas est une torture, chaque dénivelé une épreuve. Alors qu'elle est au bord de l'évanouissement, Emmy perçoit le murmure d'un ruisseau. L'idée de pouvoir se désaltérer lui redonne la vigueur suffisante pour l'atteindre. Elle se jette à genou sur le rebord boueux du filet d'eau réduit à une trentaine de centimètres de large en cet été torride. Et tant pis si le précieux liquide n'est pas cristallin. Elle s'en saisit de ses deux mains jointes en forme de réceptacle et le porte à sa bouche grande ouverte. Elle passe de longues minutes à étancher sa soif et à s'asperger le visage pour se rafraîchir.

Elle se sent beaucoup mieux et ragaillardie. Maintenant, son estomac lui réclame de la nourriture, du solide. La jeune fille, après avoir recouvré ses facultés, se met à la recherche de baies, racines et champignons. Elle n'a aucun mal à en dénicher et à sélectionner les végétaux comestibles.

Après s'être restaurée sommairement, elle ne perd pas un instant et se remet en marche. Mais elle ne parcourt qu'une courte distance avant de tomber nez à nez avec une surprise de taille qui lui glace le sang…

# 40

*Rogue River, 20 juillet – 13 h 42*

Par sécurité, toute la bande s'est à nouveau réfugiée dans la maisonnette blottie sous le promontoire rocheux. Seuls Edward Thompson et Amarok sont partis explorer les environs. Tous les deux ont vu du mouvement à quelques encablures du refuge. Ils préfèrent vérifier les environs, armes à la main, pour s'assurer qu'il ne s'agit que de gibier s'aventurant dans les parages.

De son côté, le shérif Morgan s'est retranché à une cinquantaine de mètres de la petite falaise, tapis derrière une grosse souche déracinée. De là, il surplombe l'esplanade naturelle et possède un point de vue dégagé. Il aperçoit le patron d'A.N.S accompagné du jeune indien qui explore l'endroit où il se tenait il y a peu. Les deux hommes ont failli le surprendre. Il s'en est fallu de peu. Mais ce qui l'inquiète le plus est qu'ils aient trouvé la planque…

— Tu as repéré quelque chose ? demande Edward Thompson au jeune pisteur.

— Oui, il semblerait qu'on soit passé par ici pour remonter plus haut, derrière les rochers. Mais impossible de dire s'il s'agit d'un animal ou d'autre chose…

— OK, ne basculons pas dans la psychose. Ce n'est sans doute rien. En tout cas, restons sur nos gardes.

— Je le suis toujours, Monsieur Thompson, lui rétorque Amarok solennellement.

Le shérif est soulagé de voir les deux hommes rebrousser chemin. Mais il aurait préféré les voir quitter la zone. Au lieu de ça, il observe l'ensemble du groupe se diriger vers l'un des cabanons. *« Heureusement que ces mythos ne devaient pas bouger de Wonder ! Et c'est qui cette nana et son caméraman ? »*

Il regarde, soucieux, Edward Thompson et ses acolytes franchir la porte grinçante du premier cachot. À l'intérieur, l'équipe découvre une pièce vide et lugubre, occupée uniquement par un stock de bûches parfaitement alignées. Au fond, un détail attire l'attention de Matthew. Une porte en rondin de bois est entrebâillée. Il l'ouvre complètement et s'avance dans l'obscurité. Alors qu'il progresse prudemment, son pied heurte une masse jonchant le sol. Comme il ne distingue rien, il se baisse et explore l'obstacle à tâtons.

— Vite une torche ! Quelqu'un peut-il me donner torche ? Il y a un corps par ici, s'égosille-t-il.

Paniqué, Edward Thompson jette son sac à terre et le retourne d'un seul geste pour se saisir de sa lampe électrique. *« Emmy ! Pourvu que ce ne soit pas ma petite Emmy… »*

Le cœur au bord des lèvres, il accourt auprès de son frère en balayant le sol du faisceau blafard. Ce n'est pas le corps d'Emmy, mais celui d'une vieille dame. Les autres, qui les ont rejoints, s'entassent à l'entrée de la pièce sombre et constatent avec stupéfaction le cadavre que retourne délicatement Edward.

— Qui est-ce ? demande Daryl.

— Scarlett Morgan, répond immédiatement Pénélope.

— La mère du shérif ? Mais… mais… elle est morte… bégaye Daryl.

— Oui, morte de chez morte !

— Je vous le confirme, reprend Matthew en l'examinant. Elle a l'arrière du crâne littéralement explosé ! Il y a du sang sur la paroi. Le choc a été violent ! Je vais prélever quelques cheveux. On pourra éventuellement s'en servir pour une identification formelle par analyse ADN.

— Éclairez par ici, demande Amarok, en désignant le mur opposé.

— Qu'y a-t-il ? s'interroge Edward qui ne tient plus en place.

— Ici, quelqu'un était assis juste là. Il y a également de légères empreintes de mains. Et une empreinte assez distincte de chaussure. À en juger par la forme et la taille, je dirais qu'il s'agit d'une femme. Les doigts sont fins et la main de taille moyenne. Pour ce qui est de la pointure, je mise sur un 37.

— Emmy ! Emmy chausse du 37 ! Elle était sans doute retenue captive ici, réagit immédiatement Edward.

— Et il y a un bandeau et de la corde. Elle a été sectionnée avec ceci, je pense, ajoute Amarok en montrant la capsule de soda qu'il place en évidence devant la torche.

— Ma fille était retenue prisonnière ici et elle a réussi à s'échapper ! Je ne sais pas si je dois m'en réjouir ou craindre le pire. Car s'il n'y a plus personne ici c'est sans doute que les deux brutes qui s'en sont pris à elle sont à sa poursuite, quelque part dans cette saloperie de forêt !

Edward Thompson se laisse tomber en arrière contre la paroi en bois et glisse lentement sur le dos jusqu'à se retrouver assis sur le sol de terre battue, l'air résigné. Il songe aux heures de captivité de sa fille, retenue dans cet endroit sombre, ligotée et les yeux bandés, seule et effrayée. L'espace d'un instant, il est pris de vertiges. Mais Amarok ne lui laisse pas le temps de s'apitoyer et l'empoigne de force pour le redresser.

— Monsieur Thompson, elle est toujours en vie. Et elle a réussi à s'échapper. Votre fille est rusée et je suis certain que nous la retrouverons. Levez-vous ! Allons visiter l'autre cabane pour vérifier si nous y découvrons d'autres indices et partons à sa recherche. Avec un peu de chance, nous pourrons suivre sa trace !

Convaincu par le jeune indien, l'homme abattu se relève péniblement et ressort.

Dehors, le shérif s'est rapproché et observe discrètement la scène. Il focalise son attention sur le patron d'A.N.S qui tient quelque chose dans la main. Il est trop loin pour identifier l'objet. Il sort des jumelles de son sac à dos et enlève les protections des binocles. Il fait la mise au point et recherche quelques secondes avant de s'arrêter sur la main d'Edward Thompson empoignant fermement les liens qui retenaient prisonnière sa fille. « *Merde ! Mister pot d'colle a dû comprendre ce qui s'passe...* »

Francky Morgan se doute que l'équipe de Thompson est tombée sur des éléments permettant de faire le recoupement entre sa famille et lui. Il avait pourtant prévenu sa mère. Il fallait se débarrasser de tout ce qui pouvait permettre de les identifier. Tout... sans exception ! Au cas où quelqu'un découvrirait l'endroit. Même au milieu de nulle part, la planque pouvait un jour être repérée. Mais sa mère gardait précieusement une photo de ses trois fils. Une seule photo avait-elle dit ! Rien qu'une seule... une de trop à son goût. Et puis son passeport... comme si elle en avait besoin ! Sans doute était-ce la dernière chose qui la rattachait au monde réel... même périmé ! C'est sûr, ils ont certainement fait le lien avec lui. Et ils ne tarderont pas à le faire avec les précédentes affaires.

Morgan est nerveux. Il a toujours fait le ménage pour couvrir les frangins. Mais là, avec ce fouille-merde de Thompson et ses moyens, il sent que la situation se complique. « *Ces deux crétins ont encore fait une boulette ! Ils ne pouvaient pas se tenir tranquilles... Merde !* »

À l'approche de la seconde cabane, Amarok remarque un cadenas cassé qui pendouille sur le loquet de la porte.

— Quelqu'un a forcé le cadenas. Sûrement avec une pierre à en croire les traces laissées sur la porte.

— C'est peut-être Emmy, s'interroge Edward.

— Oui, je pense. Regardez ! Il y a les mêmes empreintes de pas au sol. Mais il y en a aussi d'autres... différentes.

— Ana ! Je suis sûr qu'Emmy est venue délivrer son amie.

— C'est aussi ce que je pense, Monsieur Thompson, lui répond amicalement Amarok. Et elles se sont enfuies vers le sud.

L'inspection de la deuxième geôle conforte le jeune indien dans cette hypothèse. Sans perdre une minute, Edward Thompson décide de suivre les traces pour retrouver sa fille et son amie au plus vite. Mais son frère le rappelle à la raison.

— Calme-toi !

— Me calmer ? Ta nièce est près d'ici, pourchassée par deux brutes épaisses psychopathes et tu me demandes de me calmer, hurle-t-il.

— Tu fonces tête baissée ! Je te demande de réfléchir deux minutes ! À mon avis, il faut appeler Jane et l'informer de la situation. Elle pourra ainsi prévenir ton ami, le chef de la police de Portland.

— Et quoi ? Nous attendons sagement que les renforts arrivent ? Il est déjà plus de quatorze heures trente ! Il nous a fallu six heures pour arriver jusqu'ici. Et ses hommes sont dispersés aux quatre coins du Comté ! Le temps qu'ils se bougent et qu'ils nous rejoignent, il fera déjà nuit ! Et Emmy aura eu le temps de se faire… tuer…

— OK, tu as raison frangin. On fonce. Mais on appelle quand même Jane. On lui fait un topo rapide, on lui transmet les coordonnées du site avec quelques photos et on bouge. D'accord ?

— D'accord, répond Edward d'une voix plus posée.

Immédiatement, Daryl déploie son antenne, positionne le drone face à Edward Thompson et établit la connexion. À l'autre bout, Jane prend note de chaque mot du récit de son patron, stupéfaite par la tournure des événements. En parallèle, elle reçoit les photos envoyées par Daryl qu'elle affiche en vignette sur l'écran de la visioconférence. Elle frissonne à voir les lieux glauques où étaient retenues captives les deux jeunes filles. Alors qu'elle regarde à nouveau son patron en gros plan, elle perçoit de brefs éclats de lumière derrière lui…

— Monsieur Thompson, quelque chose brille derrière vous !

Tous se retournent à l'unisson. Juste à temps pour capter un éclat.

— Quelqu'un nous observe ! s'exclame Amarok. Ce sont des jumelles… ou bien la lunette de visée d'une carabine ! Vite, courez vous mettre à couvert derrière les arbres !

# 41

*Rogue River, 20 juillet – 14 h 44*

Depuis une heure, Emmy est cachée à plat ventre dans les fougères.

Elle évite tout mouvement et contrôle jusqu'à sa respiration pour n'émettre aucun son. Même lorsqu'une fourmi aventureuse lui grimpe dessus, elle ne bouge pas le moindre cil.

Juste devant elle, en contre bas d'un petit talus, la scène qu'elle observe l'intrigue tout autant qu'elle la tétanise. Elle sait maintenant ce qu'elle a vu un peu plus tôt, lorsque le tueur d'Ana s'est fait agresser à son tour.

Elles sont deux… deux énormes créatures ! Emmy n'avait jamais rien vu de tel jusqu'à ce jour. Son oncle Matthew lui avait pourtant raconté beaucoup d'histoires concernant les cryptides. Elle se disait que pour un scientifique, il attachait beaucoup d'importance à ces animaux légendaires. Mais pas de doute, ce qu'elle a sous les yeux est bien réel. Des sasquatchs ! En chair et en os. Elle en est certaine. Matthew lui avait parfaitement décrit ces gigantopithèques, survivants d'un autre âge. Nos plus proches cousins, soutenait-il. Peut-être même le chaînon manquant de l'évolution d'Homo sapiens. Apparu bien avant ce dernier, le gigantopithèque avait selon lui donné naissance à notre ancêtre il y a plus d'un million et demi d'années. Et à la différence de l'être humain, Gigantopithecus giganteus, qui a vu sa population décroître drastiquement jusqu'à la quasi-extinction, n'a survécu qu'en se cachant. Cet isolement a limité son évolution et il a survécu jusqu'à nos jours dans sa forme préhistorique.

Depuis qu'elle les observe, Emmy a pu noter tous les moindres détails pour se convaincre qu'il s'agit bien de gigantopithèques. Les deux spécimens sont vraisemblablement des mâles adultes. Ils mesurent plus de deux mètres cinquante et pèsent au moins trois cents kilos. Leur pelage est marron foncé et d'apparence lustrée. Mais la pilosité du visage est réduite et inexistante sur la paume des mains et des pieds, exactement comme les gorilles. La jeune fille remarque aussi le diamètre et la forme irrégulière des membres inférieurs et supérieurs qui semblent appesantis par une musculature proéminente. En mouvement, les muscles donnent l'impression de rouler sous leur toison brune. Les déplacements des deux créatures sont également spécifiques. Lorsqu'ils pivotent, c'est le torse et la tête qui tournent ensemble à partir des hanches. Un peu comme lorsqu'une personne porte une minerve ou souffre d'un torticolis. D'ailleurs en ce qui les concerne, le cou est quasi inexistant ou plutôt très ramassé. La tête, de forme conique, possède une crête osseuse à l'arrière du crâne et repose presque directement entre les épaules, très larges. Leur dos est imposant, tout comme le torse où se dessinent des pectoraux hyper-développés sous le pelage. Globalement, le tronc épais n'est marqué par aucun rétrécissement entre les épaules et les hanches, contrairement aux fesses proéminentes, bien délimitées.

Ce sont de parfaits bipèdes, agiles et véloces malgré leur poids. Lorsqu'ils se déplacent, leur démarche est très similaire aux êtres humains. À la différence près des bras, plus longs que chez l'Homo sapiens et se balançant avec amplitude pour assurer une meilleure stabilité et équilibrer leur centre de gravité relativement haut. *« Si Matt était là, il n'en reviendrait pas ! Il avait raison sur toute la ligne et ses descriptions étaient justes ! »*

La jeune fille se dit qu'elle aimerait lui raconter cette rencontre improbable. Néanmoins, elle est bien consciente de sa situation et ne sait même pas si elle le reverra un jour. *« Il serait tellement excité ! »*

Matthew lui avait aussi décrit le mode de vie des sasquatchs. Selon lui, ils étaient herbivores et fructivores, ce qui ne la rassurait pas totalement, et étaient dotés d'une intelligence supérieure à celle des grands singes connus, chimpanzés y compris. Ils étaient très certainement dotés d'une conscience proche de celle de l'être humain et vivaient en communauté organisée et structurée, notamment avec des rites proches des nôtres, comme l'enterrement de leurs congénères. Et c'est exactement, selon elle, ce que les deux hommes des bois faisaient.

Après l'effet de surprise en découvrant la scène une heure plus tôt, elle avait vite compris ce qui s'y passait. Les deux créatures creusaient un trou profond tout près d'une dépouille de l'un des leurs. Le cadavre était apparemment celui d'un jeune sasquatchs à en croire les dimensions. Il ne dépassait pas un mètre quatre-vingts et ne devait peser qu'une centaine de kilos. À priori, il s'agissait d'une femelle. Mais ce qui avait choqué Emmy était l'état du corps. Il avait la gorge tranchée et le pelage couvert de sang. Le torse était mutilé, la cage thoracique ouverte en deux et de larges plaies laissaient par endroits apparaître les os des membres supérieurs. *« Des blessures à l'arme blanche »*.

Les paroles de son oncle lui reviennent en mémoire :

« Les sasquatchs enterrent leurs morts profondément par coutume, mais également pour ne laisser aucune trace. Aucun squelette récent n'a jamais été mis à jour. Seuls quelques fragments très anciens ont été découverts ». Matthew était réellement persuadé que ces créatures étaient dotées de conscience et d'émotions, voire de croyances.

Emmy regarde les deux mâles adultes soulever la dépouille meurtrie et s'approcher de la fosse. Chacun se positionne de part et d'autre du trou béant pour suspendre en croix la jeune créature. Emmy perçoit des grognements légers. La jeune fille est persuadée qu'ils procèdent à des invocations. Les murmures durent quelques minutes. Chacun, à tour de rôle, les deux hominidés marmonnent les yeux fermés et la tête relevée vers le ciel. C'est incompréhensible, mais certaines sonorités se répètent. *« Ils ont un langage ! »*

Emmy est stupéfaite. Il semblerait que ces créatures soient capables de s'exprimer ! Certes, il s'agit bien plus de marmonnements que d'un langage syllabique, mais cela semble tout de même structuré !

Brusquement, les gigantopithèques lâchent leur prise en ouvrant d'un coup leurs grosses mains musculeuses. Le corps chute au fond du trou qu'ils avaient préalablement tapissé de fougères fraîches pour constituer un matelas. Aussitôt, ils prélèvent soigneusement d'autres feuillages qu'ils jettent dans la tombe.

Après avoir recouvert entièrement le corps, ils comblent l'alvéole avec un tas de terre retournée qu'ils poussent de leurs bras puissants. Puis ils tassent la surface en piétinant lourdement la terre fraîchement répandue. Pendant que l'un d'eux termine de damer le sol avec application, l'autre prélève quelques plantes de sous-bois. Avec une branche morte qui lui sert de plantoir, il repique les végétaux au-dessus de la sépulture tout en veillant à bien effacer toutes traces de leur besogne.

Emmy est tellement absorbée par la cérémonie funéraire atypique qu'elle n'entend pas le craquement de brindille à quelques mètres dans son dos. Elle observe le travail méticuleux des deux anthropopithèques et comprend pourquoi aucun cadavre de sasquatch n'a jamais été découvert. Il est maintenant impossible de distinguer quoi que ce soit. Personne ne peut imaginer qu'à deux mètres sous terre, repose le corps de cette jeune gigantopithèque.

En repensant à la défunte, elle ne peut s'empêcher d'imaginer que la pauvre hominidée a peut-être été victime du même ravisseur qu'Ana. Le mode opératoire et les blessures étaient identiques. Ce fumier aime s'en prendre à des proies plus faibles que lui. Mais il est tombé sur un adversaire de taille tout à l'heure ! *« Ils savent sans doute qui a tué l'une des leurs et se sont mis à leur tour à pourchasser les ravisseurs ! »*

Cette déduction n'apaise pas pour autant la peine qu'elle ressent en repensant à son amie. Alors que les larmes lui montent aux yeux, la jeune fille est subitement sortie de son abattement par des hurlements criards. Devant la tombe maintenant invisible, les deux créatures, main dans la main, entament une complainte d'une intensité incroyable. En réponse à cet appel, d'autres hurlements lointains se font entendre.

Profitant de la situation, le gaillard, jusque-là dissimulé derrière Emmy, bondit brutalement.

La jeune fille ne peut réprimer un hurlement de stupeur…

# 42

*Rogue River, 20 juillet – 15 h 12*

Ils courent depuis presque une demi-heure, sautant par-dessus les buissons, esquivant les branches les plus basses, se relevant après avoir chuté. Tous détalent en suivant Amarok comme s'ils avaient le diable à leur trousse. Soudain, des hurlements proches résonnent. Puis d'autres, plus éloignés en réponse aux premiers.

Ils s'arrêtent à l'unisson tournant la tête dans tous les sens pour tenter de localiser la provenance des puissants cris.

— Qu'est-ce que c'était ? interroge Daryl, le regard terrorisé !

— Selon vous ? rétorque Amarok toujours en froid avec le petit ingénieur.

— Euh… je n'sais pas ! C'est vous le spécialiste de la nature, non ?

— Des sasquatchs, intervient sèchement Matthew.

— Quoi ? Comment pouvez-vous en être sûrs ?

— Écoutez Daryl, je suis zoologiste et Amarok vit dans cette forêt depuis toujours. Et je peux vous assurer que ni lui ni moi ne connaissons d'animaux poussant de tels hurlements. Alors soit vous nous faites confiance soit vous retournez seul au campement et cessez de nous casser les pieds !

Edward Thompson s'interpose :

— Messieurs, un peu de calme. Derrière, quelqu'un est à nos trousses et devant, des créatures inconnues s'égosillent. Entre les deux, il y a nous et les brutes épaisses à la poursuite d'Emmy et Ana.

Alors tout le monde se calme ! Je propose que nous nous séparions en deux groupes pour ratisser la zone au plus vite.

— Je suis d'accord, déclare Amarok. Matthew, Pénélope et Gordon, vous prenez la direction sud-ouest. Daryl, Edward et moi prenons la direction sud-est. On se déploie sur un kilomètre et on se dirige en direction des premiers hurlements.

— Très bien, convient Edward. Daryl, vous équipez Matthew d'un drone que vous appairez avec le vôtre. Ainsi nous resterons en communication et nous pourrons nous géolocaliser en temps réel.

L'ingénieur s'exécute malgré lui. Il donne une montre et une paire de lunettes à Matthew Thompson et met en marche le minidrone. Il établit ensuite la connexion avec le sien et procède à quelques essais. Dans le verre gauche s'affiche la vue prise par son drone et dans le verre droit, celle du frère de son patron. Il rapproche le micro intégré aux lunettes high-tech et teste la communication. Le son n'est pas fameux, mais suffisamment clair pour être compréhensible, en tout cas, à courte distance. Une autre amélioration à apporter, pense-t-il.

Une fois le matériel vérifié et fonctionnel, Edward Thompson appelle le PC mobile pour faire un nouveau point de la situation. Après avoir expliqué à Jane leur stratégie, il coupe la communication et les deux groupes se séparent. Les hurlements ont cessé, mais leur écho semble encore planer sur la forêt. Daryl, peu rassuré, s'intercale entre Amarok et son patron qui ferme la marche.

À moins d'une centaine de mètres derrière eux, Francky Morgan avance à pas de loup après avoir suivi tout le petit manège. Il décide de suivre le groupe de Matthew. *« D'abord les plus faibles... »*

## 43

*Rogue River, 20 juillet – 15 h 17*

Emmy est plaquée au sol, accrochée à une racine qu'elle agrippe fermement alors qu'elle se sent irrésistiblement entraîner en arrière. Son ravisseur la ceinture par le ventre tellement fort qu'elle peut à peine respirer.

Un peu plus bas, les deux hommes des bois s'échangent un regard interrogateur.

De l'autre côté des feuillages, ils perçoivent des mouvements, des gémissements et des bruits de lutte. *« Des humains ? »*

S'enfuir comme ils l'ont toujours fait ou tenter de voir de quoi il s'agit ? Le dilemme les tiraille. Alors que le plus costaud d'entre eux semble choisir la première option, le second s'avance en direction des bosquets qui lui masquent la vue.

Emmy, les mains ensanglantées et à bout de force, finit par lâcher sa prise. Immédiatement, son prédateur se met à courir. Il sait que les deux sasquatchs sont tous près. Mais il est trop tard. Le plus aventureux des deux gigantopithèques surprend l'assassin s'éloignant à grande enjambée. D'un grondement roque, il interpelle son compagnon. Aussitôt, les deux créatures se lancent à la poursuite du fuyard.

Ballotée dans tous les sens, Emmy voit défiler le sol à toute vitesse. Elle se retrouve à nouveau calée sur l'épaule musculeuse de son kidnappeur de la veille. Cette fois-ci, il fait jour et elle n'a pas les yeux bandés, mais rivés sur le manche d'un gros couteau de chasse.

Elle tend le bras en s'étirant au maximum, mais ne parvient qu'à l'effleurer du bout de son index.

À leurs trousses, les deux hominidés se frayent un chemin en arrachant au passage tous les branchages. À chaque enjambée, ils poussent des grondements furieux.

Le fugitif ne se retourne pas et continue à foncer droit devant. Mais au moment de franchir le ruisseau, son pied d'appui glisse sur la berge boueuse. Déstabilisé, il relâche un peu la pression qu'il exerce sur Emmy, avant de se rattraper in extremis et éviter la chute. Une demi-seconde suffisante à la jeune fille pour empoigner le manche tant convoité.

Sans hésiter une seconde, elle le serre fermement à deux mains et lève les bras le plus possible en se cabrant. Puis de toutes ses forces et en hurlant de rage, elle les rabaisse pour planter la lame en plein milieu de la colonne vertébrale de son ravisseur. Ce dernier pousse un cri de douleur strident et par réflexe, porte ses mains dans le dos. Fauché en pleine course, il s'écroule de tout son poids, entraînant sa captive dans la chute.

Le choc est terrible quand Emmy percute le sol rocailleux. Sa vision se trouble. Mais avant de s'évanouir, elle distingue le visage grimaçant des gigantopithèques penchés au-dessus d'elle. « *C'est fini... je... je vais... mourir...* »

Elle ne lutte plus.

Elle ferme les yeux et perd connaissance.

À ses côtés, le colosse gémit en essayant de se relever. Impossible ! Il ne sent plus ses jambes. Elles ne répondent plus. Les informations envoyées par son système nerveux central parcourent sa colonne vertébrale, mais butent inexorablement en arrivant dans le bas des reins. La lame... la lame du couteau profondément plantée entre deux de ses vertèbres a sectionné la moelle épinière.

Les deux hominidés l'observent froidement. Du coin de l'œil, il voit l'un d'eux ramasser une grosse pierre. Il ne peut pas rivaliser. De toute façon, même en pleine possession de ses moyens, à deux contre un il n'aurait rien pu faire. Tout bien réfléchi, même à un contre un. Le seul avantage avec les sasquatchs c'est d'être un humain. Cela suffit à les faire fuir. Ils ne veulent pas être vus. Ils évitent systématiquement les contacts. Mais lorsqu'ils sont démasqués…

La pierre vient fracasser l'arrière de la tête de l'homme blessé. Sous le coup porté avec une force inouïe, la boîte crânienne vole en éclat et réduit en bouillie la cervelle qui gicle de toute part.

À présent, les deux créatures se tournent vers la jeune fille toujours inconsciente…

# 44

*Rogue River, 20 juillet – 15 h 33*

Matthew ouvre la marche. Son petit drone le suit de près, à un mètre au-dessus de sa tête. Derrière lui, Pénélope lui emboîte le pas, elle-même suivie par Gordon toujours chargé comme une mule.

Un peu plus loin encore, Francky Morgan se rapproche inexorablement. Il pose déjà une main sur la matraque qu'il porte à la ceinture, prêt à la dégainer. Pas à pas, il réduit l'écart qui le sépare du caméraman en veillant à ne pas être démasqué. Il attend le bon moment.

— Daryl, tu me reçois ? appelle Matthew.

*— Oui, cinq sur cinq ! Pas de soucis de communication. D'après les coordonnées GPS, nous sommes à trois cents mètres de distance les uns des autres.*

— Amarok a-t-il repéré une piste ?

*— Non, mais nous continuons à nous diriger plein sud. Faites de même. Selon lui, nous devons suivre la provenance des hurlements. Droit devant !*

— OK, on garde les trois cents mètres d'écart entre nous et on avance tout droit ! Terminé !

*— Terminé !*

La pente devient plus raide. Matthew imprime le même rythme. Pénélope s'accroche, mais son caméraman se laisse distancer. À tel point qu'il finit par perdre de vue ses deux compagnons. Le shérif accélère, profitant de l'aubaine pour revenir sur les talons de Gordon.

Dans un dernier effort, il arrive à sa portée, se saisit de sa matraque et frappe sèchement l'homme à la peine. Gordon s'écroule avec fracas.

Le shérif donne un coup de pied dans le flanc du technicien de Portland News étalé sur le sol et inconscient. Aucune réaction : l'homme est sonné, face contre terre. Morgan sort alors un couteau de l'étui de son ceinturon tout en attrapant le caméraman par les cheveux pour lui relever la tête et d'un geste, aussi rapide que précis, lui tranche la gorge profondément. *« Et un de moins ! Au suivant... »*

Cinquante mètres plus loin, Pénélope jette un coup d'œil par-dessus son épaule.

— Matthew, attends !

— Quoi ?

— Moins vite, je ne vois plus Gordon. Il a décroché. Le pauvre se tape tout le matériel vidéo à trimbaler. Attendons-le quelques instants.

Matthew profite de cette halte improvisée pour explorer les fonctionnalités de son minidrone. Il active la commande vocale et se met à le faire virevolter dans tous les sens.

*— Matthew, que faites-vous ?*

— Ah ! Daryl, ne vous inquiétez pas, nous faisons une pause pour attendre Gordon. Il est à la traîne avec tout son attirail. Alors pendant ce temps, je m'amuse un peu avec votre prototype.

*— Ah, OK. Ne tardez pas trop, car de notre côté nous conti*nuons *à avancer. Et vous savez que l'indien ne perd pas de temps, lui !*

— Bien reçu. Terminé.

À peine Matthew met-il fin à la communication que Pénélope l'interpelle.

— Restez là, je fais voir ce qu'il fabrique.

— Pas de soucis, je vous attends.

La charmante Latine rebrousse chemin. Quelques secondes seulement après avoir disparu derrière de grands pins de Douglas, elle se met à hurler. Matthew se rue dans sa direction.

La journaliste est à genoux près de Gordon baignant dans son sang. Elle se tient le visage entre les mains. Elle est horrifiée.

— Qu'est-ce que… qu'est-ce qu'il…, balbutie Matthew abasourdi.

— *Matthew ! Attention !* s'écrie Daryl.

La voix nasillarde que crachent les oreillettes surprend le zoologiste sonné.

Daryl l'interpelle une nouvelle fois. Dans l'écran de ses lunettes, il observe la même scène que Matthew grâce au petit drone, mais avec de la hauteur. Et il perçoit des mouvements dans les feuillages tout proches.

— *Filez, vous n'êtes pas seul ! Fuyez !*

Sans chercher à comprendre, Matthew sort de son hébétude, attrape Pénélope par la main et se met à courir le plus vite possible. Les deux fuyards détalent en direction du groupe d'Amarok en se repérant grâce aux coordonnées GPS retransmises par le minidrone.

De son côté, alerté par Daryl, le jeune pisteur fonce à leur rencontre. En pleine course, il s'empare de son arbalète et positionne immédiatement une flèche. Rapidement, il arrive à la hauteur du couple rassuré de le voir.

— Gordon est mort ! Ils l'ont tué, ne cesse de répéter Pénélope.

— Non ! Il l'a tué, reprend Amarok en décochant sa flèche.

Surpris, Matthew se retourne. À vingt mètres derrière lui, le shérif est stoppé brutalement par le projectile qui vient se ficher juste au-dessus de sa clavicule droite. D'un geste d'énervement, Morgan arrache la flèche et met en joue le jeune indien avec son arme de service. Amarok se jette sur ses acolytes tétanisés, évitant de justesse la balle sifflante qui lui passe au ras de la tête. Tout en roulant au sol pour amortir sa chute, il dégaine une autre flèche de son carquois et la décoche en une fraction de seconde.

Francky Morgan a juste le temps de se protéger le visage avec son avant-bras dans lequel la deuxième munition d'Amarok se plante. Cette fois, il n'a pas le temps de riposter. Les trois compères se sont échappés. *« Vite, je ne dois pas les laisser rejoindre le reste du groupe »*.

# 45

*Rogue River, 20 juillet – 15 h 57*

À droite, à gauche puis encore à droite et encore à gauche… sa tête se trimbale lentement comme un baluchon au bout d'une perche. Emmy a l'impression que son cerveau va éclater. Ses longs cheveux bruns lui tombent par-dessus les yeux qu'elle entrouvre avec difficulté. Tout est trouble. Elle n'arrive pas à accommoder sa vision. Elle devine seulement le sol qui défile. Et l'odeur. Une odeur forte de transpiration… et le bruit de pas lourds… elle perd à nouveau connaissance.

Les deux sasquatchs marchent si paisiblement qu'ils paraissent profiter d'une balade dans les bois par une chaude journée d'été. Le corps d'Emmy, tel un pantin désarticulé, repose sur l'épaule du plus grand des deux. Depuis bientôt quarante-cinq minutes, ils avancent, toujours plus profondément dans le parc naturel de Rogue river. Le terrain devient accidenté et la pente se raidit au fil des kilomètres.

Arrivés au pied d'une grande falaise, les deux colosses disparaissent par un passage caché derrière un jeune cèdre. La faille est étroite et ils doivent parfois la parcourir de profil pour s'y faufiler. Ils finissent par déboucher dans une grande cavité ovale. Les parois de roche jaunâtre d'une vingtaine de mètres de hauteur sont illuminées par un puits de lumière. L'endroit ressemble à une arène naturelle dont l'unique accès est la petite ouverture par laquelle sont arrivés les deux hominidés. À l'opposé, l'entrée d'une grotte se distingue dans la roche.

Au centre de la cavité, cinq femelles sasquatchs en position assise s'affairent à tanner une peau de cerf. Autour d'elles, des jeunes se chamaillent. À leur arrivée, les femelles les scrutent, interloquées. Elles observent pour la première fois un être humain.

L'une des femelles se lève brusquement et se dirige vers la grotte. Elle en ressort presque aussitôt accompagnée d'un mâle encore plus costaud que les deux chasseurs. Le colosse s'approche et s'adresse à eux après avoir jeté un coup d'œil rapide à l'invitée-surprise. Tout en gesticulant, il émet des grognements sourds parfois ponctués d'intonations plus aiguës.

Son comportement laisse deviner son agacement. Il ne semble pas cautionner la prise d'initiative des deux jeunes hominidés. Visiblement, amener une humaine dans leur antre ne le réjouit pas. Celui qui porte Emmy sur l'épaule décide alors de s'expliquer. Lui aussi émet des grognements et ses gestes miment les événements survenus un peu plus tôt dans la journée. Mais rien n'y fait.

Le colosse fâché pointe son doigt en direction de son interlocuteur et hausse le ton. Les femelles ont stoppé leur labeur et les jeunes se cachent derrière elles. Le ton monte d'un cran avant que le regard féroce du dominant et un dernier grognement rageur finissent par mettre un terme à la discussion.

Les deux gigantopithèques penauds rebroussent chemin. Ils traversent de nouveau la faille en sens inverse, contournent le jeune cèdre et repartent dans la forêt. Ils échangent quelques geignements entre eux comme s'ils commentaient avec amertume la réaction de leur congénère bourru. Emmy entrouvre les yeux pour vérifier qu'ils ne sont plus dans cet endroit bizarre. Sa vision est toujours troublée, mais elle avait distingué un groupe de plusieurs spécimens à l'intérieur. En temps normal, elle se poserait des tas de questions et tenterait de comprendre. Mais son crâne la fait horriblement souffrir et ses vertiges sont de plus en plus prononcés. À tel point qu'elle ne peut pas se concentrer ni même penser.

Elle se laisse aller une fois de plus…

# 46

*Rogue River, 20 juillet – 16 h 23*

Bip, bip. Edward Thompson jette un coup d'œil à sa montre : seize heures vingt-trois. Déjà trente-six heures qu'Emmy a laissé son message. Toutes les douze heures, la sonnerie retentit. *« Les quarante-huit premières heures sont souvent déterminantes »,* lui avait dit Carl Ross.

C'est pourquoi il n'avait pu s'empêcher de régler sa montre pour qu'elle l'avertisse toutes les douze heures. Mais cela ne changeait rien puisque plusieurs fois par heure, il la consultait pour calculer le temps qu'il lui restait.

Il avait beau se dire que ce n'était pas une vérité absolue, néanmoins il se rattachait à ces fameuses quarante-huit heures pour se donner une motivation. Sauf que maintenant, il ne compte plus les heures passées à rechercher Emmy et Ana, mais plutôt à les décompter tel un compte à rebours.

Une angoisse soudaine augmente davantage ses pulsations cardiaques déjà bien emballées par le rythme imposé par Amarok.

— Allez ! Dépêchez-vous, les rappelle à l'ordre le jeune indien.

Daryl, qui s'apprêtait à protester, accélère de plus belle pour revenir à la hauteur du chef de file.

— C'est bien Daryl ! Je vois que nous sommes réconciliés ! Maintenant, vous m'écoutez !

— C'est… c'est que je crois avoir vu quelque chose derrière nous !

— Qu'avez vu Daryl ? Le shérif ?

— Non ! Sauf si le shérif a grandi d'une tête en moins d'une heure !

— Un sasquatch ?

— Je n'en sais rien, je n'ai pas bien vu. Mais peu importe, je veux rentrer chez moi. Je veux quitter cette satanée forêt !

— OK, filez droit devant, je m'en occupe.

Amarok arme son arbatlète et se laisse remonter par le reste du groupe. En le dépassant, Pénélope lui jette un regard interrogateur, tout comme Matthew qui la suit de près. Mais le pisteur leur fait signe de passer devant. Une fois aux côtés d'Edward, il lui partage la conversation qu'il vient d'avoir avec l'ingénieur.

— Ne vous retournez surtout pas, Edward et écoutez-moi. Pouvez-vous visionner ce qui se passe derrière nous avec votre drone ?

— Bien sûr ! Aucun problème !

— Très bien ! Dans ce cas, pivotez-le à cent quatre-vingts degrés et zoomez à environ cent mètres derrière notre position.

Sans perdre une seconde, Edward active la commande vocale de son joujou et transmet ses ordres. Par réflexe, il attrape le bras d'Amarok.

— J'ai vu quelque chose bouger. Tenez ! Regardez !

Cette fois, Amarok ajuste les lunettes et observe.

— Oui, nous sommes suivis. Ce n'est pas le shérif. Pas d'inquiétude, je pense qu'il s'agit… d'un sasquatch !

— Un sasquatch ? Pas d'inquiétude ! Mais…

— Chut… ! Vous allez affoler les autres !

— C'est moi qui suis affolé ! Vous dites que nous avons une créature féroce aux trousses et que je ne devrais pas m'inquiéter ?

— Ce n'est pas une créature féroce. Elle est au contraire peureuse. Si nous sommes suivis, c'est certainement parce que nous avons pénétré sur leur territoire. Alors par précaution, une sentinelle nous file le train pour s'assurer que nous passerons notre chemin sans déranger leur communauté.

— Leur communauté ? Comment ça ?

— D'après la légende, les sasquatchs vivent en petits groupes. Ils établissent généralement leur campement dans une zone reculée, difficile d'accès et bien cachée. Alors tant que nous ne les dérangeons pas, il ne se passera rien. Ils veulent avant tout préserver leur anonymat.

— Et tout ce tapage que nous a fait le shérif ? Ils ne risquent pas de s'en prendre à nous en se sentant en danger ?

— Non, au contraire. Ils évitent tout contact avec les humains. Et croyez-moi, je les comprends ! Seules quelques sentinelles quadrillent leur territoire pour le contrôler. Les autres sont terrés dans leur cachette et attendent sagement que le danger passe. Et le danger… c'est nous, pas eux !

— Ne devrions-nous pas essayer de nous débarrasser quand même de celui qui nous piste ? On ne sait jamais ! Vous me parlez de leurs habitudes et de leur mode de vie, mais seulement en vous basant sur les légendes de vos anciens…

— Certainement pas ! Pour commencer, nous ne sommes pas de taille !

— Par contre nous sommes armés ! Même s'il mesure deux mètres cinquante pour trois cents kilos, croyez-moi qu'une balle entre les deux yeux aura le même résultat que sur un être humain !

— Monsieur Thompson, si vous abattez l'un des leurs, vous signez votre arrêt de mort ! Ils ne cherchent pas les ennuis, mais si vous les provoquez, vous en aurez !

L'amérindien a l'air de maîtriser son sujet. Toutefois, Edward Thompson n'est pas rassuré pour autant et jette régulièrement quelques coups d'œil furtifs par-dessus l'épaule. Pénélope qui les observe n'a pas entendu le moindre mot de leur conversation, mais a bien perçu l'anxiété qui se lit sur le visage du patron d'A.N.S.

Elles laissent les deux hommes revenir sur ses talons en ralentissant son rythme.

— De quoi parliez-vous ? Que se passe-t-il ? demande-t-elle innocemment.

— Rien, Pénélope ! Nous étions seulement en train de réfléchir à la meilleure stratégie à adopter pour la suite des recherches. Et nous pensons qu'il vaut mieux désormais rester groupé !

— Ça, c'est sûr ! Après ce qui nous est arrivé !

En repensant à la mort atroce de Gordon, les yeux de la journaliste se brouillent. Matthew qui les a rejoints la prend par les épaules dans une étreinte censée la réconforter. Mais rien n'y fait…

Amarok se repositionne à la tête du groupe à bout de force. Il tente de retrouver une piste probable. Il sait désormais qu'ils sont sur les terres des hommes des bois et que les empreintes qu'il recherche sont celles des frères Morgan, qui bien qu'imposantes, sont sensiblement inférieures à celles des sasquatchs.

— Eh ! Amarok ! Venez voir par ici, l'interpelle Matthew. Je crois avoir trouvé des traces de sang.

— Des traces de sang ?

Au pied d'un magnifique rhododendron, le scientifique contemple les larges feuilles maculées de traces rougeâtres. En observant bien celles-ci, il distingue quelques goulettes autour des taches les plus larges.

— Étant donné la forme et la distribution des gouttes de sang, je dirais qu'elles sont passives, pour les plus grosses. Les petites sont des projections non coopératives. On ne note aucune tache d'égouttement.

— C'est quoi ce charabia, Matthew ? s'interroge son frère.

— Ah, oui pardon… j'ai eu l'occasion de participer à un colloque de la police scientifique de Los Angeles l'année dernière. Et il y avait toute une présentation sur la morphoanalyse sanguine. C'était intéressant alors depuis, j'ai un peu bouquiné sur le sujet.

— C'est très bien, mais cela ne nous apporte aucune information utile.

Matthew est vexé par la remontrance de son frère aîné et rétorque sur un ton agacé :

— Détrompe-toi, mon cher ! En fait, j'en déduis trois choses : premièrement, le sang provient d'une source qui était en mouvement, relativement lent, à la vitesse d'un homme au pas. Deuxièmement, la faible vélocité indique que la hauteur de la chute des gouttelettes devait être comprise entre un mètre cinquante et deux mètres.

— Et troisièmement ? demande Amarok.

— Que la source à l'origine de ces gouttelettes venait de cette direction, termine Matthew en désignant un passage naturel serpentant entre les pins rouges.

Amarok relève la tête, regarde dans la direction indiquée et vérifie les dires de Matthew. Il note quelques indices au niveau du sol. L'herbe et les branchages les plus fins sont écrasés et corroborent l'hypothèse du zoologue.

— Impressionnant Monsieur Thompson, conclut le jeune indien tout en lui adressant un clin d'œil complice.

Satisfait, Matthew nargue son frère en arborant un large sourire de satisfaction. Et pour couronner le tout, il sort une trousse de premiers secours de son sac à dos et en extrait une bouteille d'eau oxygénée. Puis à l'aide d'une paire de ciseaux, il découpe un carré de tissu de quelques centimètres carrés au niveau de la manche de son t-shirt.

— Que faites-vous ? lui demande Daryl intrigué.

— Je vérifie s'il s'agit bien de sang, lui répond Matthew, tout en continuant à s'affairer.

Il prend sa gourde pour humidifier une compresse qu'il applique délicatement sur les feuilles du rhododendron et récupère un maximum de minuscules gouttelettes séchées. Il pose ensuite le bouchon de sa gourde sur le sol et positionne par-dessus la compresse. Dans la foulée, il sature d'eau le morceau de coton avant de l'essorer pour en récupérer un liquide rougeâtre.

Une fois le bouchon rempli, il verse le contenu au goutte-à-goutte au centre du petit bout de tissu préalablement posé sur une pierre à la surface lisse et chauffée par les rayons brûlants du soleil.

— Maintenant, nous allons attendre un peu pour que le chiffon sèche sur cette pierre. La molécule d'hémoglobine possède des propriétés catalasiques, car elle comporte du fer, tout comme la peroxydase. La catalase est une enzyme universellement présente dans les cellules aérobies. Elle catalyse de façon extrêmement efficace le peroxyde d'hydrogène par dismutation. Cela se traduit par la production rapide d'oxygène gazeux sous forme de mousse visible à l'œil nu. C'est un test inventé par Shönbein en 1863 et qui était autrefois utilisé en médecine légale !

— Je ne comprends rien Matt, lui indique Edward.

— Ben regarde alors, lui répond Matthew tout en versant quelques gouttes d'eau oxygénée sur la tache rouge au centre du chiffon.

Rapidement, de la mousse se forme.

— La réaction génère de la mousse ! On peut donc en conclure qu'il s'agit d'hémoglobine. C'est bien du sang !

— Du sang humain ? demande Pénélope, inquiète.

— Ah ça, je ne peux pas le confirmer, ma chère.

— Allons voir un peu plus haut le lieu d'où proviennent ces taches de sang, propose Amarok.

Tous se remettent en marche en suivant le jeune indien qui s'engage sur le sentier. Au fur et à mesure qu'ils avancent, ils découvrent des taches de sang de plus en plus nombreuses. Amarok est persuadé de découvrir bientôt le point d'origine de leur provenance.

# 47

*Rogue River, 20 juillet – 17 h 2*

Le morceau de tissu rougeâtre et encore légèrement humide repose sur la pierre lisse au pied du rhododendron. Le shérif Morgan se penche et le prélève en le pinçant entre le pouce et l'index. *« Je me demande ce que ces bougres ont bien pu bricoler ? Mais ils ne sont plus très loin… »*

En observant les environs, il repère facilement le passage du groupe qu'il poursuit… pour finir le boulot !

Il fonce vers le petit sentier qu'Edward et ses acolytes viennent d'emprunter il y a quelques minutes, son Glock 19 à la main. Il court sans prendre aucune précaution pour passer inaperçu. *« Je n'ai plus le temps de jouer à cache-cache dans cette pétaudière ! »*

Brusquement, il est projeté au sol par un coup violent reçu au flanc droit. La douleur est atroce, mais il bascule immédiatement sur le côté en pointant son arme de poing.

Sans tergiverser, il tire à plusieurs reprises à travers les feuillages denses d'où provient l'attaque avant de se relever péniblement et se diriger à la rencontre de son agresseur.

Sur le qui-vive, il ramasse une branche morte pour écarter lentement les feuilles. Rien. Ou plutôt personne. Car du sang frais recouvre le tronc d'un vieux chêne à tan. Juste derrière l'arbre, le sasquatch se tient l'épaule gauche ensanglantée.

La balle lui a transpercé le muscle deltoïde qui saigne abondamment.

À cinq cents mètres de là, Edward Thompson est allongé derrière des ronces, carabine en main et prêt à faire feu. Il couvre les arrières du reste du groupe. Les coups de feu qui viennent de retentir n'ont pas fait changer d'avis Amarok : hors de question de fuir ! Il veut analyser les lieux où ils se trouvent et en finir si nécessaire avec Francky Morgan. Car il est certain qu'il s'agit de lui. Et s'il a été obligé de dégainer, c'est sans aucun doute parce qu'il est tombé sur la sentinelle.

La petite troupe est regroupée autour d'une mare de sang. Selon Amarok, il y a aussi des morceaux de cervelle. Dégoûtée, Pénélope s'éloigne la main sur la bouche. Il y a aussi une touffe de cheveu collé par de l'hémoglobine séchée que retrouve Daryl non loin de là. Il est évident pour tous que quelqu'un a été assassiné ici, et depuis peu selon Matthew. Le sang est encore frais.

Le jeune Indien analyse avec soin toutes les empreintes et distingue immédiatement que plusieurs protagonistes étaient présents sur la scène de crime.

Matthew sort à nouveau la trousse de premiers soins de son sac à dos. Il se saisit d'une paire de gants jetables en latex et coupe les extrémités des doigts. Il déchire ensuite des morceaux de coton hydrophile et tamponne délicatement les différentes traces de sang. D'abord celles concentrées et abondantes, où se mêlent les morceaux de cervelle, puis les plus petites qu'ils ont suivies jusqu'ici. Il place chaque échantillon prélevé dans les bouts de latex qu'il noue avec précaution. Il fait de même avec les cheveux et poils qui parsèment la zone. Avec un stylo-feutre, il apporte des annotations qui permettront de distinguer les différents prélèvements. Il prend également de nombreuses photos sous tous les angles. Amarok s'interroge sur ses intentions :

— Que faites-vous, Monsieur Thompson ?

— Je prélève des échantillons pour pouvoir les analyser ultérieurement.

— Ah... Mais avant de connaître vos résultats, je peux déjà vous dire qu'il y avait au moins deux sasquatchs et sans doute l'un des frères Morgan. Mais votre nièce était également sur les lieux.

— Quoi ? Emmy ! Emmy était présente ? Mon dieu… Que lui est-il arrivé ?

— Çà, Monsieur Thompson, je ne peux pas le deviner.

— Est-ce que… est-ce que tout ce sang est le sien ?

— Aucune idée.

Matthew observe avec désarroi les échantillons qu'il vient de prélever. Il réfléchit avant de les ranger dans son sac.

— Amarok, vous n'en parlez pas à Edward.

— Comment ça ?

— Je vous demande de garder pour vous le fait qu'Emmy était présente sur les lieux. Rien ne sert de l'inquiéter d'autant plus que nous ne savons pas ce qui s'est réellement passé.

Après s'être mise d'accord avec Daryl et Pénélope, l'équipe rejoint Edward qui n'a pas bougé avec sa carabine toujours pointée droit devant lui.

— Allons-y Edward, l'interpelle Matthew d'une tape chaleureuse sur l'épaule. On bouge. On reprend la traque ! Apparemment, l'un des frères Morgan a fait une mauvaise rencontre avec un sasquatch. Pas la peine de s'éterniser dans les parages.

— Vous avez trouvé des traces du passage d'Emmy ?

— Euh… non, répond Matthew, honteux de mentir à son frère.

— Alors, pourquoi suivre cette piste ? Il ne s'agit peut-être que du sang de cette brute épaisse !

— C'est vrai Ed. Mais c'est la seule que nous ayons. Et je suis certain que nous sommes tout près de rejoindre Emmy et Ana. Allez, viens ! On ne lâche pas ! On va les retrouver !

Les deux frères se remettent en marche. Comme à son habitude, Amarok repasse devant pour refaire le chemin inverse, en direction des coups de feu.

À deux cents mètres devant, le corps du shérif déchu repose dans les ronces. L'homme des bois hume l'air ambiant qu'il inspire par ses larges narines évasées. Il les sent. Ils approchent. Il se dépêche d'extraire la lourde carcasse de l'enchevêtrement épineux avant de la charger sur son dos comme un vulgaire gibier.

Une fois son fardeau bien calé sur l'épaule, il pousse sur ses puissantes jambes pour se relever. Malgré la force surhumaine qu'il déploie, il peine à se mettre debout. Sa prise pèse son poids. Il a d'ailleurs eu quelques difficultés pour en venir à bout ! Le bougre s'est bien battu, mais la dizaine de coups de poing portée au visage a fini par le mettre K.O. Il n'est pas mort, mais salement amoché. Le nez est cassé, les arcades sourcilières éclatées, les lèvres ouvertes et les pommettes fracturées. Mais le shérif respire encore.

La sentinelle disparaît dans les bois au moment même où arrivent les Thompson et leurs compères. Amarok note immédiatement les marques de lutte.

— Ici, il y a des traces de sasquatchs. Et là, les empreintes fraîches des bottes du shérif, commente l'indien.

— Eh ! Regardez, j'ai trouvé des douilles par ici ! indique Daryl.

Matthew Thompson photographie les restes de munitions et ramasse l'une d'entre elles. Il préfère sauvegarder de temps à autre des images de leurs trouvailles même si le petit drone, qu'il oublie parfois, le suit partout en filmant l'intégralité de leurs recherches. Il prélève également d'autres échantillons de sang trouvés près des ronces écrasées.

— Chuuuut ! Silence, lance Amarok l'index posé sur ses lèvres.

— Que se passe-t-il ? chuchotent les autres en imitant le jeune homme qui se cache au ras du sol.

— Quelqu'un approche…

# 48

*Wonder, 20 juillet – 18 h 9*

Jane n'en peut plus. Il fait trop chaud dans le PC mobile, même avec le climatiseur. Elle sirote un grand soda frais en compagnie de Tom, affalé dans un des fauteuils en cuir noir flanqué du logo de la police de Portland.

Les deux salariés d'A.N.S n'ont pas eu de nouvelles de leur patron depuis un bout de temps, mais ne s'inquiètent pas. Sur l'écran, la carte du parc naturel de Rogue river est affichée et ils peuvent y suivre le parcours des drones de Daryl et Matthew. Ils ont remarqué que les deux trajectoires en pointillés se sont regroupées et sont plutôt rassurés.

Jane avait longuement débattu du sujet avec le pilote qui lui tient compagnie. Selon elle, il ne faut jamais se séparer, avait-elle insisté. Et pour argumenter son point de vue, elle avait expliqué à Tom que dans tous les films qu'elle avait pu voir, à chaque fois que des gens se séparaient, cela se terminait mal pour eux. Son collègue s'était un peu moqué d'elle et même s'il s'était excusé en voyant sa réaction, depuis, elle ne lui adressait plus la parole.

Jane repose son gobelet vide près de la console de commande. Elle n'en peut plus d'attendre. Elle a encore en tête les images de la maisonnette glauque découverte par Amarok.

Elle avait immédiatement appelé la cellule de crise d'A.N.S qui avait ensuite rapporté la situation au chef de la police, vidéos et coordonnées GPS à l'appui. Ce dernier avait confirmé l'envoi immédiat de renforts à Wonder afin qu'ils reprennent la main sur le PC et coordonnent le ratissage de la zone à la rencontre d'Edward

Thompson. Selon lui, les équipes de Portland devaient être sur place en moins de trois heures.

La jolie assistante regarde sa montre. Déjà dix heures quinze et toujours pas de…

— Mademoiselle Taylor, retentit une voix grave à l'extérieur du camion.

— Oui, j'arrive !

La jeune femme se lève et se dirige d'un bond vers la porte métallique du PC qu'elle ouvre précipitamment. Elle se retrouve nez à nez avec un homme athlétique en tenue noire et arborant l'insigne de la police de Portland.

L'officier se tient droit, les mains dans le dos et le port de tête haut. Il affiche un regard dur et ses yeux noirs enfoncés sont à peine visibles sous ses sourcils drus. Les cheveux couleur poivre et sel, coupés bien courts et rasés sur les côtés, lui donnent des allures de militaire. *« Il n'a pas l'air commode Captain América ! »*

— Bonjour mademoiselle Taylor. Je suis le capitaine Cooper. Je viens reprendre les commandes du PC et vous débriefer avant d'envoyer mes hommes à la rencontre de Monsieur Thompson.

— Ah, oui ! Bonjour, je… nous vous attendions… entrez !

Derrière l'homme taciturne, Jane remarque la présence de trois gros SUV noirs aux vitres teintées. *« Les renforts ! »*

Sans plus de palabres, Jane invite l'officier à entrer dans le camion. Mais avant de s'exécuter, l'homme se retourne vers les véhicules sombres et fait signe de la main pour qu'on le rejoigne. Un autre policier descend immédiatement. Il est vêtu de la même tenue noire, typique des brigades d'intervention, mais porte à la ceinture un étui de revolver.

En s'approchant, Jane remarque qu'il est également équipé d'un casque-micro à l'oreille droite et tient dans sa main une casquette avec un écusson « Portland P.D. » brodé sur l'avant. Le second du capitaine est beaucoup plus jeune. Et beaucoup plus charmant ! Jane accueille d'un large sourire le deuxième officier qui se présente à son tour.

— Bonjour, Mademoiselle Taylor, je suis le lieutenant James Buttler.

— Bonjour lieutenant ! Entrez !

Cette fois, les deux hommes montent dans le PC mobile et se dirigent immédiatement vers l'arrière où se trouve la console centrale.

— Bonjour Messieurs ! Je suis Tom, le pilote personnel de Monsieur Thompson.

Les deux officiers se contentent de hocher la tête en signe de salut, s'abstenant de serrer la main tendue par Tom.

— Euh… je crois que je vais aller faire un p'tit tour et vous laisser discuter. Mettez-vous à l'aise. À plus tard !

Jane lui adresse un remerciement d'une voix tintée de gêne. Sans perdre un instant, le capitaine Cooper demande à l'assistante d'Edward Thompson de lui dresser un bilan de la situation.

Le ton est ferme et le style de l'officier un peu brutal. Mais Jane s'en accommode et pointe son index en direction du grand écran pour désigner les pointillés rouges qui sont d'ailleurs restés statiques depuis l'arrivée des renforts. Elle communique le dossier complet contenant toutes les informations recueillies par la cellule de crise de son entreprise : les déboires de la première patrouille de recherche menée par le shérif Morgan, les doutes le concernant, mais également la découverte de la planque des frères Morgan par l'équipe Thompson.

— J'ai également sauvegardé sur ce disque dur toutes les photos, vidéos, coordonnées GPS et communications que nous établissons grâce aux dispositifs techniques développés par notre entreprise.

— Puis-je garder ce disque dur, mademoiselle Taylor ? J'aurais sans doute besoin de consulter ces informations en détail après le déploiement de mes hommes.

— Pas de problème capitaine ! Voulez-vous également que je vous connecte avec les drones qu'utilisent mon patron et notre ingénieur ?

— Non, merci. Nous avons nos propres moyens.

— Comme vous voudrez ! Mais puis-je connaître vos intentions ?

— Bien sûr ! Nous allons nous diviser en quatre groupes de trois hommes. Un groupe partira vers la première position connue, celle de la petite clairière, pour ensuite remonter vers les dernières coordonnées GPS de votre collègue, Monsieur Ross. Une deuxième se rendra directement au repaire des frères Morgan. Quant à la troisième, elle partira au contact de votre patron.

— Et la quatrième ?

— Elle restera à distance de la troisième pour porter assistance en cas de nécessité ou sera redéployée vers une autre cible selon la tournure des événements.

Jane Taylor est rassurée.

Le capitaine Cooper semble maîtriser son métier et son assurance ne laisse aucune place au doute. Après lui avoir demandé de la tenir informée de l'évolution de la situation, elle prend congé des deux policiers et part s'installer dans le camping-car garé juste à côté. De là, elle observe discrètement les deux officiers ressortir du PC au bout de quelques minutes et se diriger vers les 4x4 d'où sort une douzaine d'hommes vêtus de tenues de camouflage et lourdement armés. Ils se répartissent immédiatement en quatre groupes, parfaitement alignés devant les véhicules, pour faire face à leurs supérieurs.

Le capitaine Cooper prend la parole. Elle devine les consignes en voyant chacun des chefs de groupe prendre possession d'une fiche de mission et programmer leur montre GPS. Après quelques consignes supplémentaires, tous les hommes s'éloignent au petit trot pour emprunter le chemin menant à l'épaisse forêt de Rogue river. Les deux officiers restent un moment à discuter avant de rejoindre le PC mobile.

## 49

*Rogue river, 20 juillet – 18 h 42*

Edward Thompson fait signe aux autres de se baisser au sol. Tous s'exécutent. Les bruits de pas approchent.

— Vous pouvez vous montrer ! crie Amarok.

— Amarok ? Où étiez-vous passé ? Vous êtes parti depuis une demi-heure au moins ! Qu'avez-vous trouvé ?

Le jeune indien se retourne et fait un signe de la main pour inviter quelqu'un à le rejoindre.

— En fait, il n'y a pas de danger ! Je suis tombé sur ces messieurs !

Derrière lui surgit le shérif adjoint accompagné de deux hommes de la brigade de recherche du comté. Étonné, Edward Thompson vient à leur rencontre.

— Que faites-vous ici, Monsieur l'agent ?

— Nous avons entendu des coups de feu alors nous avons foncé dans leur direction. C'est là que nous sommes tombés sur Amarok. Comme nous lui avons expliqué, après avoir été séparés du shérif à cause d'un malheureux accident, nous avons décidé de le rejoindre pour reprendre les recherches. En fait, nous avons dû…

Edward Thompson le coupe sans ménagement :

— Oui, oui, nous savons. Jane nous a tout expliqué ! Nous sommes au courant pour votre collègue…

— Ah ! Et vous, où en êtes-vous ? Et où est le shérif Morgan ?

— Venez ! Remettons-nous en marche. Je vais tout vous expliquer…

Le patron d'A.N.S relate les faits en détail, en particulier l'implication du shérif et de ses frères. L'adjoint n'en croit pas ses oreilles. Il est éberlué d'apprendre que son chef a assassiné le caméraman et n'en revient pas qu'il ait également essayé de s'en prendre au reste du groupe. Quant aux histoires de sasquatchs, il ne sait pas trop quoi en penser. Il a bien entendu parler de ces créatures, notamment par des habitants du coin venus déposer des témoignages au bureau de Grants Pass, mais il n'avait jamais pris au sérieux ces histoires.

Il est un peu plus de dix-neuf heures et le soleil se fait moins ardent. Chacun apprécie la douceur relative du moment. Tous sauf un. En effet, Edward Thompson jette un œil à sa montre et sent l'angoisse monter. Il était persuadé de retrouver les deux jeunes filles avant la tombée de la nuit. Mais dans quelques heures, il fera complètement noir ! Comment vont-elles s'en sortir, seules et exposées aux dangers de la nature et surtout aux hommes des bois ? Et puis ils n'ont retrouvé les traces que d'un seul des frères Morgan. Où est passé le deuxième ? Est-il toujours en vie ? Dans ce cas, lutte-t-il pour échapper aux créatures ou est-il toujours aux trousses des deux étudiantes ? Toutes ces questions se bousculent dans son esprit et le rendent nerveux. Matthew qui l'observe du coin de l'œil le remarque.

— Ça va, frangin ?

— Oui, ça va…

— Écoute, je sais que tu t'inquiètes pour Emmy, mais garde espoir ! Regarde, nous savons que le shérif et au moins l'un de ses frères sont hors d'état de nuire. Et en plus, nous avons du renfort avec le shérif adjoint et ses deux brigadiers.

— Tu as raison, Matt. La situation semble tourner à notre avantage. Sauf que nous ne savons toujours rien à propos de ceux qui laissent ces énormes empreintes. Quelles sont leurs intentions ?

— Ben, d'après Amarok, tant qu'on ne s'en prend pas à eux et tant qu'on ne les dérange pas, nous ne craignons rien !

— Tu crois vraiment que nous ne sommes pas en danger dans cette forêt, perdus sur le territoire de ces créatures ?

— Je fais confiance à Amarok…

— Et pourquoi, dans ce cas, ces hommes des bois s'en sont-ils pris aux Morgan ?

— Je… je ne sais pas…, bredouille Matthew.

— Je vais te le dire, moi ! Je pense que la seule différence entre les Morgan et nous, c'est que nous, nous sommes en groupe. Et que pour l'instant, ils n'ont pas osé nous attaquer. Mais à la nuit tombée, ils nous liquideront l'un après l'autre !

Matthew est choqué par l'air féroce qu'a pris son frère pour lui exposer son point de vue. Son état lui rappelle à quel point, malgré son aplomb légendaire, il est sujet à des sautes d'humeur dès que les événements échappent à son contrôle.

Mais cette fois, son agacement laisse plutôt présager qu'Edward baisse les bras, qu'il n'y croit plus.

# 50

*Wonder, 20 juillet – 19 h 25*

Les deux officiers visionnent toutes les vidéos du disque dur que leur a confié Jane Taylor. Ils écoutent également toutes les conversations sauvegardées. De temps en temps, ils s'échangent des regards, parfois interrogateurs, d'autres fois, inquiets.

Après avoir fait le tour de toutes les informations et avoir pris des notes, ils établissent le contact avec chacune des équipes pour compléter le briefing de départ. Le capitaine Cooper se reconnecte ensuite sur l'écran de suivi de la progression du groupe d'Edward Thompson et pianote sur le clavier. Une sonnerie retentit dans le camion, les deux officiers s'emparent des micros-casques.

— *Allo ! Jane ?*

— Non, ici le capitaine Cooper et le lieutenant Buttler. Nous sommes envoyés par le chef de la police de Portland pour vous prêter main-forte. Nous avons repris les commandes du PC mobile.

— *Ah ! Les renforts ! Bonjour Capitaine, je suis Daryl Miller, l'ingénieur Recherche et Développement de la société A.N.S. Ne quittez pas, je vous connecte en vidéo avec mon patron.*

— Parfait !

Daryl interpelle Edward Thompson tout en manœuvrant son minidrone qu'il positionne face à lui. Puis, comme à son habitude, il active la liaison vidéo après avoir déployé l'antenne mobile.

— *Allo ? Ici Edward Thompson ! Vous m'entendez ?*

— Oui, nous vous entendons et nous vous voyons. Attendez, nous activons la webcam de notre côté… Vous nous voyez ?

— *Oui, parfaitement !*

— Très bien. Comme je le disais à l'instant à votre collaborateur, nous sommes envoyés à votre secours. Je suis le capitaine Cooper et voici le lieutenant Buttler. Nous coordonnons les quatre escadrons répartis sur la zone de recherche, dont un est actuellement en route à votre rencontre.

— *Génial ! De notre côté, nous continuons à avancer. Nous avons parmi nous un pisteur qui connaît bien la région et qui nous aide à retrouver ma fille Emmy et son amie Ana.*

— Oui, nous sommes au courant de tous les détails. Nous avons eu l'occasion de nous entretenir avec votre assistante qui a eu l'amabilité de nous laisser toutes les informations utiles que vous avez recueillies.

— *Vous êtes donc au courant pour le shérif Morgan ?*

— Oui, nous sommes au courant. D'ailleurs, une équipe se rend au refuge des Morgan pour inspecter en détail les lieux et recueillir un maximum d'éléments. Sachez également qu'un autre groupe s'est déployé en direction de la clairière où votre fille et son amie avaient établi leur campement. De là-bas, nous tenterons de retrouver votre employé, Monsieur Ross.

— *Ah ! Merci capitaine ! En attendant que vos hommes nous rejoignent avez-vous des consignes à nous communiquer ?*

— Non, aucune. Continuez à progresser prudemment. Nous vous suivons sur l'écran de contrôle et l'équipe alpha est renseignée de votre position GPS en temps réel.

— *D'après vous, dans combien de temps nous aura-t-elle rejoints ?*

— D'après nos estimations, elle devrait établir le contact avec vous dans deux heures trente.

— *Bien reçu. Merci capitaine.*

— Terminé.

Daryl replie son antenne et repositionne le drone en vol automatique à quelques mètres au-dessus de lui. Il a suivi toute la conversation et se sent rassuré de savoir que dans peu de temps, avant la tombée de la nuit, des professionnels armés les auront rejoints. Car l'idée de se retrouver dans le noir total au milieu des bois ne l'enchantait guère.

De son côté, Edward Thompson éprouve de la satisfaction. Cette bonne nouvelle le ragaillardit et il s'empresse de la communiquer aux autres. Pourtant, Amarok, qui lui tourne le dos, reste immobile, le regard perdu au loin à fixer l'insondable étendue de végétation. Matthew s'approche de lui et d'une tape légère sur l'épaule, le dérange dans sa concentration.

— Amarok, vous avez entendu les bonnes nouvelles ?

Mais le jeune indien reste figé.

— Amarok ? Que se passe-t-il ?

En guise de réponse, il appose son index sur la bouche puis lève la main bien haute pour demander à tous de se taire et de ne plus bouger. Tout le groupe retient son souffle. L'ambiance détendue quelques minutes auparavant redevient immédiatement pesante. Systématiquement, lorsqu'Amarok adopte cette attitude, les choses se compliquent. Le jeune pisteur se retourne vers eux en chuchotant :

— Il y a du mouvement à cent mètres. Vous ne bougez pas d'ici. Je vais vérifier de plus près de quoi il s'agit et une fois que la voie sera libre, je reviendrai vous chercher.

Tous acquiescent de la tête et comme à son habitude Amarok s'éloigne à pas de loup. Il zigzague entre les troncs des gros pins de Douglas avec une telle grâce que ses pieds semblent à peine fouler le sol tapissé d'aiguilles. Soudain, il aperçoit au loin une ombre se faufiler rapidement à travers les feuillages... puis une deuxième. Il accélère, son arbalète en main. Au détour d'un massif rocheux, il sait qu'il n'est pas loin des deux fuyards. Quelques feuillages chahutés par leur passage frémissent encore. Il se jette dedans tout en sortant une flèche de son carquois. En jaillissant de l'autre côté du buisson, il stoppe sa course, surpris de découvrir devant lui deux sasquatchs en fuite. L'un d'entre eux porte un corps inanimé sur l'épaule... le corps d'une jeune fille... *« Emmy Thompson » ?*

Sans se poser de questions, Amarok décoche une flèche qui vient se planter dans le mollet de la créature qui ne ralentit même pas sa course. Au contraire, les deux colosses jettent un coup d'œil rageur vers le tireur avant d'accélérer et remettre de la distance en quelques bonds impressionnants. Le jeune homme les imite avec moins d'efficacité, mais réussit à tenir le rythme effréné pour ne pas se laisser distancer. Il profite de la traversée d'une parcelle moins boisée pour avoir une vue dégagée et décocher trois nouvelles flèches. Mais les deux gigantopitheques touchés de plein fouet ne bronchent pas et s'enfoncent à nouveau dans les bois beaucoup plus denses pour se retrouver à couvert. Le plus grand des deux, lesté du corps sans tonus pesant sur son épaule, émet quelques grognements. Une flèche s'est fichée dans son flanc gauche et une autre dans la cuisse. Il saigne abondamment. Il est au supplice et semble l'indiquer à son congénère qui lui répond par d'autres grognements rauques et directifs. Illico, le blessé se débarrasse sans ménagement de son fardeau en le balançant dans les ronces.

Amarok n'en peut plus. Son cœur bat tellement fort qu'il l'entend résonner dans les tempes. L'air chaud lui brûle les poumons à chaque inspiration. Mais il ne relâche pas ses efforts et suit la trace des deux sasquatchs. Épuisé et moins lucide, il passe juste à côté du corps d'Emmy enchevêtré dans les ronces et partiellement recouvert.

Il disparaît à son tour dans l'épaisse végétation.

# 51

*Rogue river, 20 juillet – 21 h 45*

En compagnie de Daryl et Pénélope, Edward et Matthew Thompson attendent depuis deux heures le retour du shérif adjoint et de ses deux brigadiers. Sans nouvelles d'Amarok, les trois hommes avaient décidé de ratisser les environs pour retrouver l'éclaireur. De son côté, Daryl avait tenté d'explorer la zone avec son minidrone, mais à distance, le pilotage entre les grands arbres s'était avéré périlleux. Alors que Matthew essaye de convaincre son frère de le laisser partir à son tour, un homme surgit de nulle part. Vêtu d'un treillis noir, il braque sur eux un fusil d'assaut équipé d'une torche aveuglante…

— Les mains en l'air ! Pas un geste !

Au même moment, alors que les paroles sèches résonnent encore, deux autres hommes cachés derrière les arbres font leur apparition dans le même accoutrement et pointent à leur tour leurs armes vers le groupe. Daryl et Pénélope se rapprochent instinctivement des deux frères pour se cacher derrière eux. Dans un mouvement protecteur, Matthew Thompson écarte les bras pour faire écran.

Celui qui semble être le leader braille à nouveau :

— Levez les mains… Tout d'suite !

Après que les quatre civils se soient décidés à obtempérer, il enchaîne sur le même ton :

— Présentez-vous !

— Euh… je… je suis Edward Thompson, patron d'A.N.S.

L'homme baisse son arme menaçante et d'un signe de la main, enjoint ses coéquipiers à faire de même. Il se présente à son tour et confirme ce que pensait Edward Thompson en voyant les casquettes de la police de Portland. *« Les hommes du capitaine Cooper. L'équipe de secours ».*

Le soulagement de Daryl se lit sur son visage. Il accueille avec joie les trois hommes comme s'il s'agissait de retrouvailles entre amis de longue date. Avec empressement, il leur explique de manière décousue les derniers événements. Après avoir fait le point de la situation et avoir appelé le PC mobile, la décision est prise de ne pas attendre le retour d'Amarok, ni du shérif adjoint et de ses hommes.

La nuit est tombée.Les trois policiers d'élite s'éclairent à l'aide des torches montées sur les fusils d'assaut qu'ils tiennent fermement braqués devant eux. De temps à autre, ils balayent le sol avec leurs puissants faisceaux de lumière pour s'imprégner de la topographie chaotique du terrain et rendre plus sûrs leurs déplacements. La concentration est maximale. Les bruits de la nuit semblent amplifiés et ne rassurent pas les membres du petit groupe conduit par Edward Thompson.

Sans s'écarter les uns des autres, ils se contentent de marcher dans les pas des trois agents. Eux disposent de lampes frontales basiques qui éclairent à cinq mètres tout au plus. Mais la lumière blafarde et diffuse de ce genre d'équipement ne les prémunit pas du risque de buter sur une racine tortueuse ou sur une branche morte traînant à terre. Et pour parachever le tout, les moustiques, attirés par la luminosité, tournoient autour de leur visage avec voracité.

Tout à coup, le leader en tête du trio de policiers s'accroupit. Il pointe son fusil sur une pierre affleurant à la surface du sol. Sous l'éclat de sa torche apparaissent des traces de sang abondantes. Matthew se rapproche.

— Vous avez trouvé quelque chose ?

— Oui, du sang. Il est frais.

— Venez voir par ici ! s'exclame un des deux autres policiers, quelques mètres plus en avant.

En le rejoignant, Matthew découvre une flèche plantée dans le tronc d'un gros pin de Douglas.

— Il s'agit d'une flèche de notre ami, Amarok. Nous sommes dans la bonne direction !

La troupe se remet en marche jusqu'à atteindre une zone à la végétation beaucoup moins luxuriante. La lune presque pleine éclaire légèrement l'étendue déboisée. Après l'avoir traversée, ils découvrent d'autres traces de sang en quantité. Le saignement abondant permet au groupe de suivre le cheminement du blessé passé par là depuis moins de deux heures selon les agents.

Motivés par ces dernières découvertes, les trois policiers accélèrent la cadence. Daryl, prit d'une envie pressante, s'écarte du groupe pour se soulager. Il se dépêche avant de se faire distancer. Mais devant lui, dans les ronces, quelque chose attire son attention. Il s'approche lentement pour mieux concentrer son faible faisceau de lumière. La batterie de sa lampe frontale puise dans ses réserves et tout ce qu'il aperçoit est une forme plus sombre et homogène que les buissons épineux environnants. Intrigué, il se décide à positionner son drone au plus près avant d'activer la vision nocturne. Il sursaute ! Il n'en croit pas ses yeux ! Un corps… celui d'une femme… *« Emmy ! C'est Emmy ! »*

— Hé ! Edward… ! Matthew ! Venez… vite !

Le petit ingénieur désemparé ne sait pas comment s'approcher des futaies bardées d'épines acérées comme des lames de couteaux.

— Oh mon dieu… Emmy ! Dépêchez-vous ! J'ai retrouvé Emmy !

Edward Thompson est le premier à rejoindre Daryl, rapidement suivi par Matthew et Pénélope. Les trois policiers, toujours en formation resserrée, les talonnent en balayant les parages de leurs jets de lumière éblouissante. Arrivés aux côtés des frères Thompson, ils braquent les fusils en direction des ronces désignées par le salarié d'A.N.S.

— Emmy, hurle Edward Thompson en se jetant dans les fourrés sans réfléchir.

Les épines acérées lui transpercent les chairs des mollets. Mais sous le choc de la vision du corps de sa fille, il ne ressent pas la douleur. Il plonge ses bras sous le corps emmêlé et recouvert d'égratignures pour le soulever. En voyant son frère en difficulté, Matthew se précipite à son tour dans les bosquets en grimaçant. À deux, ils parviennent à extraire la jeune fille inanimée pour la déposer sur un lit d'humus. L'un des policiers s'agenouille près du corps et colle son oreille au plus près de la bouche.

— Sa respiration est faible et lente, mais elle est toujours en vie !

Puis, il se saisit du poignet frêle et vérifie ses pulsations cardiaques.

— Je sens à peine son pouls. Il faut l'évacuer au plus vite. Elle ne tiendra pas longtemps.

De ses mains griffées à sang, Edward Thompson saisit le visage tuméfié de sa fille. Effondré, la voix en sanglots, il lui adresse quelques paroles réconfortantes :

— Emmy, je t'en prie Emmy, tient bon ! Je suis là, tu vas t'en sortir. Ma chérie… ne lâche pas…

Le policier continue d'examiner la jeune fille. Il écarte délicatement une touffe de cheveux collés sur la tempe par du sang coagulé. Il découvre une plaie profonde et longue de plusieurs centimètres. Une ecchymose impressionnante court du coin de l'œil jusqu'au-dessus de l'oreille d'où un filet de sang s'écoule lentement. Même sans connaissances médicales très poussées, hormis une formation aux premiers secours, il sait que le temps est compté pour la jeune fille. Ses signes vitaux sont faibles et les blessures visibles sont de mauvais augure.

Au mieux, il s'agit d'une grosse commotion, au pire d'une hémorragie cérébrale. Dans ce cas, il ne voit pas comment sauver Emmy en étant piégé dans cette forêt, à trois heures de marche de Wonder…

Le policier relève la tête et croise le regard inquiet d'Edward Thompson. Les deux hommes restent silencieux.

Les mots sont inutiles.

Ils savent que la course contre la montre démarre maintenant…

## 52

*Rogue River, 20 juillet – 22 h 5*

Le gigantopithèque se faufile dans la faille cachée par le jeune cèdre. Il débouche dans la grande cavité au milieu de laquelle toute la communauté est rassemblée autour d'un feu.

Exténué par les kilomètres parcourus avec plus de cent vingt kilos sur le dos, il dépose sans délicatesse son fardeau et s'écroule à son tour. Il a puisé dans ses dernières réserves pour parvenir jusqu'ici malgré la perte importante de sang qui continue à s'écouler de son épaule meurtrie. Un des siens vient lui porter secours, puis un deuxième.

Dans un effort coordonné, ils le traînent par les pieds jusqu'à l'intérieur de la grotte. Celui qui semble être le leader du clan s'approche de l'homme au visage ensanglanté. Il s'agenouille et se penche au-dessus du shérif Morgan toujours inconscient.

D'autres mâles se joignent à leur chef. Après quelques échanges sous forme de grognements, ils se mettent d'accord et empoignent le corps inanimé pour l'emmener à son tour dans la grotte. À l'intérieur, il fait sombre. Seule une faible lueur danse au fond du tunnel naturel.

Ils se dirigent en silence au bout du passage étroit où la caverne s'élargit. Le plafond bas laisse place à une voûte ornée de stalactites perchées à cinq mètres de haut. Plusieurs entrées sont réparties de chaque côté. Ils empruntent spontanément la dernière, une faille géologique de quelques mètres de large, et disparaissent à l'intérieur.

Le corps du shérif repose sur un lit confectionné de rondin de bois et rembourré de paille. La cavité rocheuse dans laquelle son corps a été déposé ne mesure qu'une dizaine de mètres carrés. Une grosse roche trône à côté de la couchette artisanale. En guise de bougie y est disposée une calebasse à l'intérieur de laquelle une mèche trempe dans de la graisse liquide. La faible lumière tamisée rehausse les ombres projetées par les inégalités des parois. Sur le plafond bas se distinguent des motifs. Les couleurs grises, noires, brunes et jaunâtres sont des esquisses. Les formes, entrelacées pour certaines, dessinent les contours de cervidés et autres mammifères de la forêt. Plus loin, en bordure du plafond, telle une frise, des oiseaux sont représentés en plein vol.

De chaque côté du lit, le sol est couvert de grandes peaux de bêtes. Une vieille femelle sasquatch s'approche de la couche en paille et se pose à genoux au chevet du blessé. Son pelage parsemé de poils gris et son dos voûté témoignent du poids des âges. Elle entonne une mélodie nasillarde, rythmée de quelques légers rugissements. Au terme des incantations, elle dépose à ses pieds une coupelle grossièrement creusée dans une bille de chêne dans laquelle reposent quelques centilitres d'eau. Elle déploie ensuite une vieille étoffe contenant un mélange de plusieurs herbes séchées et une pierre ovale et lisse de la taille d'un œuf.

De ses longs doigts habiles, la vieille sasquatch décortique minutieusement chacune des feuilles en prenant soin d'éliminer les nervures. Puis, elle les émiette dans le creuset en bois jusqu'à saturer le liquide aqueux qui prend une couleur brunâtre. À l'aide de la pierre polie, la vieillarde mélange le tout en écrasant soigneusement les morceaux de végétaux réhydratés, jusqu'à obtenir une texture pâteuse.

Pour terminer, elle place le pot de mixture au-dessus de la chandelle rudimentaire en prenant garde de ne pas surchauffer le bois. Le fond du bol finit par noircir, dégageant une odeur âcre de brûlé. Au bout de quelques minutes, la décoction se transforme en pâte tiède que la guérisseuse mélange de nouveau pour mieux l'homogénéiser.

Munie d'une outre, elle poursuit son rituel en humidifiant l'étoffe pour décrasser les plaies du visage de Morgan. Satisfaite de son nettoyage, elle trempe ses doigts dans la bouillie médicinale avant de l'étaler sur chacune des blessures. Pour ausculter le flanc droit, la praticienne déboutonne ensuite la chemise de son patient. À cet endroit, la couleur de la peau a viré au violet. L'ecchymose est impressionnante. Le coup a été rude et les côtes sont brisées. Mais elle ne détecte aucune hémorragie et les organes internes ne semblent pas touchés. Elle répète ses gestes et étale à nouveau la préparation sirupeuse jusqu'à recouvrir toute la surface de l'hématome.

L'ambiance dans la petite cavité est feutrée et le silence y est presque religieux. Mais un grognement aussi fort qu'inattendu fait sursauter la vieille femelle qui laisse échapper sa coupe vide. Elle se relève immédiatement et se tourne vers l'entrée en prenant soin de baisser la tête et de ne pas regarder le mâle âgé qui vient de surgir.

Quelques grognements plus tard, il s'écarte de l'accès pour laisser sortir la vieillarde. Le patriarche reste un instant immobile à observer le blessé qui respire lentement avant de s'en approcher et de le scruter d'un regard dur.

Il finit par tendre lentement ses deux mains musculeuses autour du visage tuméfié.

# 53

*Rogue River, 20 juillet – 23 h 17*

Le lieutenant Buttler enfile son casque avant de prendre place à l'arrière du Bell 407 GXP. Tom est déjà installé et réalise les dernières vérifications d'usage.

Jane est tendue. Elle se ronge les ongles nerveusement. Elle aurait préféré embarquer plutôt que de rester à Wonder. L'attente sera interminable et stressante. En même temps, elle ressent une boule à l'estomac en repensant à la première intervention de sauvetage du brigadier. L'opération en elle-même s'était bien déroulée, mais l'issue avait été malheureusement fatale pour la victime. Elle n'ose imager dans quel état serait son patron si Emmy ne devait pas survivre. Loin de ces préoccupations, le capitaine Cooper donne les dernières directives à son subalterne.

— Lieutenant Buttler, vous veillerez à ce que le pilote ne prenne aucun risque. La zone est difficile d'accès et l'extraction sera délicate. Vous ne pourrez pas vous poser et les arbres les plus hauts culminent à trente mètres. Alors, je vous le répète : si vous ne pouvez pas intervenir, vous annulez la mission !

— À vos ordres Capitaine ! Comptez sur moi !

— De toute façon, l'équipe de réserve est déjà en route pour rejoindre le groupe de Thompson. Donc si nous ne pouvons pas hélitreuiller la victime, nous l'évacuerons par le sol avec les renforts. Pas de prise de risques inutiles !

— Pas de problème. On reste en contact permanent et une fois sur place, je vous tiens informé de la situation à chaque instant.

— Parfait. Bon vol !

Tom informe son passager du départ imminent en tournoyant son index au-dessus de la tête. Le lieutenant Buttler vérifie une dernière fois la fixation du brancard au patin de l'appareil avant de fermer la porte. La seconde d'après, le rotor se met à tournoyer sous l'impulsion du puissant moteur. Le ronronnement se transforme rapidement en rugissement et l'engin décolle bruyamment du hameau, attirant une fois de plus les regards interrogateurs des voisins.

Jane et Cooper regardent l'appareil s'éloigner à l'horizon jusqu'à ne plus percevoir le projecteur.

Le silence revient et la poussière retombe.

Ils retournent vers les deux camions garés côte à côte. L'inquiétude de l'assistante de direction est palpable. Le capitaine lui propose de l'accompagner dans le PC mobile pour suivre l'opération de secours. Elle esquisse un sourire et acquiesce d'un léger mouvement de tête. La jeune femme sait que l'expérience sera angoissante, mais préfère la vivre plutôt que de l'imaginer, seule dans le camping-car.

Installé derrière son pupitre de commande, le capitaine Cooper procède aux habituels tests de communication. Les haut-parleurs grésillent avant de cracher la voix du lieutenant Buttler. La liaison est médiocre, mais audible. Il réitère la même opération avec l'équipe de réserve située maintenant à moins d'une heure du groupe Thompson. Satisfait, il se lève et se dirige vers le mini frigo de l'espace détente.

— Mademoiselle Taylor, désirez-vous partager une bière avec moi ?

— Euh… oui, pourquoi pas !

En silence, ils sirotent leur breuvage rafraîchissant. Le capitaine s'installe confortablement devant l'écran de contrôle qui affiche la carte détaillée du parc naturel de Rogue river et la progression de ses hommes. L'avancée des équipes est repérée par un tracé lumineux d'une couleur différente et ponctué d'un point clignotant indiquant la position actuelle de chacune d'entre elles. Celui de l'équipe bravo se rapproche de la dernière localisation connue de Carl Ross. Plus à l'ouest, l'équipe Charlie est en route vers le refuge des Morgan pour le passer au peigne fin. Quant au signal de l'équipe alpha, il est immobile et superposé à celui du minidrone de Thompson. Le groupe attend l'arrivée de l'équipe Delta dont le repère scintillant progresse millimètre par millimètre.

Jane profite des installations et de l'accord du capitaine pour envoyer un mail à la cellule de crise de Portland, restée sans nouvelles ces dernières heures. Elle explique en substance les derniers événements marquants et la découverte d'Emmy. Pour préserver les parents d'Ana, elle prend soin de demander à ce que cette information ne soit pas diffusée tant que la deuxième jeune fille n'est pas retrouvée à son tour. Ne pas savoir c'est souffrir, mais c'est aussi entretenir l'espoir. Apprendre que les secours n'ont localisé qu'Emmy, dans un piteux état, ne rajouterait que de l'angoisse en s'imaginant le pire.

Un grésillement tire Jane de ses pensées. Elle clique sur la touche « envoyer » et se déconnecte de sa messagerie électronique. Cooper rapproche son fauteuil et appuie sur le bouton du microphone de la console.

— PC mobile… Ici PC mobile…

*— Équipe bravo à PC mobile !*

— PC mobile à équipe bravo, je vous écoute !

*— PC mobile, nous avons exploré le campement des deux étudiantes. Rien à signaler… Nous suivons l'itinéraire emprunté par Carl Ross et remontons jusqu'à sa dernière position connue. À vous !*

— Reçu cinq sur cinq équipe bravo ! Soyez prudents ! Terminé

*— OK. Terminé*

Le capitaine manipule ensuite le potentiomètre pour amener le curseur sur le chiffre 3 et presse à nouveau sur le bouton du microphone.

— Équipe Charlie pour PC Mobile…

*— Équipe Charlie, j'écoute !*

— Où en êtes-vous équipe Charlie ?

*— Nous sommes arrivés au refuge. Nous nous séparons pour fouiller les trois sites : deux cabanons et une maisonnette comme prévu. Je vous fais un point de la situation dans trente minutes. À vous.*

— Bien reçu équipe Charlie. Terminé.

*— Terminé.*

Cooper coupe la communication et s'avachit lourdement dans son fauteuil à roulette qui recule d'un bond. Il s'empare de sa canette pour ingurgiter sèchement une dernière goulée. Une fois vidée, il l'écrase avant de s'en débarrasser en la lançant dans la corbeille à deux mètres de lui, en mimant la gestuelle d'un basketteur. Jane le regarde du coin de l'œil.

— Tout va bien, capitaine ?

— Pardon ? Euh oui, tout va bien pourquoi ?

— Non, pour rien…

— À vrai dire, non, tout ne va pas bien. Mes troupes ont bien rejoint leurs objectifs, mais le principal, celui dont m'a chargé mon supérieur, est de ramener les deux gamines saines et sauves ! Et à ce sujet, rien ne va ! Pas sûr qu'on puisse hélitreuiller la fille de Monsieur Thompson et nous n'avons toujours pas la moindre trace de sa camarade. Quant aux Morgan, je ne sais pas dans quoi nous avons mis les pattes.

## 54

*Rogue River, 20 juillet – 23 h 52*

Ébloui par le puissant projecteur, Edward Thompson se protège les yeux pour apercevoir son hélicoptère. Il n'arrive pas à le distinguer. Immédiatement, Daryl s'approche pour lui donner ses lunettes connectées.

— Monsieur, c'est Tom, il veut vous parler.

— OK, passez-moi l'équipement.

Rapidement, il s'empare de la monture et ajuste la branche malléable du micro au plus près de sa bouche.

— Edward Thompson, j'écoute !

— *Monsieur Thompson ? Ici Tom. Je suis au-dessus de vous.*

— Oui, je vous vois… Enfin, je vois plutôt votre projecteur braqué sur nous ! De votre côté, est-ce que vous nous voyez ?

— *Oui ! Et J'aperçois également… Emmy… je crois… Elle* est *allongée au sol, non ?*

— C'est ça Tom. Vous pouvez demander à Jane de descendre le brancard, s'il vous plaît. Nous n'avons pas une minute à perdre. L'état d'Emmy est critique.

— *Euh, Jane n'est pas avec moi…*

— Comment ça ?

— *Non, elle est restée à Wonder sur ordre du capitaine Cooper. C'est le lieutenant Buttler qui m'accompagne.*

— Le lieutenant Buttler ?... Bon, peu importe, dites-lui de se bouger ! Et il n'a pas intérêt à déconner !

*— Euh... d'accord. Mais avant je dois essayer de me rappro*cher *un peu plus. Je vais tenter une approche à dix mètres nord-nord-est. Dès que je suis en position et stabilisé, je vous préviens pour que vous puissiez déplacer Emmy à l'aplomb.*

— Bien reçu ! Allons-y !

L'hélicoptère reprend légèrement de l'altitude en évitant la cime des pins qui virevoltent dans une danse chaotique sous les rafales provoquées par l'appareil. Le leader de l'équipe alpha s'approche d'Edward Thompson, l'air agacé.

— Qu'est-ce qu'il fabrique, lui là-haut ?

— Lui, là-haut c'est Tom, le pilote de mon hélicoptère. Et il se repositionne pour l'extraction. Vue du sol, nous n'avons pas la même perception que vue du ciel, Monsieur l'agent !

— Ici, c'est moi qui commande, Monsieur Thompson. Je suis en liaison directe avec le lieutenant Buttler et c'est moi qui coordonne l'opération ! C'est entendu ?

— Je ne crois pas, non ! Il s'agit de ma fille, retrouvée par mon employé, que vient chercher mon hélicoptère, manœuvré par mon pilote. Et n'oubliez pas que le patron de votre chef est mon ami. Donc c'est moi qui donne les ordres ici ! Vous, contentez-vous de faire en sorte que tout se passe bien et que tout le groupe reste en sécurité.

Le policier, sonné, n'ose pas continuer la confrontation. Le ton employé est ferme et dans cet instant de tension, le charismatique patron mobilise tous ses moyens pour reprendre le contrôle de la situation. De toute manière, rien ne sert de s'y frotter surtout en tenant compte du dernier argument. Si le chef de la police de Portland est derrière lui, alors mieux vaut faire profil bas. Sans dire un mot de plus et sans lâcher son interlocuteur du regard, le leader de l'équipe alpha fait un pas en arrière puis retourne parler à ses hommes.

Tom positionne l'hélicoptère au-dessus d'un espace dégagé. Les cimes des arbres qui l'encerclent sont proches, mais le pilote descend habilement à la verticale en prenant soin d'éviter tout mouvement brusque. L'appareil est léger et maniable ce qui présente un avantage dans certaines situations, mais un inconvénient dans celle-ci. La lune qui éclaircissait faiblement la parcelle de terrain il y a peu de temps est maintenant masquée par d'énormes cumulus poussés doucement par une brise rafraîchissante. Ce changement de temps ne rassure pas le pilote. Par ces températures et en cette saison, la météo est capricieuse et vire rapidement à l'orage. Mais il est trop absorbé par sa manœuvre pour s'attarder sur ces considérations. Une fois stabilisé au plus près de la zone choisie pour l'extraction, Tom constate qu'il est encore à plus de vingt-cinq mètres d'altitude.

— Tom pour Monsieur Thompson !

— *Oui, Tom, je t'écoute !*

— Je suis en position. Vous pouvez déplacer Emmy à l'aplomb de l'appareil !

— *OK, bien reçu. Terminé.*

— Terminé.

Sans perdre une minute, Edward Thompson fait signe aux trois policiers restés en retrait. Sans avoir besoin de se renseigner auprès du père d'Emmy, le chef d'escouade commande à ses coéquipiers de transporter la jeune fille et de la placer juste au-dessous du halo de lumière diffusée par le projecteur de l'hélicoptère.

Pendant ce temps, le lieutenant Buttler ouvre la porte de l'engin. Il est surpris par le bruit assourdissant et le souffle dégagé par les pales. De la main droite, il se tient fermement à la poignée latérale pendant que de la gauche, il défait les nœuds retenant le brancard de fortune. Il remarque des taches de sang séché. *« Ils n'ont même pas pris le temps de nettoyer les traces du pauvre brigadier ! »*

Il attrape le câble en cabine par le crochet de manutention et le déroule manuellement pour donner du mou. Puis, il libère le linguet de sécurité et enfile l'anneau regroupant les filins reliés à chacune des quatre extrémités du brancard. Une fois s'être assuré que le dispositif est prêt, il tapote sur l'épaule de Tom. Le pilote se retourne pour acquiescer en signe d'entendement et actionne aussitôt un petit bouton à droite du pupitre. Immédiatement, le treuil électrique se met en marche et la civière amorce sa lente descente. Le vent s'est renforcé et fait tanguer légèrement la charge.

Depuis le sol, personne ne discerne ce qui se passe là-haut. Le puissant spot est trop éblouissant. Edward Thompson active alors la commande vocale du minidrone et ordonne au petit robot volant de prendre de l'altitude. Il le positionne à proximité du Bell 407 GX, mais suffisamment haut pour ne pas être ébloui. Il peut enfin suivre le déroulement des opérations avec un point de vue privilégié. Les trois agents de police regardent la scène avec étonnement. Ils ne connaissent pas ce genre d'équipement et s'échangent des regards interrogateurs.

Soudain, le ciel se déchire dans un grondement sans équivoque. L'air s'est chargé d'humidité et le vent souffle par bourrasques. Comme les nuits précédentes, l'orage devrait bientôt s'abattre. Tous sont inquiets et savent bien que les conditions déjà difficiles deviendraient vite périlleuses si l'évacuation n'était pas réalisée avant que ne s'abatte la tempête.

Tom redresse systématiquement les embardées de sa machine en jouant sur le manche. Mais certaines rafales plus violentes le surprennent. Le dosage est difficile et contrairement à un vent de force continu, il doit sans cesse rectifier sa position avec le bon dosage. Son expérience lui permet de maintenir l'hélicoptère relativement stable… pour le moment.

Derrière lui, le lieutenant Buttler est trop concentré à suivre la descente de la civière pour s'en soucier. Ce qui l'inquiète le plus est le vieux treuil qui crisse à chaque tour. Il n'est pas de toute première jeunesse et l'officier y jette un œil inquiet de temps en temps.

Il se rapproche du bord et se penche pour mieux contrôler la descente de la civière. Sans qu'il s'y attende, l'aéronef fait un brusque écart tout en virant vers le bas. Buttler est violemment projeté à l'extérieur de la cabine. In extremis, il parvient à s'agripper au montant de la porte et se retrouve suspendu dans le vide, luttant à la seule force de son bras pour ne pas chuter.

Il se met à hurler de toutes ses forces :

— Tom ! Tom ! Aidez-moi !

Le pilote tente de stabiliser une nouvelle fois sa machine. Les vents tourbillonnants l'en empêchent et il lutte pendant plusieurs dizaines de secondes avant d'y parvenir. Sorti d'affaire, il se retourne. *« Merde qu'est c'qu'il fout ! »*

— Lieutenant, essayez de prendre appui sur le patin ! Je ne peux pas quitter les commandes !

Buttler voudrait bien appliquer ce conseil évident, mais son bras s'engourdit. Il sent sa main se tétaniser à force de retenir ses quatre-vingts kilos. Il doit absolument parvenir à prendre appui sur ce foutu patin.

Dans un ultime effort, il balance son poids vers la gauche tout en tirant sur son bras droit tétanisé. Par chance, son pied atteint la barre métallique providentielle et il parvient à y prendre appui. Il passe son bras libre sur le plancher et se hisse péniblement à l'intérieur de l'appareil. Essoufflé, l'officier de police s'étale sur le dos, livide et tétanisé. Il fixe le plafond pendant quelques secondes avant de se relever.

— Mais qu'est-ce vous avez foutu ? Vous voulez vous débarrasser de moi ou quoi ? J'ai failli crever ! Faites un peu gaffe ! Merde alors !

— Désolé mon vieux, mais le temps ne s'arrange pas et je fais de mon mieux. Donc, tenez-vous bien et arrêtez de faire le singe ! Sinon prenez les commandes !

Le lieutenant en reste là, pour l'instant. Il s'installe sur la banquette, le regard dans le vide. Le treuil couine de plus en plus, mais il n'a plus trop envie de retourner surveiller par la porte si tout se déroule bien. Après tout, quand le brancard touchera terre, il verra le câble se détendre. Pas question de risquer à nouveau sa peau ! Tout à coup, le crissement devient plus métallique et insistant. Le câble arrive en bout de course !

— Stop ! Arrêtez le treuil bordel !

Immédiatement, Tom coupe l'alimentation.

— Qu'est-ce qui se passe lieutenant ?

— Ben, il s'passe que nous avons déroulé complètement le câble ! On est au bout !

— Et le brancard a touché le sol ?

— J'en sais rien ! Vous ne croyez quand même pas que je suis retourné me pencher dans le vide maintenant que je connais la limite de vos talents !

— Désolé, j'essayais juste de me mettre à votre niveau abruti ! Bon, allez-y maintenant ! Allez vérifier !

L'homme hésite, mais avant qu'il ne se décide, Tom reçoit un appel radio d'Edward Thompson.

*— Tom, c'est Edward ! Que se passe-t-il ?*

— Monsieur Thompson, nous avons complètement déroulé le câble. Où en est le brancard ?

*— Il manque un peu moins de dix mètres ! Il faut encore le descendre... Nous ne pouvons pas l'atteindre !*

Le pilote n'a pas le temps de réfléchir qu'une violente bourrasque rabat l'hélicoptère vers la gauche et le fait pivoter de quarante-cinq degrés.

— Merde ! Saloperie !

*— Pardon Tom ?*

— Non, Monsieur Thompson, je ne m'adressais pas à vous… J'ai quelques difficultés à maintenir l'appareil stable. Le vent commence à sacrément souffler ! Écoutez, je vais tenter de descendre un peu plus. Mais je n'y vois pas très clair et je ne voudrais pas accrocher un arbre au passage.

*— Je pense que nous pouvons vous aider. Je vais demander aux agents de braquer leur torche vers les cimes qui vous entourent. Ça vous va ?*

— OK, on essaye comme ça !

Une fois les faisceaux braqués autour de l'hélicoptère, Tom pivote à quatre-vingt-dix degrés vers la droite puis vers la gauche pour prendre connaissance de son environnement et mentaliser l'espace qui le sépare des conifères situés à proximité. *« La partie va être serrée ! »*

Un éclair suivi d'un coup de tonnerre tonitruant annonce l'arrivée de la pluie. Les premières gouttes viennent s'écraser lourdement sur le pare-brise du Bell 407 GX qui amorce sa descente périlleuse.

À l'arrière, Buttler fait des allers-retours entre les deux flancs de la cabine pour mieux guider le pilote. Il ne distingue pas les hélices et ne connaît pas leurs envergures, mais comprend vite que la manœuvre est risquée et qu'il est anormal de voler aussi près d'un obstacle, voire suicidaire. Mètre par mètre, la civière descend. En bas, tous se préparent à y installer le corps d'Emmy que Pénélope ne quitte pas des yeux. Elle lui tient la main et s'assure régulièrement que le pouls de la jeune fille bat toujours.

Désemparé, Daryl s'agenouille à ses côtés. Quant aux frères Thompson, ils attendent avec impatience de pouvoir réceptionner la coque suspendue dans les airs et qui n'en finit pas de descendre.

— Encore trois petits mètres Tom ! Vous y êtes presque !

*— Bien reçu, Monsieur Thompson. Je continue la descente.*

Tout à coup, un sifflement brutal se fait entendre et résonne jusque dans le cockpit.

— Merde ! Attention Tom ! Vous venez de faucher une branche !

— Désolé lieutenant ! Mais ce n'était qu'un p'tit élagage ! Rien de méchant !

Buttler est dépité. Il se demande comment le pilote peut faire de l'humour dans ces conditions. Résigné, il reprend son ballet de pas chassés de part et d'autre de l'appareil, plus pour se rassurer que pour réellement guider le pilote.

Les bras tendus en l'air, Edward et Matthew atteignent enfin l'objet tant attendu. Ils le guident jusqu'à ce qu'il touche le sol et informe Tom qui stabilise l'appareil.

La pluie commence à tomber dru et la visibilité redevient complètement nulle alors que les officiers aux sols donnent un coup de main pour charger Emmy dans la civière. Très rapidement, ils l'attachent fermement et donnent le feu vert pour l'hélitreuillage.

Sans perdre un instant, Tom redresse le manche avec délicatesse pour amorcer la remontée. Les faisceaux de lumières sont à nouveau braqués vers le ciel et il peut distinguer les cimes des arbres qui flirtent de plus en plus dangereusement au fur et à mesure que s'abat l'orage.

Derrière lui, le lieutenant Buttler est à nouveau agrippé fermement à la poignée latérale du montant de la cabine et sort la tête de temps en temps pour contrôler la remontée d'Emmy. Les crissements du treuil ont repris et rythment l'ascension.

La foudre s'abat tout près de là, éclairant l'hélicoptère un bref instant. Edward Thompson est médusé par la vision de sa fille suspendue dans les airs, à mi-chemin entre le sol et l'appareil en mauvaise posture au milieu de tous ces arbres menaçants. Il repositionne le minidrone au plus près de sa fille pour se sentir plus proche d'elle.

Enfin, le brancard arrive à destination et Tom réussit à s'extirper pour se mettre en sécurité à une quarantaine de mètres d'altitude. Il adresse un dernier message à son patron pour le rassurer. Mais lui-même est inquiet.

Le sauvetage a duré beaucoup plus longtemps que prévu et la jauge du réservoir est au plus bas…

# 55

*Rogue River, 21 juillet – 0 h 31*

Cooper est satisfait. Un de ses objectifs est partiellement atteint. Une des deux jeunes filles a été retrouvée et même si son état est préoccupant, au moins il ne sera pas bredouille. Il peut d'ores et déjà annoncer la demi-bonne nouvelle à son boss…

Jane, quant à elle, est en liaison avec l'hôpital de Grants Pass. Elle communique un maximum d'informations sur l'état d'Emmy afin que les équipes médicales soient prêtes à son arrivée. Elle prend également note de l'adresse email du chirurgien de garde pour lui transmettre les photos que Daryl a eu la présence d'esprit de prendre et d'envoyer grâce au minidrone. Elle ne voulait pas les consulter, mais n'avait pu s'en empêcher. Depuis, elle ne cesse de se remémorer les images du crâne ensanglanté de la jeune fille.

Les haut-parleurs du PC mobile grésillent et la voix étouffée du leader de l'équipe Charlie se fait entendre.

— *Équipe Charlie pour PC mobile...*

— PC mobile, j'écoute, répond le capitaine Cooper

— *Nous avons fouillé les deux cabanons et terminons l'inspection de la maisonnette.*

— Avez-vous retrouvé le corps de Scarlett Morgan ?

— *Non mon capitaine, aucun corps. Mais il y a bien des traces de sang. Nous avons effectué des prélèvements.*

Cooper est surpris par cette annonce. D'après le patron d'A.N.S, le corps de Scarlett Morgan reposait dans l'un des cabanons où était retenue sa fille. Comment, en si peu de temps, le corps avait-il pu disparaître ? Toujours d'après les dires du groupe Thompson, le shérif, présent sur les lieux, s'était lancé à leur poursuite. Il n'avait donc pas eu le temps de s'en occuper. Quant aux jumeaux psychopathes, ils étaient partis à la poursuite des deux jeunes filles et avaient donc détalé depuis un moment ! *« Qui a bien pu faire disparaître le macchabée ? »*

— Vous en êtes certain ? Vous avez fouillé les environs ?

*— Oui capitaine ! Aucun signe de cadavre. Rien !*

— Et concernant la bicoque ? Qu'en est-il ?

*— Nous avons mis la main sur le passeport de Scarlett Morgan ainsi que sur la photo des trois frangins. Nous avons également découvert une trappe à l'extérieur. Elle était cachée sous un tas de bûches. En l'ouvrant, nous sommes tombés sur une fosse creusée à même le sol. À l'intérieur, il y a un tas d'objets...*

— Quel genre d'objets ?

*— Une vieille canne à pêche, trois sacs à dos, un doudou et des paires de chaussures...*

Jane, à l'écoute de la conversation, tressaille sur son siège. Elle se souvient des explications de Pénélope sur les anciennes affaires de disparition dans la région... La canne à pêche pourrait être celle du grand-père d'Amarok. Les sacs à dos sont certainement ceux des trois jeunes disparus près de Willow Lake. Quant au doudou, elle frissonne à l'idée qu'il puisse avoir appartenu à la fillette du couple qui s'est volatilisé en 2011 sur la Dead Indian Memorial Road...

Elle fait part de son opinion au capitaine Cooper qui lui aussi avait déjà fait le lien. Il rebondit immédiatement sur ces déclarations.

— Saisissez le maximum d'éléments et prenez les précautions qui s'imposent en les manipulant. Nous enverrons tout ça au laboratoire de la police scientifique.

*— Bien reçu. Terminé.*

— Terminé.

De son côté, l'équipe bravo progresse difficilement à travers l'épaisse couche végétale.

La pluie redouble et ne leur laisse aucun répit. Les bottes des trois hommes collent à la boue qui se forme sous le ruissellement torrentiel des eaux.

Après un dernier effort, ils débouchent devant un petit monticule. L'un des hommes vérifie la longitude et la latitude. Son GPS lui indique qu'ils sont à quelques mètres de la dernière position connue de Carl Ross. Il fait signe à ses coéquipiers qui entament immédiatement l'escalade du massif rocheux.

Arrivés au sommet, ils stoppent net leur progression. Devant eux s'ouvre une faille naturelle qui paraît importante au premier abord. Chacun leur tour, ils s'approchent au plus près du précipice et dirigent leur torche vers le bas. La crevasse est profonde et les parois abruptes.

Au fond, l'eau semble bouillir sous l'effet des gouttes de pluie qui s'écrasent à la surface. Impossible de distinguer quoi que ce soit dans ce tumulte incessant. Sans hésiter, l'un des agents enfile un harnais pendant que ses coéquipiers fixent une corde autour du tronc de l'arbre le plus proche. Une fois équipé, l'homme se débarrasse de sa radio, de son GPS ainsi que de son fusil d'assaut et de son arme de poing. Il vérifie une dernière fois la fixation en tirant un coup sec sur le filin. Puis, il se place dos au puits naturel et entame la descente en rappel.

Très vite, il se retrouve juste au-dessus de l'étendue d'eau. Les faisceaux lumineux de ses collègues en éclairent parfaitement la surface, mais il n'y distingue toujours rien. Il se libère alors en décrochant son mousqueton et se laisse tomber.

Il surnage quelques instants, le temps d'allumer sa lampe frontale étanche et de bien positionner ses petites lunettes de plongée. Il n'a pas pied et ne sait pas évaluer la profondeur de la fosse. Il adresse un signe à ses collègues en levant le pouce.

Les deux hommes restés en haut fouillent dans leurs poches de veste pour en ressortir des bâtons lumineux qu'ils brisent un par un avant de les lâcher dans le vide. D'en bas, le nageur voit une pluie de bâtonnets luminescents se mêler aux gouttes de pluie et pénétrer dans l'eau en diffusant une douce lumière verte. Il prend une profonde respiration et disparaît à son tour.

L'eau est trouble et à mesure qu'il s'enfonce, le plongeur perd le bénéfice de l'éclairage de ses collègues. Maintenant, il ne peut compter que sur sa lampe frontale et les doux reflets verdâtres émis par les bâtonnets. Il ne sait pas évaluer exactement la profondeur du puits, mais les petites barres vertes qu'il aperçoit semblent s'être stabilisées. Il estime à environ trois mètres la distance qui le sépare du fond : encore la moitié à parcourir. Il descend un peu plus et parvient à toucher le lit vaseux de la cavité. Mais le manque d'air l'oblige à remonter.

Une fois à la surface, il fait signe que tout va bien, récupère quelques instants et replonge. Maintenant, il connaît son environnement et descend beaucoup plus rapidement que la première fois, explorant chaque recoin du trou. À travers les eaux troubles, un détail attire son attention. Sous l'impulsion d'une dernière brasse puissante, il s'approche et se retrouve nez à nez avec le corps d'un homme coincé entre deux rochers de la paroi. Il remonte à nouveau et gesticule jusqu'à ce qu'on lui jette une corde. Une fois celle-ci réceptionnée, il repart pour sa dernière plongée. Une trentaine de secondes plus tard, après avoir décoincé le cadavre, il passe le nœud coulant autour du buste et s'assure du bon arrimage en serrant fermement le lien sous les aisselles de la dépouille.

Il lance le signal en tirant deux fois sur la corde qui se met en tension et remonte avec son funeste chargement.

Après un examen rapide du corps, les trois agents ne notent aucune blessure par balle ou par arme blanche. Ils remarquent toutefois que la nuque est brisée.

La cause de la mort est claire, sans pour autant livrer une indication précise sur le caractère accidentel ou criminel. Ils en réfèrent immédiatement à leur capitaine avant de se remettre en marche avec leur macabre chargement.

# 56

*Rogue River, 21 juillet – 1 h 17*

Le Bell 407 GXP est en approche du Three Rivers Community Hospital de Grants Pass. Les lieux sont déserts à cette heure tardive. Dans une dernière manœuvre d'approche, l'appareil effectue un virage avant de se mettre à l'aplomb au-dessus du parking principal, face à l'entrée.

À travers les vitres, Buttler remarque le personnel médical qui se tient prêt à prendre en charge la victime. Avec douceur, les patins de l'hélicoptère touchent le bitume. Tom coupe instantanément les gaz et jette un œil sur l'aiguille de la jauge du réservoir plongée dans la zone rouge depuis un bon moment. Il ne pourra pas redécoller…

L'équipe soignante attend de longues secondes que les pales ralentissent avant de courir avec le brancard pré-équipé de perfusions de sang et de sérum physiologique. Le lieutenant ouvre la porte et saute en dehors de la cabine. Il défait les sangles qui retiennent Emmy avant d'être rejoint par le chirurgien de garde qui se met immédiatement à contrôler les constantes de la jeune fille.

— Mademoiselle ! Vous m'entendez ?... Pouls faible. Respiration lente… Pupilles dilatées !

Deux infirmières implantent la poche de sérum pendant que le chirurgien place le masque à oxygène. Une fois les premiers actes réalisés, les urgentistes déplacent Emmy de la civière au brancard et l'emmènent rapidement à l'intérieur de l'hôpital.

De leur côté, Tom et Buttler se mettent en quête d'un prestataire capable de leur faire le plein de kérosène. Chacun de leur côté, ils pianotent sur leur smartphone. Le pilote est le premier à trouver les coordonnées d'un fournisseur situé à la sortie de la ville. Il compose immédiatement le numéro, mais tombe sur un répondeur… Buttler effectue alors une recherche sur internet pour identifier le téléphone personnel du propriétaire. Par chance, il n'est pas sur liste rouge et le site de l'annuaire inversé lui livre un numéro. Il le compose spontanément. La sonnerie retentit…

— *Allo… ?*

— Bonsoir, Monsieur, je suis le lieutenant Buttler. Excusez-moi de vous déranger en pleine nuit, mais il s'agit d'une urgence. J'ai besoin de savoir si vous disposez de kérosène à votre entrepôt.

— *Euh… Oui, bien sûr ! Mais que se passe-t-il ?*

— Ne vous inquiétez pas, rien ne concernant vos installations ! Simplement, j'ai besoin d'être livré en carburant pour faire le plein d'un hélicoptère !

— *Quoi ? Le plein d'un hélicoptère ? À 1 h 30 du matin ! Mais... vous vous foutez du monde ou quoi ?*

— Monsieur, il s'agit d'une urgence. Je vous l'ai d'abord demandé poliment, mais maintenant je vous l'ordonne ! Dois-je envoyer une patrouille vous récupérer ?

— *OK, on s'calme… de combien avez-vous besoin ?*

Buttler se tourne vers le pilote et l'interpelle pour lui demander la quantité nécessaire.

— Cent quarante-sept litres au total… cent vingt-sept pour le réservoir principal et vingt pour l'auxiliaire, celui qui nous a sauvé la mise !

— *D'accord. Je file tout de suite au dépôt et j'arrive. Où êtes-vous… stationné avec votre hélico ?*

— Sur le parking principal de l'hôpital de la ville.

— *C'est noté. Comptez trois quarts d'heure !*

— Parfait, on vous attend.

— *Mouais…*

Les deux hommes, un peu fatigués, décident de rejoindre le hall d'entrée de l'hôpital où ils trouvent un distributeur de boissons. Ils y glissent quelques pièces de monnaie puis s'affalent dans les fauteuils situés face à l'accueil pour y attendre le livreur.

Au bout d'une demi-heure, le chirurgien revient dans le hall. Il leur annonce qu'Emmy souffre d'une légère hémorragie externalisée de l'oreille. Mais elle doit subir une opération en urgence pour évacuer la pression exercée dans la boîte crânienne due à un épanchement de liquide céphalorachidien.

Sans dire un mot, les deux hommes hébétés le regardent en acquiesçant. Ils ne maîtrisent pas le langage médical, mais comprennent la gravité de la situation.

Le médecin repousse les deux grandes portes battantes qui mènent vers l'aile des urgences et repart s'occuper de sa patiente. Tom appelle Jane pour la tenir informée pendant que de son côté, le lieutenant Buttler communique avec son supérieur.

— Capitaine Cooper ! La fille de Thompson va subir une intervention chirurgicale. Elle souffre d'une sorte de traumatisme crânien. Nous sommes toujours à l'hôpital à attendre l'arrivée d'un livreur de kérosène, car nous sommes à sec…

— *OK. Faites vite. L'équipe bravo arrivera dans moins d'une heure à la clairière avec le cadavre de Carl Ross. Dès que vous le pouvez, rejoignez-les et procédez à leur évacuation.*

— OK. Pas de soucis. Je vous envoie un message pour vous avertir dès qu'on redécolle.

— *Parfait ! Terminé.*

À peine le capitaine Cooper a-t'il le temps de raccrocher que les haut-parleurs crachent à nouveau un son grésillant suivi de la voix d'Edward Thompson. Pour la énième fois, l'homme d'affaires vient aux nouvelles de sa fille.

Jane fait signe au capitaine pour lui indiquer qu'elle souhaite lui répondre…

# 57

*Rogue River, 21 juillet – 2 h 8*

La pluie a cessé et l'orage s'éloigne en grondant dans le lointain. De grosses gouttes amoncelées sur les feuillages des arbres tombent encore ici et là, mais l'équipe d'Edward Thompson, trempée jusqu'aux os, peut enfin se remettre en marche vers Wonder.

Daryl guide la petite troupe à travers la végétation grâce à son drone qu'il pilote avec aisance depuis le retour des conditions météo plus décentes. Selon le capitaine Cooper, l'équipe Delta envoyée à leur rencontre n'est plus très loin.

Effectivement, après quelques minutes de marche, la jonction s'opère. Les éclaireurs de chaque patrouille se retrouvent et procèdent au regroupement. Les deux chefs d'escouade échangent brièvement sur la situation. La décision de rentrer au PC mobile est prise sans tergiverser.

Il est tard et tout le monde est fatigué. Surtout Pénélope et Daryl qui émotionnellement sont épuisés par les événements de la journée. La journaliste est traumatisée par la mort de son caméraman et Daryl, le citadin, n'en peut plus de cette nature aussi inhabituelle qu'inhospitalière. Il ne rêve que d'une bonne douche et d'une bière fraîche. Et puis, il estime avoir rempli sa part du contrat en retrouvant Emmy. Mais ce n'est pas l'avis de Matthew qui interpelle les deux chefs de file chargés de leur rapatriement.

— Messieurs, excusez-moi !

— Qu'y a-t-il ? demande froidement le leader de l'équipe alpha.

— Vous vous êtes mis d'accord pour un retour à Wonder, mais qu'en est-il d'Ana ? Les recherches ne sont pas terminées, il me semble ?

— Nous le savons bien, Monsieur Thompson. Mais les ordres sont clairs. Les pertes sont suffisamment importantes pour arrêter de jouer aux héros en pleine nuit, perdus dans cette forêt. Nous avons déjà retrouvé votre nièce et maintenant, notre priorité est de vous rapatrier sains et saufs au PC.

— C'est tout à votre honneur de vous inquiéter pour nous, cependant nous n'en serions pas là sans la prise d'initiative de mon frère !

— Votre prise d'initiative a coûté la vie à plusieurs personnes à l'heure qu'il est ! Et nous sommes toujours sans nouvelles de quatre brigadiers, sans parler de l'amie de votre nièce, de votre éclaireur, du shérif Morgan et de son adjoint. Je pense que ça suffit pour aujourd'hui. Demain, nous reprendrons les recherches pour ratisser toute la zone avec des renforts que nous envoie le département de la police de Portland.

Matthew toise du regard le policier qui ne bronche pas. Edward s'approche de son frère et le saisit gentiment par le bras.

— Matt, ils n'ont pas tort. Je sais que tu es rongé par les remords en abandonnant Ana derrière toi, mais nous sommes tous épuisés. Et je veux rejoindre au plus tôt l'hôpital de Grants Pass pour être auprès d'Emmy à son réveil… en espérant que l'intervention se passe bien.

— Oui, tu as peut-être raison, mais je ne peux pas me résigner à laisser Ana et Amarok seuls dans cette forêt. Toi et moi, nous savons que nous ne sommes pas seuls ici…

— Je sais. Mais nous n'avons plus les ressources ni les moyens de faire plus. Laissons la police reprendre les recherches demain matin. Il est plus de deux heures ! Nous rejoindrons Wonder à l'aube et dès que nous aurons discuté avec le capitaine Cooper, je te promets de faire pression pour que ses équipes se redéploient immédiatement sur le terrain. Tout se passera bien…

À contrecœur, Matthew se remet en marche avec le reste du groupe. Les civils se retrouvent au centre de l'escadron qui se disperse autour d'eux, les armes à la main et à l'affût des moindres bruits et mouvements.

# 58

*Wonder, 21 juillet – 6 h 34*

Une tasse de café noir à la main, le capitaine Cooper se tient penché sur une carte de la région étalée sur le capot de son SUV. Il donne les dernières informations en entourant grossièrement d'un marqueur rouge les zones déjà explorées par ses hommes. Les chefs de file des renforts, disposés en cercle autour de lui, l'écoutent attentivement. Ils prennent note des différentes informations concernant les positions et les périmètres de recherche qui leur sont attribués. Les objectifs sont clairs ! Retrouver en priorité la jeune amie d'Emmy Thompson ainsi que l'amérindien, les brigadiers et le shérif adjoint. Quant au cadavre de Gordon, une balise a été déposée près du corps. Une équipe est désignée pour s'y rendre et rapatrier la dépouille. Enfin, pour ce qui est du shérif Morgan, ordre est donné à une autre équipe de le capturer vivant. Il aura certainement beaucoup d'explications à fournir sur cette affaire ainsi que les précédentes.

À peine briefée, la trentaine de policiers chargés de mener à bien ces missions se prépare. Certains font des allers-retours entre les véhicules et les chefs de file, emportant carte, GPS, munitions et vivres. Des cliquetis métalliques se font entendre ici et là par d'autres qui vérifient une dernière fois les armes.

C'est au milieu de cette effervescence que débouche du petit sentier un policier visiblement éprouvé par une nuit blanche passée à traverser la forêt. Les traits tirés de son visage témoignent de la tension extrême endurée ces dernières heures. Il est rapidement suivi par le reste des troupes encadrant le groupe Thompson. Jane Taylor qui se tient sous la tonnelle près du camping-car se lève lentement de sa chaise pliante.

— Tom ! Ils sont de retour !

Le pilote relève sa casquette et ouvre difficilement un œil. Il est épuisé. La nuit dernière a été courte et trop mouvementée.

Après le sauvetage d'Emmy, il s'était rendu à nouveau sur les lieux du premier sauvetage de la veille, à la petite clairière. Avec l'aide du lieutenant Buttler, il avait procédé à l'extraction de l'équipe bravo et du corps du malheureux Carl Ross.

Il avait ensuite refait le voyage jusqu'à Grants Pass pour y déposer le cadavre à la morgue avant de revenir à Wonder.

— Qui çà ?

— Monsieur Thompson et le reste du groupe, pardi ! J'y vais !

Tom regarde la jolie blonde s'éloigner frénétiquement. Il rabaisse sa casquette et tente de se rendormir…

Arrivée à portée de son patron, la jeune assistante se jette dans ses bras, sans réfléchir. Ce dernier, surpris, lui accorde une longue accolade.

— Monsieur Thompson ! Je suis tellement heureuse de vous revoir sain et sauf !

— Merci, Mademoiselle Taylor ! Avez-vous des nouvelles d'Emmy ?

Le patron d'A.N.S semble très affaibli. Les traits fatigués, le teint livide et les poches sous les yeux attestent du manque de sommeil. Il ne tient plus sur ses jambes et ses pieds le font horriblement souffrir. Mais ses premiers mots sont pour sa fille et son unique pensée est de la rejoindre au plus vite.

— Comment va-t-elle ? Est-ce que Tom est prêt pour le décollage ?

Jane n'a pas le temps de répondre à toutes les questions qui fusent. Le capitaine Cooper, qui à son tour arrive à hauteur du groupe, coupe la parole sans ménagement.

— Monsieur Thompson, veuillez me suivre dans le PC mobile. Nous y discuterons au calme autour d'un petit déjeuner.

— Mais… je ne veux pas manger. Je veux juste…

— Pas de discussion s'il vous plaît, Monsieur Thompson. Venez !

L'homme est trop las pour contester. Il adresse un signe de tête à Matthew pour lui indiquer qu'il consent à suivre les directives de Cooper, mais qu'il ne perd pas de vue que seules ses volontés seront exécutées.

Les deux patrons s'éloignent en direction de l'énorme camion noir. Les policiers des deux escadrons ayant escorté l'équipe Thompson s'écartent à leur tour pour rejoindre le lieutenant Buttler qui les attend un peu plus loin. Matthew, avec son sac à dos en bandoulière, se retrouve seul avec ses compagnons d'aventure. Jane leur propose de venir se restaurer dans le camping-car.

— Allez ! Venez ! Je vais vous préparer des œufs sur le plat, quelques tartines grillées et un bon jus d'orange ! Ça va vous requinquer un peu !

— Et après un bon p'tit déjeuner, moi je file sous la douche, s'exclame Daryl !

— Ou alors tu pourrais faire preuve de galanterie et laisser la place à Pénélope…

— Euh… oui, bien sûr, bredouille-t-il avant de s'excuser auprès de la journaliste.

La petite troupe ramasse les affaires crasseuses et se met en marche en direction du camping-car. Ce sont leurs dernières foulées avant de pouvoir se débarrasser des grosses chaussures de randonnées alourdies par de la terre séchée. Les dernières, mais aussi les plus difficiles maintenant que leur quête est terminée.

Dans le PC mobile, Edward se délecte du café chaud que lui a servi le capitaine Cooper et dans lequel il trempe allègrement une grosse tranche de pain brioché.

Le policier le rassure sur l'état de santé de sa fille. Aux dernières nouvelles, l'opération s'est bien déroulée. Le chirurgien est intervenu durant trois longues heures pour résorber l'épanchement et drainer les fluides accumulés dans la boîte crânienne de la jeune fille. D'après lui, le risque de séquelles irréversibles est faible. Mais le choc a été violent et jusqu'à son réveil, il ne souhaite pas se prononcer. Son diagnostic vital n'est plus engagé, cependant il est impossible à l'heure actuelle de savoir si Emmy recouvrira entièrement ses fonctions cognitives.

Évidemment, Cooper se garde bien d'apporter ces précisions. Il se veut rassurant en précisant uniquement que sa fille s'en sortira et qu'elle est actuellement sous l'effet des anesthésiants le temps que les lésions se résorbent. Edward Thompson est partagé entre le soulagement et l'inquiétude de savoir sa fille plongée dans un coma artificiel. Il n'est pas très à l'aise avec ces pratiques. Il ne peut s'empêcher de se remémorer les dernières heures de vie de sa femme, lorsque la douleur, devenue insupportable, l'avait obligé à accepter l'avis du corps médical. Plongée dans le coma, elle semblait dormir paisiblement alors qu'il pleurait toutes les larmes de son corps à ses côtés. Elle s'était éteinte quelques jours plus tard, sans qu'il n'ait pu lui dire une dernière fois à quel point il l'aimait. Cooper se rend compte que l'homme est immobile, le regard fixe et l'air hagard.

— Monsieur Thompson ? Vous avez compris ?

— Euh… oui ! Mais je souhaite me rendre à l'hôpital sans tarder.

— Oui, bien entendu. Mais avant cela, j'ai besoin que vous m'expliquiez dans le détail ce qui s'est passé au moment où votre éclaireur a décidé de vous laisser seul et avant que mon équipe vous rejoigne…

Tout en continuant à se restaurer, Edward Thompson entame son récit et relate dans les moindres détails tous les événements de la nuit dernière. Cooper prend des notes sans intervenir. Il laisse son interlocuteur livrer ses informations en prenant soin de ne pas lui couper la parole. Jusqu'au moment où Thompson fait allusion aux sasquatchs…

# 59

*Grants Pass, 21 juillet – 8 h 3*

L'hélicoptère entame sa descente délicatement pour se poser sur le parking principal face à l'hôpital, exactement comme quelques heures plus tôt. Avant de décoller de Wonder, Tom avait pris soin de contacter le distributeur de kérosène qui l'attend déjà dans son camion-citerne.

Cette fois, il n'a pas rechigné à venir refaire le plein de l'appareil sachant que la majoration du prix au litre qu'il avait appliqué la nuit dernière n'avait même pas été discutée.

Edward Thompson attend avec impatience l'autorisation de Tom pour bondir hors de l'appareil. Un signe de la main de son pilote et il se retrouve au pas de course en direction de l'entrée sans même attendre son frère.

Dans le hall d'accueil, le directeur de l'établissement le reçoit avec une poignée de main amicale. L'homme rondouillard d'une soixantaine d'années l'invite immédiatement dans son bureau.

— Monsieur Thompson, voulez-vous un café ?

— Non, merci. Je viens de prendre un petit déjeuner il y a peu. Comment va Emmy ?

— L'opération s'est très bien déroulée. Mais nous l'avons placée en coma artificiel. Ne vous inquiétez pas, c'est une pratique normale après de telles blessures.

— Et vous comptez la réveiller quand ?

— Dans deux ou trois jours. La récupération sera meilleure dans ces conditions.

— Est-elle transportable ?

— Pour l'instant, Monsieur, il est souhaitable de ne pas la déplacer. Après son réveil, nous ferons d'autres examens et ensuite, elle aura besoin de quelques jours de repos.

Edward Thompson accueille cette nouvelle avec une moue dubitative. Il aurait préféré pouvoir rapatrier sa fille à Portland. Il connaît le chef du centre hospitalier de sa ville et sait qu'Emmy aurait profité de toutes les attentions et du meilleur suivi possible. Comme si le directeur rondelet avait perçu les intentions du patron d'A.N.S, il enchaîne :

— Monsieur Thompson, le docteur Franklin du centre hospitalier de Portland m'a contacté ce matin à la première heure. Il m'a fait part d'un appel téléphonique qu'il a reçu de la part du directeur de communication de votre entreprise.

— Mon directeur de communication ?

— Oui, il a été mis au courant de la situation par une certaine… Jane…

— Jane Taylor ! Mon assistante de direction !

— Oui, c'est ça !

— Et ?

— À la suite à cet appel, le docteur Franklin m'a demandé de lui transmettre le dossier médical d'Emmy. Il m'a dit qu'il était un ami de la famille et que vous seriez sans doute rassuré de le savoir au courant de l'état de santé de votre fille.

— Vous lui avez transmis, j'espère ?

— Étant donné qu'il s'agit d'un confrère, je me suis effectivement permis de lui transmettre le dossier complet.

— Vous avez bien fait ! Et quel est son avis ?

— Le même que le nôtre, Monsieur Thompson. Il ne faut pas transporter Emmy ces prochains jours.

— Bon. Me voilà rassuré. Vous ne m'en voudrez pas, mais je ne connais pas la réputation de votre établissement, contrairement à celui de Portland.

— Pas de souci, Monsieur Thompson. Votre réaction est naturelle. Mais soyez tranquille, nous resterons en contact permanent avec le docteur Franklin. Je vous assure qu'Emmy est entre de bonnes mains.

— Parfait. Pouvons-nous aller la voir maintenant ?

— Bien sûr ! Je vous accompagne.

Les deux hommes sortent du bureau et traversent à nouveau le hall d'entrée où Matthew discute avec un médecin.

— Ah, Ed ! Alors ? Qu'en est-il ?

— Tout va bien Matt. Emmy est dans sa chambre, sous coma artificiel. Dans deux ou trois jours, elle en sera sortie et subira une série d'examens. Après quoi, si tout est normal, nous pourrons la ramener à Portland.

— Super ! Ce sont de bonnes nouvelles !

Rassuré, Matthew se retourne vers le directeur de l'établissement.

— Bonjour Monsieur. Je suis Matthew Thompson, le frère d'Edward.

— Bonjour Monsieur Thompson. Mickael Carter, directeur de cet hôpital.

— Enchanté, Monsieur Carter. Dites-moi, je discutais avec votre interne à propos de votre laboratoire. Comme nous sommes ici pour quelques jours, je voulais savoir si vous me permettriez d'utiliser vos installations. Je suis zoobioligiste et j'aurais besoin de réaliser quelques analyses...

— Volontiers. Je vous invite à le visiter avec mon jeune confrère. Le laboratoire a entièrement été refait il y a quelques mois et je suis sûr que vous y trouverez tout le matériel nécessaire !

— Parfait ! Je vous remercie chaleureusement, Monsieur Carter ! Mais avant cela, je vous accompagne pour rendre visite à ma nièce.

Aussitôt, les trois hommes franchissent les grandes portes battantes et remontent un long couloir jusqu'à l'aile abritant les chambres des soins intensifs.

Arrivé devant une large porte au bout du couloir, le directeur les invite à entrer. À l'intérieur, les rideaux sont tirés et seule une veilleuse apporte une douce lumière tamisée. La température régulée maintient la pièce autour d'une vingtaine de degrés. Emmy est allongée sur un grand lit légèrement surélevé au niveau du buste. Elle porte un gros bandage au niveau de la tête qui recouvre presque toute sa chevelure. Une perfusion est plantée dans son avant-bras droit disposé par-dessus l'épaisse couverture.

Edward Thompson s'approche du lit et s'assoit délicatement sur le rebord. Il prend la main d'Emmy dans la sienne. Elle est fraîche et sans tonus. Ne pouvant contenir son émotion, il laisse s'échapper une larme. Il prend conscience de la chance qu'il a de l'avoir retrouvée dans cette maudite forêt !

— Ma chérie… je suis là ! Ça va aller ! Tout va bien se passer ! Je vais rester à tes côtés et te ramener à la maison…

Matthew est touché par la tendresse qui se dégage des gestes et des paroles de son frère. Il le voit sous un autre jour. Lui, qui habituellement agit toujours comme un patron charismatique et maître de ses émotions, n'est plus qu'un père touché dans sa chair et dans son cœur. Il s'approche à son tour et interpelle son frère.

— Ed, je vais te laisser seul un moment avec Emmy. Moi je retourne à l'accueil retrouver l'interne pour qu'il me montre le labo.

— D'accord, Matt. Mais pourrais-tu également appeler Jane pour qu'elle lève le camp de Wonder et nous rejoigne à Grants Pass ? Dis-lui de récupérer les clés de la Mustang d'Emmy auprès du lieutenant Buttler. Ses hommes les ont retrouvées parmi les affaires du campement. Qu'elle réserve des chambres pour tout le monde à l'hôtel le plus proche. On se retrouve vers midi au restaurant de l'hôpital.

— OK frérot ! À tout à l'heure.

Matthew jette un dernier coup d'œil compatissant à sa nièce avant de sortir de la chambre et rejoindre le hall d'entrée où l'interne discute avec la séduisante infirmière de l'accueil. La complicité entre les deux jeunes gens n'échappe pas au zoologiste. Mais à son arrivée, le médecin étudiant reprend une attitude sérieuse et invite son hôte à le suivre jusqu'au laboratoire.

Une fois les portes franchies, Matthew découvre une immense salle principale. Une vive lumière blanche jaillit du plafond garni de dizaines de néons parfaitement alignés. Le sol et les murs en carrelage blancs exacerbent encore plus la clarté. La pièce est occupée par plusieurs paillasses réparties au centre. De part et d'autre de la salle, des cases séparées par des baies vitrées laissent apparaître des laborantins en activité. Chaque petite pièce est identifiée par un écriteau collé sur les portes, vitrées elles aussi. On peut y lire « Hématologie », « Sérologie », « ADN », « Virologie », « Oncologie », « Bactériologie »... Chaque cellule possède l'arsenal nécessaire à sa spécialité.

— Voilà notre laboratoire, Monsieur Thompson !

— Impressionnant ! Il paraît neuf et le matériel...

— Du dernier cri ! Comme vous l'a précisé notre directeur, tout a été refait en début d'année !

— Génial !

— Mais, au fait... pourquoi avez-vous besoin de nos installations ?

— Je voudrais analyser quelques échantillons de sang.

— Euh, d'accord. Si ce n'est que ça, il n'y a aucun problème et nous pouvons nous y mettre immédiatement. La salle d'hématologie est libre. Allons-y !

— Parfait !

Les deux hommes pénètrent dans la pièce dédiée aux analyses de sang. Immédiatement, Matthew pose son sac sur un des tabourets pour en sortir… quatre bouts de latex noués et renfermant chacun un morceau de coton hydrophile imprégné d'un liquide rougeâtre. L'étudiant en médecine détourne son regard des « échantillons » pour fixer le zoologiste d'un air surpris.

— Mais... qu'est-ce c'est ?

— Ce sont les échantillons que je veux analyser !

— Des échantillons ? Vous êtes sérieux ! Où avez-vous trouvé ça ?

— C'est une longue histoire ! Une très longue histoire… Bon, peu importe ! Donnez-moi des lames et lamelles ainsi que de l'eau distillée, je vous prie.

Pendant que le jeune interne s'exécute, Matthew se positionne près de la paillasse sur laquelle trône le microscope qu'il avait repéré avant même d'avoir franchi la porte. Il allume l'appareil pendant que l'interne s'occupe d'extraire le sang du premier échantillon et d'en placer une goutte sur un petit rectangle de verre qu'il recouvre ensuite d'une lamelle.

— Que dois-je inscrire pour l'identification du premier échantillon, Monsieur Thompson ?

— Euh… Inscrivez « Emmy » s'il vous plaît…

— Emmy ? Comme… votre nièce ? Il s'agit de son sang ?

— Oui, répond sèchement Matthew sans donner plus de précisions.

L'interne n'ose plus poser de questions… *« C'est une longue histoire »*. Il se garde bien de déranger le zoologiste maintenant penché et concentré sur le microscope. À travers l'objectif, Matthew observe longuement les cellules sanguines, mais ne remarque rien d'anormal au niveau des globules blancs et rouges.

— Monsieur Thompson, voulez-vous que je fasse une analyse comparative d'ADN ? Nous avons fait des examens de sang à votre nièce et je dois encore en avoir…

— Oui, c'est une bonne idée, lui répond Matthew en lui tendant son bout de latex. Par contre, avant de lancer le test, pourriez-vous attendre que je passe en revue tous mes prélèvements et lancer un séquençage pour chacun d'entre eux ?

— Oui, sans problème ! Mais je les compare à quoi les autres ?

— Entre eux...

Le médecin interne s'interroge une fois de plus. « Quel est l'intérêt de comparer des échantillons entre eux… que cherche-t-il ? »

Mais une fois de plus, il préfère garder le silence. De toute façon, Matthew lui tend déjà un deuxième morceau de coton hydrophile empaqueté dans son bout de latex. Il lui demande d'inscrire « Frère M. » sur la lamelle avant de la placer sous l'objectif du microscope. Cette fois, il reste de longues minutes à observer, sans rien dire. Puis il relève la tête. Il a l'air soucieux. Ou plutôt intrigué. Mais le jeune médecin ne dit rien et se saisit du troisième échantillon qu'il identifie « Inconnu 1 » à la demande du zoologiste.

Le cryptologue répète l'opération consistant à glisser la lamelle sous l'objectif et à la caler contre la platine du microscope à l'aide des pattes métalliques amovibles.

Il approche son œil droit de l'objectif puis effectue la mise au point.

L'interne sursaute lorsque Matthew relève brutalement la tête…

# 60

*Wonder, 21 juillet – 10 h 29*

— Non, je n'ai rien à vous dire de plus, Mademoiselle Taylor !

— Mais, Capitaine ! Il s'agit de l'amie d'Emmy et ses parents sont au siège de l'entreprise de mon patron ! Ils voudront être au courant de l'évolution des recherches tout comme Monsieur Thompson d'ailleurs !

— N'insistez pas ! Je rapporte uniquement à mon supérieur. Fin de la discussion !

— Et Emmy ? À son réveil, je suis sûre que ces premiers mots seront pour Ana !

Le capitaine Cooper ne relève même pas la dernière tentative de l'assistante de direction. Il tourne les talons, remonte dans son PC mobile et lui referme la porte au nez. Jane reste plantée, les bras croisés et l'air furibond. *« Quel malotru ! Il va voir quand Edward aura passé un coup de fil à son fameux supérieur ! »*

— Jane ! Laisse tomber ! Il faut y aller maintenant… Le temps de faire la route jusque Grants Pass et de passer à l'hôtel, nous arriverons juste à temps à l'hôpital pour midi.

— Oui, mais tu as vu son entêtement, Daryl ?

— Ne t'inquiète pas avec ça. Allez, on file ! Tu prends la Mustang et je te suis avec le camping-car. Pénélope m'y attend. En route !

— Et on s'en va comme ça ? Ana et Amarok sont toujours quelque part dans cette forêt et nous, on rentre à l'hôtel pour prendre un déjeuner tranquillement ?

— Jane, j'ai dit de ne pas t'inquiéter... En fait, nous serons au courant de tout ce qui se passe !

Daryl, adresse un clin d'œil complice à la jeune femme, accompagné d'une tape amicale sur l'épaule.

— Au courant de tout ? Je ne comprends pas.

— Tout à l'heure, juste après le départ d'Edward et Matthew, lorsque le capitaine et le lieutenant donnaient leurs dernières consignes à leurs équipes, je me suis introduit dans le PC mobile !

— Et tu y as fait quoi ?

— Ben... je me suis simplement couplé au serveur du PC... Maintenant, je peux consulter l'ensemble des communications vidéo et audio qui seront échangées.

Avec un sourire de connivence, l'ingénieur exhibe sa tablette qu'il gardait précieusement sous le bras. Puis, il l'allume et ouvre une application développée par ses soins. Un petit sablier blanc tournoie quelques instants au centre de l'écran noir.

Au bout de quelques secondes, une fenêtre parsemée de plusieurs icônes apparaît. Il clique sur celle représentant un microphone et invite sa collègue à s'éloigner discrètement du camion de la police de Portland.

Il monte le son et une voix nasillarde se fait entendre :

*— Équipe 3 pour PC mobile !*

*— PC mobile pour équipe 3 ! J'écoute !*

*— Nous venons de retrouver les deux brigadiers disparus...*

*— Quelle est la situation équipe 3 ? Avez-vous besoin d'une assistance médicale ?*

*— Négatif PC mobile... Les deux agents sont morts...*

Les yeux écarquillés, Jane jette un regard horrifié à Daryl.

*— Veuillez préciser équipe 3…*

*— Les victimes ont été retrouvées dans un cours d'eau. L'un des corps était échoué sur la berge, partiellement dévoré par des charognards. L'autre a été retrouvé dans l'eau, coincé entre des rochers à quelques dizaines de mètres en aval.*

*— Avez-vous une idée des causes du décès ?*

*— Tout ce que nous avons constaté, c'est que les vertèbres cervicales ont été brisées dans les deux cas. Pas d'autres informations à ce stade. Nous rapatrions les corps. Mission terminée.*

*— Bien reçu équipe 3. Terminé.*

Daryl a le teint livide.

Au-delà de l'annonce de la mort des deux brigadiers, c'est surtout à Ana et Amarok qu'il pense. Ces découvertes macabres ne laissent rien présager de bon.

Jane arbore le même faciès. Ils n'ont pas besoin d'échanger sur le sujet pour se convaincre que la situation n'est pas rassurante. Alors que Daryl fait mine d'y aller, un autre grésillement se fait entendre au travers des haut-parleurs de la tablette.

*— Équipe 2 pour PC mobile…*

*— PC mobile pour équipe 2 ! J'écoute…*

# 61

*Grants Pass, 21 juillet – 12 h 7*

Le réfectoire se remplit rapidement. Le personnel de l'hôpital s'y retrouve pour le déjeuner. L'endroit, où se mêlent discussions et bruits de couverts, n'est pas très propice pour tenir une conversation intime. Edward Thompson est assis avec son plateau-repas sous les yeux. Il attend les autres encore affairés autour du self.

Daryl est le premier à venir le rejoindre, suivi de Pénélope, Jane et enfin Matthew et Tom. Le pilote s'empresse d'engloutir son entrée sans même prêter attention au reste de l'équipe.

— Avez-vous réglé l'hôtel pour la nuit prochaine, Mademoiselle Taylor ?

— Oui, Monsieur Thompson. Tout est en ordre. Comment va Emmy ?

— Elle est encore sous l'effet des anesthésiants, mais les médecins sont confiants. Ils ont procédé à une IRM en milieu de matinée. Tout semble normal. Ils ont décidé d'attendre demain pour la réveiller…

— Tant mieux. Je suis sûre que tout ira bien !

Le patron se sert un grand verre d'eau qu'il s'enfile d'une traite avant de reprendre :

— Et de votre côté, avez-vous des nouvelles des recherches en cours ?

Jane jette un coup d'œil à Daryl qui la bouche pleine, lève le doigt puis s'essuie les lèvres avec sa serviette en papier avant de prendre la parole.

— Je me suis couplé au serveur du PC mobile de Wonder avant de partir et j'ai…

— Vous avez fait quoi ? demande Edward, bouche bée…

— Euh, j'ai couplé le…

— En disant « couplé », vous voulez dire « piraté » ? Pourquoi ne pas avoir demandé au capitaine de vous tenir au courant ?

Jane réagit avec véhémence à cette remarque :

— Cooper ? Cette espèce de misogyne ! Il n'a rien voulu savoir ! Je le lui ai demandé poliment. J'ai même essayé de l'apitoyer, mais en vain. Il m'a simplement répondu qu'il ne rendrait de comptes qu'à son supérieur !

— Je vois. Mais vous auriez dû m'en informer. Un simple coup de fil de ma part et l'affaire était réglée ! Bon, peu importe… dites-moi Daryl, puisque vous êtes « connecté » à leur système… Qu'en est-il de la situation ?

— Et bien juste avant de reprendre la route pour Grants Pass, nous avons appris qu'une des équipes avait retrouvé deux agents de la brigade de recherche… morts… tous les deux, la nuque brisée… pareil pour le shérif adjoint et les autres brigadiers qui l'accompagnaient… retrouvés morts près de l'endroit où nous avons trouvé Emmy…

Le patron d'A.N.S stoppe son geste, sa fourchette pleine suspendue à quelques centimètres de sa bouche entrouverte.

— Et pour Ana ?

Daryl et Jane baissent la tête à l'unisson. L'ingénieur s'éclaircit la voix comme s'il voulait gagner un peu de temps avant d'annoncer la mauvaise nouvelle. Matthew et Edward se regardent. Ils ont compris…

— Daryl ! Dites-nous ! Ont-ils retrouvé Ana ?

— Oui, oui. Ils ont retrouvé… son corps ? Je suis désolé, Patron, mais…

— Elle est morte ?

— Oui. Et d'après la description du corps, ça ne doit pas être beau à voir.

La fourchette tombe dans l'assiette. Edward Thompson prend son visage à deux mains pour cacher les larmes qui lui montent aux yeux. Ana, la meilleure amie de sa fille a connu une mort atroce. Certes, sa propre fille est vivante, mais il s'était juré de ramener les deux étudiantes saines et sauves. Comment annoncer la nouvelle aux parents qu'il côtoie depuis plus de dix ans ?

Daryl est contrarié de voir son patron dans cet état. Il ne sait plus quoi dire et triture nerveusement sa serviette. Les autres ont le nez dans leur assiette et n'osent dire un mot. Seule Jane décide de rompre le silence.

— Par contre, ils n'ont pas retrouvé Amarok… ni le shérif Morgan. Ils sont en train de fouiller la maison des Morgan de fond en comble et saisissent tout ce qui leur semble utile pour l'enquête. Des techniciens de la police scientifique sont à l'œuvre et effectuent toute sorte de prélèvements.

— Tiens, en parlant de prélèvements, intervient Matthew. J'ai analysé mes échantillons au microscope.

— Et puis ? demande Edward qui relève enfin la tête, les yeux rougis.

— Le premier correspond bien au sang d'Emmy. Rien de particulier. Par contre, les autres sont différents…

— Quel genre de différences Matt ?

— Eh bien ! Sans pouvoir effectuer de numération fiable étant donné la mauvaise qualité des échantillons et leur état de conservation qu'on pourrait qualifier d'artisanal, je me suis contenté d'observer la morphologie. Bien entendu, cette approche est…

— Matt ! Viens-en au fait !

— Euh… d'accord. J'ai découvert des différences au niveau des globules rouges. La taille de référence de l'échantillon d'Emmy a mis en évidence que ceux du shérif sont beaucoup plus gros, tout comme ceux de l'échantillon du présumé jumeau. J'ai alors observé le dernier échantillon inconnu. Et là… La taille des globules rouges est encore plus énorme !

— Et que doit-on en conclure ? questionne le pilote qui en termine avec son assiette.

— À ce stade, pas grand-chose… mise à part que d'après l'aspect des globules de chaque échantillon, je suis quasiment sûr à 100 % qu'il s'agit de sang d'hominidé dans chacun des cas. Mais les différences significatives de taille nécessitent une analyse ADN pour identifier leur provenance exacte.

— Des analyses ADN ? répète Jane.

— Oui, j'ai lancé ces analyses au labo. Nous devrions avoir les résultats dans un peu moins de quarante-huit heures.

— Quel genre de résultats ?

— Tout d'abord, nous pourrons avoir confirmation du sexe de chaque protagoniste. Ensuite, nous saurons s'il s'agit de sang humain ou non. Enfin, grâce aux croisements des données, nous pourrons identifier les liens de parenté éventuels. Sachant que j'ai également lancé le décryptage génétique des échantillons de cheveux de Scarlett et Francky Morgan.

— Très bien. Nous n'avons plus qu'à attendre les résultats dans ce cas.

Jusque-là restée silencieuse, Pénélope interpelle le zoologiste :

— Matthew, pensez-vous que les échantillons de sang de « l'inconnu » puissent provenir d'un sasquatch ?

Tous avaient en tête cette idée, mais personne n'avait osé émettre l'hypothèse.

— Sincèrement, je ne sais pas quoi en penser. Peut-être qu'il ne s'agit finalement que du sang de l'autre jumeau Morgan. Et son acromégalie aurait pu impacter ses cellules sanguines de manière plus importante.

— Vous avez peut-être raison. On verra bien.

La fin du repas se passe dans le silence. Ce n'est qu'une fois toutes les assiettes vides, qu'Edward Thompson invite l'ensemble du groupe à se rendre à l'hôtel. Une sieste ne sera pas de trop pour récupérer et digérer les événements de ces dernières heures épuisantes. La proposition est accueillie chaleureusement, à l'unanimité. Le groupe se lève et débarrasse les plateaux. Pénélope s'approche de Matthew et l'apostrophe discrètement :

— Connaissez-vous la société DNA Diagnostics au Texas ?

Méfiant, Matthew répond affirmativement par un léger signe de tête.

La journaliste enchaîne :

— Il paraît qu'ils ont séquencé l'ADN d'un cheveu de bigfoot.

— Oui, c'est ce qu'il se dit. Et ?

— Et il se trouve que j'ai un ami qui y travaille. Il fait aussi partie de la BFRO…

## 62

*Rogue River, 22 juillet – 9 h 17*

L'air est humide et l'odeur fétide. Après cette première perception, c'est la douleur qui finit de le réveiller. Lentement, alors qu'il reprend peu à peu ses esprits, Francky Morgan entrouvre les yeux. Ses paupières sont lourdes. Il a soif. Il tente de se relever, mais n'y parvient pas. Il essaye de lever un bras. En vain…

Il relève alors la tête et constate que ses poignets sont ligotés aux rondins de bois sur lesquels il repose. Pareil pour ses chevilles : il est prisonnier. Sa vue, tout d'abord trouble, s'éclaircit et s'habitue peu à peu à l'obscurité des lieux. La faible lueur de l'unique bougie de la pièce lui permet de distinguer des sortes de peintures rupestres au plafond. Il tente de se remémorer comment il est arrivé dans cette prison de roche, mais ses seuls souvenirs sont ceux d'une lutte avec… un sasquatch ! « *Merde, je suis pris au piège dans leur planque !* »

Paniqué, le shérif tente de tirer sur ses liens pour tester leur résistance. Mais cette action a pour effet de les resserrer un peu plus. Alors qu'il réfléchit à une solution, des bruits de pas résonnent. Quelqu'un approche. Il se calme et referme immédiatement les yeux.

La vieille femelle sasquatch entre lentement dans l'antre où repose son patient. Elle s'en approche et découvre le corps en soulevant la peau de bête qui lui sert d'édredon. Elle retire délicatement l'emplâtre apposé sur les blessures et nettoie les plaies avec douceur. Elle se met ensuite à répéter les mêmes soins qu'elle prodigue toutes les six heures depuis l'arrivée de la victime.

Discrètement, Francky Morgan entrouvre un œil pour observer la scène. Affolé à la vue de la créature assise à côté de lui, il réprime une envie de se débattre. Mais en observant une nouvelle fois sa geôlière, il se rend compte que c'est une vieille femelle et comprend qu'elle n'est là que pour le soigner. Rassuré, il referme les yeux et se laisse faire.

Après une dizaine de minutes, il regarde la vieille femelle ressortir de la chambre qui lui sert aussi de cachot. Il ne se doute pas un instant que dans la cavité contiguë, une autre victime profite des mêmes attentions, dans les mêmes conditions. D'un pas fatigué, la sasquatch s'y rend pour changer les pansements du jeune amérindien. Amarok, ligoté sur son lit de rondin, n'a toujours pas repris connaissance. Sa respiration est lente et il semble profondément endormi.

La soignante des lieux relève sa tête, lui entrouvre la bouche et lui fait boire une décoction à base de plantes…

# 63

*Grants Pass, 22 juillet – 10 h 32*

Le lieutenant Buttler a troqué son uniforme pour un pantalon en toile beige et une chemisette blanche. Il franchit la porte d'entrée du Three Rivers Community Hospital. D'un pas décidé, il se dirige vers la jeune infirmière de l'accueil.

— Bonjour, Mademoiselle ! Je voudrais connaître le numéro de chambre d'Emmy Thompson s'il vous plaît.

— Êtes-vous de la famille ?

— Non, dit-il en sortant son insigne. Je suis de la police : Lieutenant Buttler.

— Un instant s'il vous plaît.

La réceptionniste se saisit du téléphone et pivote sur son fauteuil pour tourner le dos à son interlocuteur. Elle échange quelques mots en chuchotant dans le combiné puis se retourne pour faire à nouveau face au policier en arborant un large sourire.

— Veuillez patienter une minute, je vous prie Lieutenant.

— Pas de soucis.

Accoudé au comptoir de l'accueil, le policier regarde machinalement le panneau d'affichage situé en hauteur, derrière l'infirmière. Les messages défilent, donnant les informations utiles sur les horaires des consultations des médecins spécialisés et les horaires de visites autorisées. Il se retourne en entendant quelqu'un l'interpeller.

— Lieutenant Buttler ! Bonjour ! Je suis Mickael Carter, directeur de cet établissement. En quoi puis-je vous être utile ?

— Bonjour Monsieur le Directeur. Je suis chargé par mon supérieur, le capitaine Cooper, de recueillir le témoignage d'Emmy Thompson.

— Je vois. Vous enquêtez sur l'affaire de Rogue river ! Les infos locales et même nationales en ont parlé ce matin ! Mais Emmy a été victime d'un choc très violent à la tête et a subi une opération délicate. Elle n'est réveillée que depuis peu et il vaudrait mieux que vous repassiez demain. Elle sera…

— Désolé de vous couper, Monsieur Carter, mais je dois l'entendre sur cette affaire au plus tôt. C'est-à-dire maintenant.

— Je comprends, mais ce ne sera pas possible.

— Je pense que vous ne comprenez pas. Je vous en ai fait la demande par pure politesse. Mais je peux me passer de votre autorisation si bon me semble. Il me suffit pour cela de passer…

— … un coup de fil au procureur ! Oui, je connais la chanson lieutenant. Il m'arrive de regarder des séries policières à la télé !

Le lieutenant Buttler commence à s'agacer devant le manque de coopération du chef d'établissement, mais préfère garder son calme.

— Est-ce à la demande d'Edward Thompson que vous vous opposez à cet interrogatoire ?

— Non pas du tout. C'est qu'en fait, Emmy souffre d'amnésie !

— D'amnésie ? répète bêtement le policier.

— Oui, d'amnésie !

— Et elle ne se souviendra plus jamais de rien ?

— Non, non, pas du tout. Enfin, je l'espère ! Vous savez, il arrive fréquemment que des personnes perdent la mémoire après un choc violent à la tête. Ou alors après des événements marquants. Elles sont en état de choc. Parfois aussi en réaction au coma artificiel dans lequel elles ont été plongées pour raisons médicales. Malheureusement, Emmy a subi les trois à la fois.

— Elle ne se souvient vraiment plus de rien ?

— Si. Elle reconnait les personnes de son entourage, elle n'a pas oublié son nom, ses souvenirs d'enfance et tout ce qui s'en suit. Par contre, pour les souvenirs récents, c'est un trou noir, ponctué de quelques flashs.

— Hummm… je vois. Et ces flashs, ils vont être de plus en plus nombreux ?

— Là-dessus, je ne peux pas me prononcer. Dans certains cas, les patients recouvrent entièrement la mémoire après quelques jours, d'autres jamais…

— Hummm…

L'agent de police semble déçu. Mais avant de prendre congé, il tend sa carte de visite au directeur de l'établissement en lui demandant de l'appeler si la mémoire d'Emmy décidait de refaire surface. Quoi qu'il en soit, il reviendrait demain.

Un peu plus loin, dans sa chambre, Emmy est en position semi-assise. Elle boit lentement un verre d'eau fraîche que son père lui a servi. Elle se sent étourdie, mais ses sens lui reviennent au fur et à mesure que les effets des anesthésiants s'estompent.

— Comment te sens-tu ma chérie ?

— Ça va papa. Je suis encore un peu vaseuse, mais ça va. Depuis combien de temps sommes-nous ici ?

— Ça fait deux jours. Tu ne te souviens vraiment de rien ?

— Non, pas vraiment. J'ai l'esprit embrouillé.

Quelqu'un frappe à la porte. Edward Thompson se lève du fauteuil qu'il a rapproché auprès du lit médicalisé et va ouvrir. Matthew se tient debout les mains dans le dos pour cacher sa surprise. Derrière lui, Jane, Pénélope, Daryl et Tom lui emboîtent le pas.

— Salut ma nièce adorée ! Tiens, je t'ai ramené… Des orchidées !

— Oh, merci Matt ! Mes fleurs préférées !

— Ah, ben elle a retrouvé la mémoire, avance Daryl sur un ton détendu.

Mais son patron le fusille du regard. L'ingénieur baisse la tête et reste à l'écart, conscient d'avoir fait de l'humour mal placé.

— Alors Emmy ! Tu sais que tu m'as fait super peur !

— Oui, papa m'a expliqué que j'ai eu un traumatisme crânien qui a nécessité une opération. Mais ce n'est pas si grave ! Tu vois, je me sens déjà beaucoup mieux !

— Je vois ça !

— Sauf que j'ai un trou de mémoire et que je ne me souviens pas de ce qui s'est passé ces derniers jours…

Quelqu'un frappe à nouveau à la porte. Cette fois, c'est Daryl, le plus près de la porte, qui ouvre après avoir reçu l'assentiment de son patron. Un médecin d'une cinquantaine d'années se présente.

— Bonjour tout le monde ! Je suis le docteur Groove, le neurochirurgien qui vous a opéré mademoiselle, dit-il en s'adressant à la jeune fille alitée. Et j'aimerais faire le point avec vous concernant votre état. Pour cela, je vais demander à tout le monde de sortir un moment.

— Docteur Groove, je suis Edward Thompson, le père d'Emmy. Je souhaiterais rester si vous n'y voyez pas d'inconvénient ?

— Non, pas du tout.

— Et moi je suis son oncle préféré ! Puis-je aussi rester ?

Après avoir fait sortir tout le petit groupe hormis Edward et Matthew, le neurochirurgien examine Emmy en prenant sa tension et en vérifiant ses réflexes oculaires et sa respiration.

— Tout est normal, Mademoiselle. L'opération s'est très bien déroulée et vous n'avez aucune lésion.

— Si ! J'en ai une, docteur !

Surpris par la spontanéité d'Emmy, le médecin lui demande des précisions.

— Je suis amputé d'une partie de ma mémoire. C'est une lésion ça, non ?

— Euh… oui d'une certaine façon. Mais ce n'est pas pour autant irréversible. Votre mémoire vous reviendra peu à peu.

— Et comment accélérer le processus ?

— Souvent, les gens retournent aux endroits où ils se trouvaient avant leur perte de connaissance. Inconsciemment, le cerveau fait des associations et la mémoire est stimulée.

— C'est exact, reprend Matthew. Mais au-delà de la vision des lieux, ce sont également les odeurs et les bruits qui peuvent réactiver tes souvenirs. En fait, tous tes sens sont susceptibles de te permettre de recouvrer la mémoire lorsqu'ils sont exposés à des stimuli connus. Le chirurgien regarde avec étonnement Matthew qui, lancé dans ses explications, en vient à évoquer l'inconscience et l'hypnose. Interloqué par les connaissances de l'oncle d'Emmy, il lui coupe la parole.

— Monsieur Thompson, êtes-vous un confrère ?

— Non… Pas tout à fait. Je suis zoologiste. J'ai donc quelques connaissances médicales. Sans plus…

— Vous en avez suffisamment pour apporter une aide précieuse à votre nièce ! Le processus de récupération peut parfois être long et elle aura besoin de vous ! Bien, je vous laisse profiter de vos retrouvailles et repasserai cet après-midi.

À peine le docteur Groove parti, tous s'engouffrent à nouveau dans la chambre d'Emmy. Les discussions tournent autour de son état de santé et tout le monde prend garde à ne pas évoquer les terribles événements qui l'ont amené ici.

Discrètement, Daryl attire l'attention de Matthew et l'interpelle sur l'idée qui vient de lui traverser l'esprit.

— Matthew, vous savez que nous avons filmé tout notre périple grâce au minidrone ?

— Oui, et… ?

— Eh bien, j'ai déjà importé les enregistrements sur la tablette et je me disais que nous pourrions peut-être choisir quelques extraits pour que votre nièce les visionne. Cela lui permettrait peut-être de stimuler sa mémoire ?

— C'est une très bonne idée, Daryl ! Mais il faut soigneusement sélectionner les séquences ! Hors de question de la choquer davantage !

Après s'être mis d'accord avec son frère, Matthew explique à Emmy qu'il dispose de vidéos des endroits où elle se trouvait les heures précédant son « accident ». Sans hésiter, la jeune fille demande à visionner les images, avec une certaine excitation ! Daryl connecte sa tablette à l'écran de télévision qui fait face au lit d'Emmy puis lance le premier extrait. Emmy découvre Wonder et ses quelques habitations. Edward qui l'observe du coin de l'œil ne note aucune réaction de sa part. Puis, apparaît à l'écran, la Mustang rouge…

— Ma voiture ! C'est ma voiture, papa !

— Exact ma chérie. Et d'ailleurs, elle est actuellement garée sur le parking de l'hôpital !

Les images suivantes ne sont qu'un défilé de végétation dense. Les pins jaunes et les pins de Douglas dont les racines disparaissent sous les fougères ne provoquent aucune réaction chez la jeune fille. Matthew s'approche de Daryl pour lui chuchoter quelque chose à l'oreille.

L'ingénieur pianote alors sur sa tablette tactile. L'extrait vidéo suivant est celui de leur arrivée à l'orée de la petite clairière où les deux jeunes étudiantes avaient établi leur campement.

Quelques secondes à peine après avoir lancé la vidéo, Emmy se met à tressaillir sur son lit et par réflexe, se protège le visage avec les bras…

# 64

*Grants Pass, 23 juillet – 9 h 10*

L'imprimante laser crache les feuilles que récupère Matthew au fur et à mesure. Une fois l'ensemble des fichiers imprimés, il connecte une clé USB et copie toutes les données avant de les effacer du terminal. L'interne à ses côtés regarde sans broncher.

Matthew regroupe ensuite tous les échantillons dans une boîte en plastique. Une fois l'ensemble rassemblé et rangé dans son sac à dos, il remercie le jeune médecin pour son aide et sort de la salle réservée aux analyses ADN.

Il traverse la pièce principale du laboratoire et disparaît précipitamment. D'un pas pressé, il remonte le couloir, se dirige vers la sortie, traverse le hall d'entrée et monte dans la Mustang rouge. Le bolide démarre dans un ronronnement sourd avant de filer.

De son côté, Edward Thompson rassemble les quelques affaires qui traînent dans la chambre pendant que sa fille termine de se préparer dans la salle de bain attenante. Elle se passe de l'eau fraîche sur le visage et se regarde dans le miroir. *« Quelle sale tête ! »*

Avec son bandeau qui lui cache sa jolie chevelure brune et les cernes sous les yeux, Emmy n'a pas l'air très en forme. Elle n'a pas fermé l'œil de la nuit. Après avoir visionné les vidéos de Daryl, elle n'avait pas cessé d'avoir des flashs. Quelques bribes de souvenirs lui étaient revenues brutalement en mémoire, tels des coups de poing portés en plein visage. Tout est encore confus et trouble, mais elle se souvient d'une vieille dame, d'un enterrement étrange… avec des créatures tout aussi étranges. Elle a préféré garder ce détail pour elle de peur qu'on la maintienne un peu plus longtemps en observation.

Mais au fond d'elle-même, elle sait que ce n'est pas le fruit de son imagination. Les odeurs aussi lui sont revenues. Celles de la cabane… et celles de son kidnappeur. Mais ce qui l'a vraiment empêché de dormir est l'annonce de la mort de son amie. Son père lui a simplement expliqué qu'elles avaient été enlevées par des jumeaux dégénérés qui vivaient cachés dans la forêt avec leur mère. Mais les secours partis à la recherche d'Ana n'avaient pas pu la sauver. Et il y a aussi le shérif de Grants Pass, à priori apparenté à ces sauvages. Lui aussi a disparu. Toujours selon son père, il serait lié aux précédentes affaires de disparitions survenues ces dernières années dans la région. En voulant protéger ses frères jumeaux, il aurait rapidement classé sans suite ces kidnappings…

— Emmy, tu es prête ?

La voix d'Edward Thompson résonne à travers la porte de la salle de bain et sort brutalement la jeune fille de ses pensées.

— Oui, une seconde ! J'arrive !

À quelques rues de l'hôpital, Matthew gare la voiture de sport devant l'entrée d'un hôtel à la devanture décrépie où l'attend Jane. Il descend, ouvre le coffre et charge les quelques affaires importantes à ramener à Portland. De leur côté, Daryl et Pénélope ont repris la route ensemble avec le camping-car et le reste des bagages. Trop secouée pour conduire le fourgon de Portland News, la journaliste a préféré laisser la police s'occuper du rapatriement de son véhicule. De toute façon, avec le décès de Gordon, la perte de la caméra saisie par les enquêteurs et l'utilisation de la camionnette à des fins personnelles, elle sait qu'aucun effort ne pourra sauver son poste. Son supérieur l'attend sûrement de pied ferme pour lui signifier son licenciement…

Une fois le véhicule chargé, Matthew et Jane reprennent la direction de l'hôpital situé à quelques minutes. Sur le parking de l'établissement, l'hélicoptère est prêt au décollage. Comme à son habitude, Tom procède aux dernières vérifications. Edward et Emmy sortent le rejoindre. La jeune fille ne peut réprimer son envie de pleurer. Entre le soulagement de rentrer chez elle et le sentiment d'abandonner derrière elle sa meilleure amie qu'elle ne reverra jamais, elle éclate en sanglot. Edward Thompson sait ce que ressent sa fille. Il la serre chaleureusement contre lui jusqu'à l'appareil dans lequel ils s'engouffrent. Au même moment, la Mustang déboule sur le parking. Matthew se gare, sort les bagages du coffre, verrouille la voiture et laisse Jane rejoindre les autres. Lui se dirige au pas de course vers l'accueil de l'hôpital et remet les clés du véhicule d'Emmy à la jeune infirmière.

— Tenez, un employé d'A.N.S se chargera de venir récupérer la voiture avant demain.

— Pas de soucis monsieur Thompson. Bon voyage !

— Merci !

Aussi vite qu'il est arrivé, Matthew repart en direction de l'hélicoptère. Quelques minutes plus tard, le Bell 407 GXP n'est plus qu'un minuscule point noir à l'horizon.

## 65

*Portland, 24 juillet – 10 h*

Le patron contemple la vue de Portland derrière la grande baie vitrée de son bureau du dix-septième étage. Une tasse de café à la main, il consulte sa montre. Dix heures pile. Au même moment, quelqu'un frappe à la porte.

— Entrez !

— Salut frérot ! Ça va aujourd'hui ? Et Emmy, comment se sent-elle ?

— Physiquement, de mieux en mieux Matt ! Mais elle est anéantie par le décès d'Ana. Tout comme les parents de cette pauvre petite… L'enterrement aura lieu après-demain. Tu peux m'y accompagner ?

— Evidemment, Ed.

— Sinon, as-tu eu le temps de jeter un œil à tes analyses ?

— Plus qu'un œil ! Et je t'invite à t'assoir. Je vais te montrer…

Edward s'installe confortablement dans son large fauteuil en cuir pendant que son frère prend place face à lui. Il sort de sa sacoche vintage une liasse de papier qu'il étale sur le grand bureau.

— Matt, sans vouloir te vexer, je ne souhaite pas que tu me dispenses un cours de génétique. Peux-tu être clair et concis et m'exposer directement les conclusions ?

Matt semble déçu, mais se résigne à contenir son excitation.

— Ok Ed, comme tu voudras. Alors tout d'abord, l'échantillon d'Emmy : après l'analyse du sang prélevé à Rogue river et l'étude comparative effectuée à l'hôpital, il n'y a aucun doute ! Il y a 100 % de correspondance ! Disons que c'est notre échantillon témoin.

— Très bien. Ensuite ?

— Ensuite, tu as ici l'analyse ADN des cheveux de Scarlett Morgan et celle du sang du shérif Morgan. Ici non plus, aucun doute : Scarlett est bien la mère de Francky. Et l'ADN de la vieille ne comporte aucune anomalie.

— D'accord… continue !

— Ici, tu as l'échantillon du présumé frère de Francky… Après vérification, il s'agit bien de son frangin. Mais par contre, il y a une petite anomalie génétique.

— C'est normal non ? Tu as bien dit que les jumeaux Morgan étaient selon toi atteints d'acro… j'sais pas quoi ?

— Acromégalie ! Oui, c'est exact. Mais l'anomalie génétique dont je te parle n'a rien à voir. Tiens, regarde les résultats du dernier échantillon…

Edward lit les données, observe attentivement les graphiques et se gratte la tête…

— Oui, et alors ?

— Et alors ? Celui-là ne présente que 99,6 % de similitude avec l'ADN humain !

— Peut-être s'agit-il également d'une maladie génétique ?

— Pas du tout Ed ! Sais-tu que 0,4 %, c'est la différence entre le génome du chimpanzé et du Bonobo ? Et que dans les deux cas, l'homme et ces deux espèces différentes sont semblables à 98,7 % !

— Je ne vois pas où tu veux en venir, Matt ! Hormis le fait que je ne sais pas faire la différence entre un chimpanzé et un bonobo !

— Eh bien, c'est exactement ça ! Le dernier échantillon n'est pas de l'ADN humain… Mais il en est extrêmement proche. Tout comme dans le cas du chimpanzé et du Bonobo, les différences sont tellement faibles que la ressemblance entre les deux espèces est très forte !

— Et ?

— Et dans le cas de notre inconnu, je suis persuadé qu'il en est de même… C'est un hominidé, très proche de nous, mais ce n'est pas un homme…

— Un hominidé ? Tu es sérieux ?

— Oui très sérieux… mais là n'est pas la surprise !

— De quelle surprise parles-tu ?

— Le séquençage génétique a mis en évidence que certaines portions de gènes spécifiques de l'hominidé en question se retrouvent également… dans le génome du frère Morgan…

— Tu plaisantes ?

— Non… et j'ai également analysé en détail le génome du shérif. Son ADN aussi porte quelques marqueurs différents... certes en quantité infime faisant que son ADN est à 99,99 % le même que le nôtre. Mais les quelques différences, aussi minimes soient-elles, sont communes à notre hominidé inconnu…

— Matt, je ne suis pas généticien, mais tu crois que…

Edward Thompson ne termine pas sa phrase. Il quitte des yeux les documents présentés par son frère et relève la tête. Matthew lui fait un petit signe. Comme s'il avait lu dans ses pensées, il confirme ce qu'il en a déduit…

# 66

*Rogue River, 24 juillet – 11 h 5*

Francky Morgan s'est habitué aux allers-retours de la vieille femelle sasquatch. Il se sent beaucoup mieux et a repris des forces depuis qu'elle le nourrit. Il n'a pas longtemps simulé son état d'inconscience lorsque sa soignante est venue la veille avec un bol de soupe. Son estomac noué s'est mis à gargouiller et il n'a pas su résister. De toute façon, elle est là pour le soigner. Sinon, il serait déjà mort.

En entendant une nouvelle fois le son des pas se rapprocher, il sent son estomac se contracter. Il tourne la tête sur le côté et espère voir arriver sa sauveuse lui amenant sa pitance du jour. Mais malgré la faible luminosité, il perçoit immédiatement que quelque chose n'est pas normal…

Ce n'est pas la vieille qui se présente à l'entrée de la cavité. La silhouette est beaucoup plus grande, plus massive. Il ne distingue pas les traits du visage de son visiteur, mais il en est sûr, cette fois c'est un mâle !

Le sasquatch s'avance lentement vers le prisonnier alité. Derrière lui, deux sentinelles l'escortent. Maintenant qu'il s'approche, Francky se rend compte que la créature est différente des autres. Son poil est moins dense et la couleur dominante est le gris. *« C'est un vieux celui-là… c'est… le chef de leur tribu ! »*

Le patriarche s'empare de la chandelle mourante et la protège de sa grosse main velue. Le shérif plisse les yeux pour mieux distinguer son visiteur de marque. À moins d'un mètre de son otage, le vieux sasquatch se penche et rapproche la bougie de son visage. Francky

Morgan est stupéfait… Ses yeux sont écarquillés et son teint blêmit instantanément. Le souffle coupé, il arrive à peine à sortir un son de sa bouche.

— … P… Pè… Père ?

# 67

*Rogue River, 24 juillet – 11 h 15*

Dans la cavité juxtaposée, Amarok divague. Les effets de la décoction qu'il ingurgite malgré lui brouillent ses pensées. Entre rêves et cauchemars, il hallucine, parfois plongé dans un sommeil profond, parfois à demi éveillé. Entre deux absences, il refait surface, groggy. La puissante potion lui donne l'impression de flotter. Il ne ressent plus le poids de son corps qui semble aussi léger qu'un ectoplasme. Le temps n'existe plus et tout est sombre autour de lui. « *Suis-je encore vivant ?* »

Ses pensées résonnent au plus profond de son être et finissent par s'emmêler dans un vortex vertigineux. Il échoue à structurer une réflexion cohérente et se sent à nouveau aspiré. Une sensation désagréable de chute libre dans son propre esprit. Mais un souffle doux et régulier le sauve in extremis de son naufrage psychique. Il s'y raccroche, luttant avec désespoir contre l'inexorable descente vers les abîmes ténébreux. Avec une incroyable capacité d'autocontrôle, il concentre toute sa volonté pour commander ses milliards de connexions neuronales. Un seul ordre le mobilise : ouvrir les yeux. Il y parvient, ou du moins le pense-t-il. Il ne distingue qu'un voile de lumière pâle aux reflets jaunâtres. Les faibles lueurs semblent danser en le narguant. Il est pris de vertiges et navigue entre ivresse et imagination. Des scènes lui reviennent en mémoire : les Thompson… Emmy… les sasquatchs. L'instant d'après, les réminiscences s'évanouissent, vaporeuses, pour laisser place aux souvenirs de sa maisonnette : le rocking-chair… son poulailler… son jardinet.

Soudain, le visage de son grand-père apparaît dans un halo scintillant. Il semble réel, mais différent de ses souvenirs. L'ancien est affaibli, les traits creusés et vieillis de vingt-ans. Amarok vogue entre bien-être et malaise. Il veut se suspendre à cette dernière vision, mais n'y parvient pas. D'autres souvenirs refont surface : le shérif… la traque… le repaire sinistre des jumeaux. Il s'enfonce lentement en compagnie de ses chimères et hallucinations. Les doutes l'envahissent. Il ne sait plus.

Et si toutes ces évocations rémanentes n'étaient qu'une tromperie, le fruit de son imagination mêlé de délires oniriques ?

## Remerciements

L'écriture est un exercice solitaire avant d'être un plaisir à partager une fois le manuscrit terminé. Dans ce travail aussi prenant que passionnant, le don de soi est quelquefois dévorant. Et c'est le cercle familial proche qui en subit les conséquences. À ce titre, je remercie mon épouse pour sa patience infinie et son soutien de tous les instants. Sans elle, je n'aurais peut-être pas su aboutir ce travail ou alors, en beaucoup plus de temps.

Je remercie également mon père d'avoir été mon premier lecteur. Son regard bienveillant et ses encouragements suffiraient à me satisfaire du travail accompli.

Enfin, j'adresse mes remerciements les plus chaleureux à Sandrine Laures, pour ses conseils pertinents et son regard avisé. Cette aide m'a été précieuse dans la dernière ligne droite qui sépare un texte de sa forme manuscrite à sa version définitive.

Scannez et likez !

Pour scanner, téléchargez l'app Unitag
gratuite sur unitag.io/app

Envie d'une suite ?
Découvrez **Rogue River Evolution**

fabricebarbeau.com

www.ingramcontent.com/pod-product-compliance
Lightning Source LLC
Chambersburg PA
CBHW021036030726
47496CB00006B/1563
*9782955704905*